dtv

W0055842

Monsignore Quijote, direkter Nachkomme des fahrenden Ritters, bekommt von seinem Bischof Zwangsurlaub verordnet. Mit seinem Freund, dem Bürgermeister, begibt er sich in einem alten Seat 600 auf eine Pilgerfahrt durch die modernen Zeiten. Doch Monsignore hat keine Ahnung, was da alles auf ihn zukommt: Gesetzesbrüche, philosophische Betrachtungen und politische Diskussionen, Glaubensbekenntnisse, edle Taten und groteske Situationen. – In seinem unterhaltsamen Spätwerk versetzt Greene das prominente Paar in die Gegenwart, als das Leben sich längst hauptsächlich an der Oberfläche abspielt. Und doch wagen es seine Figuren in einer liebenswerten Mischung aus Komik und Ernst, die Grundfragen des Lebens zu stellen. »Ein Buch, hinter dessen Scherzen viel Weisheit durchschimmert.« (Süddeutsche Zeitung)

Graham Greene wurde am 2. Oktober 1904 in Berkhamsted (England) geboren und starb am 3. April 1991 in Vevey (Schweiz). Greene trat mit 22 Jahren zum Katholizismus über, lebte längere Zeit in Westafrika und Südamerika und zählt zu den bedeutendsten Schriftstellern unserer Zeit.

Graham Greene

Monsignore Quijote

Roman

Deutsch von
Gertie und Hans W. Polak

Deutscher Taschenbuch Verlag

Für Padre Leopoldo Durán
Aurelio Verde
Octavio Victoria
und Miguel Fernández,
meine Gefährten auf den Straßen Spaniens,
und für Tom Burns,
der mich zum ersten Besuch des
Landes im Jahre 1946 bewog.

Ungekürzte Ausgabe
März 2001
Deutscher Taschenbuch Verlag GmbH & Co. KG,
München
www.dtv.de
© 1982 Graham Greene
Titel der englischen Originalausgabe:
›Monsignore Quixote‹ (Simon & Schuster, New York)
© 1982 der deutschsprachigen Ausgabe:
Paul Zsolnay Verlag Gesellschaft m. b. H., Wien
Umschlagkonzept: Balk & Brumshagen
Umschlagfoto: © gettyone Bavaria/FPG
Gesetzt aus der Stempel Garamond 10/11,75· (3B2)
Gesamtherstellung: C. H. Beck'sche Buchdruckerei,
Nördlingen
Gedruckt auf säurefreiem, chlorfrei gebleichtem Papier
Printed in Germany · ISBN 3-423-12865-8

An sich ist nichts weder gut noch böse,
das Denken macht es erst dazu.

William Shakespeare

Erster Teil

1. Wie aus Padre Quijote ein Monsignore wurde

Es kam so: Padre Quijote hatte bei seiner Haushälterin das Mittagessen bestellt, das er immer allein einnahm, und machte sich nun auf, in einem Konsumladen, der acht Kilometer von Toboso entfernt an der Hauptstraße nach Valencia lag, Wein einzukaufen. Es war einer jener Tage, an denen die Hitze über den vertrockneten Feldern lastet und flimmert, und in seinem kleinen Seat 600, den er vor acht Jahren schon aus zweiter Hand gekauft hatte, gab es keine Klimaanlage. Während er dahinfuhr, dachte er betrübt, daß der Tag nicht fern sei, an dem er sich ein neues Auto zulegen mußte. Multipliziert man die Lebensjahre eines Hundes mit sieben, dann entspricht die Zahl dem Lebensalter eines Menschen, und so gerechnet wäre sein Wagen immer noch nicht viel über der Lebensmitte, aber er hatte bemerkt, daß seine Pfarrkinder seinen Seat fast schon als senil empfanden. »Sie können sich auf ihn nicht mehr verlassen, Don Quijote«, mahnten sie ihn zur Vorsicht, und ihm blieb als einzige Antwort: »Er hat mich in vergangenen guten und bösen Tagen nie im Stich gelassen, und ich bitte den Herrgott, daß er mich überlebt.« So viele seiner Gebete waren nicht erhört worden, daß er hoffte, wenigstens dieses eine habe den Weg zu des Ewigen Ohr gefunden und sich dort festgesetzt wie Ohrenschmalz.

Wo die Hauptstraße verlief, konnte er an den Staubwölkchen erkennen, die sich hinter überholenden Autos bildeten. Während er so dahinfuhr, plagte ihn der Gedanke an die Zukunft seines Seat, den er zur Erinnerung an seinen Vorfahren »meine Rosinante« nannte. Die Vorstellung, daß sein kleiner Wagen auf einem Schrotthaufen dahinrosten würde, ertrug er nicht. Manchmal schon hatte er sich ausgemalt, er würde ein Stückchen Land kaufen und einem seiner Pfarrkinder vererben, unter der Bedingung, daß dort eine geschützte Ecke für sein Auto aufgespart bliebe, wo es in Frieden ruhen durfte. Aber unter seinen Pfarrkindern gab es kein einziges, dem er vertrauen konnte, daß es seinen Wunsch ausführen würde, außerdem ließ sich auf diese Weise ein langsamer Tod durch Rost nicht vermeiden, und schließlich bedeutete vielleicht die Blechpresse in einem Stahlwerk immer noch ein gnädigeres Ende. Während er all dies wohl zum hundertstenmal überdachte, fuhr er fast auf einen schwarzen Mercedes auf, der dicht hinter der Einfahrt auf der Hauptstraße parkte. Er nahm an, die dunkel gekleidete Gestalt hinter dem Lenkrad gönne sich auf der langen Fahrt von Valencia nach Madrid eine kurze Rast, und fuhr also, ohne anzuhalten, weiter, um sich seinen Krug Wein im Konsum zu holen; erst auf dem Rückweg fiel ihm das weiße Kollar auf, wie ein Taschentuch, das als Notsignal geschwenkt wird. Aber welcher seiner Priesterkollegen, dachte er verwundert, konnte sich einen Mercedes leisten? Als er jedoch neben dem Auto anhielt, bemerkte er unter dem Kollar ein purpurfarbenes Lätzchen, das mindestens einen Monsignore, wenn nicht einen Bischof kennzeichnet.

Padre Quijote hatte Ursache, sich vor Bischöfen zu hüten; er wußte nur zu gut, wie wenig ihn sein eigener Bischof leiden konnte, der ihn – trotz seines erlauchten Ahnen – nicht viel besser behandelte als einen Bauern. »Von einer Romanfigur abstammen, wie soll das denn zugehen?« hatte er in einem Privatgespräch wissen wollen, das Padre Quijote sogleich hinterbracht wurde.

Der Gesprächspartner des Bischofs hatte erstaunt gefragt: »Von einer Romanfigur?«

»Einer Figur aus dem Roman eines überschätzten Schriftstellers namens Cervantes – einem Roman noch dazu mit vielen abscheulichen Passagen, die zu Zeiten des Generalissimo ein Zensor bestimmt nicht stehen gelassen hätte.«

»Aber Euer Exzellenz, in Tobosco kann man doch das Haus der Dulcinea besichtigen. Da steht es ja dran, auf einer Gedenktafel: Haus der Dulcinea.«

»Eine Touristenfalle. Tatsächlich«, fuhr der Bischof streng fort, »ist Quijote nicht einmal ein spanischer Familienname. Sogar Cervantes sagt, daß sein Zuname wahrscheinlich Quijada oder Quesada oder überhaupt Quejana war, und auf seinem Totenbett nennt sich Quijote selbst Quijano.«

»Wie man sieht, haben Sie also das Buch gelesen, Euer Gnaden.«

»Nur das erste Kapitel. Obwohl ich mir natürlich auch das letzte flüchtig angesehen habe. Wie ich das meistens tue, bei Romanen.«

»Vielleicht hatte dieser Padre irgendeinen Vorfahr, der Quijada oder Quejana hieß.«

»Diese Sorte Mensch hat keine Vorfahren.«

Deshalb also stellte sich Padre Quijote mit Zittern dem hohen Kleriker in dem noblen Mercedes vor. »Ich bin Padre Quijote, Monsignore. Kann ich Ihnen vielleicht behilflich sein?«

»Ganz gewiß können Sie das, mein Freund. Ich bin der Bischof von Motopo« – sein Spanisch hatte einen starken italienischen Akzent.

»Der Bischof von Motopo?«

»*In partibus infidelium*, mein Freund. Gibt's hier irgendwo in der Nähe eine Werkstatt? Mein Wagen weigert sich strikt weiterzufahren, und wenn es auch ein Restaurant gäbe – mein Magen verlangt dringend nach Nahrung.«

»In meinem Dorf gibt es eine Werkstatt, aber sie ist wegen eines Begräbnisses geschlossen – die Schwiegermutter des Besitzers ist nämlich gestorben.«

»Möge sie in Frieden ruhen«, sagte der Bischof automatisch und umfaßte das Kreuz an seiner Brust. Er fügte hinzu: »Was für eine verflixte Schweinerei.«

»In ein paar Stunden ist er sicher wieder da.«

»In ein paar Stunden! Gibt's ein Restaurant irgendwo in der Nähe?«

»Exzellenz, es wäre mir eine Ehre, wenn Sie mein einfaches Mahl mit mir teilen wollten ... das Wirtshaus in Toboso kann man nicht empfehlen, weder das Essen noch den Wein.«

»Ein Glas Wein ist in meiner Lage unentbehrlich.«

»Ich kann Ihnen einen guten sauberen Landwein anbieten, und wenn Sie sich mit einem einfachen Steak begnügen ... und mit ein bißchen Salat. Meine Haushälterin kocht immer mehr, als ich bewältigen kann.«

»Mein Freund, Sie erweisen sich wirklich als mein heimlicher Schutzengel. Lassen Sie uns gehen.«

Auf dem Vordersitz des kleinen Seat stand der Krug mit dem Wein, doch der Bischof bestand darauf, sich auf den Rücksitz zu zwängen – er war ein sehr hochgewachsener Mann. »Wir dürfen doch den Wein nicht stören«, sagte er.

»Das ist kein wichtiger Wein, Exzellenz, und Sie hätten es viel bequemer ...«

»Kein Wein darf uns als unwichtig gelten, mein Freund, nicht seit der Hochzeit zu Kana.«

Padre Quijote fühlte sich zurechtgewiesen, und Schweigen breitete sich aus, bis die beiden vor seinem kleinen Haus unweit der Kirche hielten. Er war sehr erleichtert, als der Bischof, der sich bücken mußte, um über die Türschwelle zu treten, von der man sogleich in das Wohnzimmer des Priesters kam, bemerkte. »Es ist mir eine Ehre, Gast im Hause von Don Quijote zu sein.«

»Mein Bischof schätzt das Buch gar nicht.«

»Gottesfurcht und Literaturverständnis vertragen sich nicht immer.«

Der Bischof trat an das Bücherregal, wo Padre Quijote

sein Meßbuch, sein Brevier, das Neue Testament und ein paar zerfledderte Bände theologischer Literatur, Überbleibsel seines Studiums, sowie einige Werke seiner Lieblingsheiligen aufbewahrte.

»Wenn Sie mich einen Augenblick entschuldigen, Exzellenz ...«

Padre Quijote ging zu seiner Haushälterin in die Küche, die ihr auch als Schlafzimmer diente, und es muß zugegeben werden, daß sie außer der Spüle kein Waschbecken besaß. Sie war eine vierschrötige Person mit vorstehenden Zähnen und dem Anflug eines Schnurrbarts; sie traute keiner lebenden Seele, besaß aber eine gewisse Zuneigung zu den Heiligen, das heißt, zu den weiblichen Heiligen. Sie hieß Teresa, und niemand in Toboso wäre auf den Gedanken verfallen, sie Dulcinea zu nennen, denn keiner hatte Cervantes' Buch gelesen, außer dem Bürgermeister, der als Kommunist galt, und dem Eigentümer des Restaurants, und ob der letztere viel weiter als bis zum Kampf mit den Windmühlen vorgedrungen war, war zweifelhaft.

»Teresa«, sagte Padre Quijote, »wir haben einen Gast zum Essen, und es sollte daher schnell fertig sein.«

»Ich habe nur Ihr Steak im Haus, einen Salatkopf und einen Rest Manchegokäse.«

»Mein Steak reicht immer leicht für zwei, und der Bischof ist ein liebenswürdiger Herr.«

»Der Bischof? Dem serviere ich nicht.«

»Nicht *unser* Bischof. Ein Italiener. Ein sehr höflicher Mann.«

Er erklärte ihr, in welcher Lage er den Bischof angetroffen hatte.

»Aber das Steak ...«, sagte Teresa.

»Was ist mit dem Steak?«

»Sie können doch einem Bischof nicht Pferdefleisch vorsetzen.«

»Mein Steak ist Pferdefleisch?«

»Immer schon. Woher soll ich Rindfleisch nehmen, mit so wenig Wirtschaftsgeld?«

»Was anderes hast du nicht?«

»Nichts.«

»Ach, du meine Güte. Wir können nur beten, daß er nichts bemerkt. Ich habe schließlich auch nie etwas bemerkt.«

»Sie haben ja auch nie was Besseres gegessen.«

Gedrückten Sinnes kehrte Padre Quijote zum Bischof zurück, eine halbgeleerte Flasche Marsala in der Hand. Er war froh, als der Bischof sich ein Glas einschenken ließ, und dann noch eines. Vielleicht betäubte der Alkohol seine Geschmacksnerven. Der Bischof hatte sich bequem in Padre Quijotes einzigem Lehnstuhl niedergelassen. Padre Quijote beobachtete ihn besorgt. Gefährlich sah der Bischof nicht aus. Er hatte ein ganz glattes Gesicht, so als brauchte er sich nie zu rasieren. Padre Quijote bedauerte, daß er selbst am Morgen versäumt hatte, sich nach der Frühmesse zu rasieren, die er vor leeren Kirchenbänken gelesen hatte.

»Sie machen Ferien, Exzellenz?«

»Nicht gerade Ferien, obgleich es stimmt, daß ich die Abwechslung, verglichen mit Rom, genieße. Der Heilige Vater hat mir eine vertrauliche Mission übertragen, weil ich Spanisch spreche. Ich nehme an, Padre, daß viele ausländische Touristen nach Toboso kommen.«

»Nicht allzu viele, Exzellenz, denn hier gibt's nur ganz wenig zu sehen. Außer dem Museum.«

»Was gibt es denn in dem Museum zu sehen?«

»Es ist nur ein ganz kleines Museum, Exzellenz, nur ein Raum. Nicht größer als mein Wohnzimmer. Dort ist auch nichts Interessantes, außer den Unterschriften.«

»Welche Unterschriften denn? Könnte ich vielleicht noch ein Glas Marsala haben? So in der Sonne zu sitzen in dem zusammengebrochenen Wagen, das hat mich doch sehr durstig gemacht.«

»Verzeihen Sie mir, Exzellenz. Da sehen Sie, wie ungewohnt mir die Rolle des Gastgebers ist.«

»Ein Museum für Unterschriften, so was habe ich noch nie gehört.«

»Wissen Sie, vor Jahren begann der Bürgermeister von Toboso an Staatsoberhäupter zu schreiben und bat sie um Cervantes-Übersetzungen, von ihnen signiert. Die Sammlung ist recht bemerkenswert. Natürlich findet sich da General Francos Unterschrift in dem Band, den ich das Erstexemplar nennen möchte, dann gibt's Mussolinis Unterschrift und die von Hitler (eine ganz winzige, wie ein Fliegenschiß), und die von Churchill und von Hindenburg und von jemandem, der Ramsey MacDonald heißt – das war, glaube ich, der Premierminister von Schottland.«

»Von England, Padre.«

Teresa trug die Steaks auf. Sie setzten sich an den Tisch, und der Bischof sprach das Tischgebet.

Padre Quijote schenkte Wein ein und beobachtete besorgt, wie der Bischof das erste Stückchen Fleisch in den Mund schob, das er schnell mit einem Schluck Wein hinunterspülte – vielleicht, um den Geschmack zu beseitigen.

»Es ist ein ganz gewöhnlicher Wein, Exzellenz, aber wir hier sind sehr stolz auf ihn und nennen ihn Mancheganer.«

»Der Wein ist angenehm«, sagte der Bischof, »aber dieses Steak ... dieses Steak«, sagte er und starrte auf seinen Teller, während Padre Quijote das Schlimmste befürchtete. »Dieses Steak –«, sagte er ein drittes Mal, so, als müßte er aus den tiefsten Tiefen seiner Erinnerung an uralte Rituale den richtigen Ausdruck für einen Bannfluch ausgraben – während Teresa gespannt an der Schwelle verharrte –, »niemals, an keiner Tafel, habe ich je so etwas gekostet ... so zart, so geschmackvoll, ich bin versucht, blasphemisch zu werden und zu sagen, so ein göttliches Steak. Ich möchte Ihrer bewundernswerten Haushälterin gratulieren.«

»Sie ist hier, Exzellenz.«

»Meine gute Frau, lassen Sie mich Ihnen die Hand drük-
ken.« Der Bischof streckte ihr die ringgeschmückte Hand
mit der Handfläche nach unten entgegen, so als erwarte er
eher, daß sie sie küssen als daß sie sie schütteln würde. Teresa
zog sich eilig in die Küche zurück. »Habe ich etwas Falsches
gesagt?« erkundigte sich der Bischof.

»Nein, nein, Exzellenz, sie ist es nur nicht gewohnt, für
einen Bischof zu kochen.«

»Sie hat ein schlichtes und ehrliches Gesicht. Heutzutage
gerät man oft in Verlegenheit, weil man selbst in Italien sehr
heiratsfähigen Haushälterinnen begegnet – und, o weh!, nur
zu oft führt das dann auch zu einer Hochzeit.«

Teresa huschte mit dem Käse herein und zog sich ebenso
schnell wieder zurück.

»Nehmen Sie ein bißchen von unserem *queso manchego*,
Exzellenz?«

»Und dazu paßt vielleicht noch ein Gläschen Wein?«

Padre Quijote fühlte sich jetzt wohlig entspannt. Er faßte
Mut, eine Frage über die Lippen zu bringen, die er seinem
eigenen Bischof nicht zu stellen gewagt hätte. Ein römischer
Bischof stand schließlich der Quelle des Glaubens näher,
und das Lob, das der Bischof dem Steak aus Pferdefleisch
gespendet hatte, ermutigte ihn. Nicht umsonst hatte er seinen Seat Rosinante genannt, und er erhoffte sich eher eine
günstige Antwort, wenn er von seinem Wagen wie von einem Pferd sprach.

»Exzellenz«, sagte er, »eine Frage gibt es, die ich mir
schon oft gestellt habe, eine Frage, die sich vielleicht eher
dem Landbewohner aufdrängt als dem Städter.« Er zögerte
wie ein Schwimmer, der plötzlich auf eine kalte Strömung
trifft. »Würden Sie es als Ketzerei ansehen, wenn jemand zu
Gott darum betet, ein Pferd nicht sterben zu lassen?«

»Ein Gebet um Verlängerung des irdischen Daseins«, antwortete der Bischof ohne Zaudern, »nein – ein solches Gebet wäre durchaus zulässig. Die Kirchenväter lehren, daß

Gott die Tiere zu des Menschen Nutzen schuf und daß ein Pferd lange Zeit dem Menschen seine Dienste erweist, ist in den Augen Gottes ebenso wünschenswert wie ein langes Dasein meines Mercedes, der, wie ich leider glaube, mich im Stich gelassen hat. Allerdings muß ich zugeben, daß wir keinerlei Aufzeichnungen über Wunder besitzen, die unbeseelten Gegenständen widerfuhren. Aber im Falle von Tieren haben wir doch das Beispiel von Bileams Eselin, die durch die Gnade Gottes sich für Bileam weit nützlicher erwies als Esel gemeinhin.«

»Ich dachte freilich weniger an den Nutzen, den ein Pferd für seinen Herrn mit sich bringt, als an ein Gebet, daß es glücklich sein möge – ja sogar für seinen glücklichen Tod.«

»An einem Gebet für sein Glück finde ich nichts auszusetzen – es könnte dadurch gelehriger werden und von größerem Nutzen für seinen Eigentümer, aber was Sie da meinen, wenn Sie von dem glücklichen Tod eines Pferdes sprechen, da bin ich mir nicht so sicher. Ein glücklicher Tod für einen Menschen bedeutet einen Tod in Einklang mit Gott, ein Versprechen auf Ewigkeit. Wir können für das irdische Leben eines Pferdes beten, nicht aber für sein ewiges Leben – das grenzte gewiß an Ketzerei. Es gibt wohl eine Strömung in der Kirche, die die Möglichkeit nicht bestreitet, daß ein Hund so etwas wie eine Vorstufe zu einer Seele besitzen könnte, wenngleich ich selbst diesen Gedanken rührselig und gefährlich finde. Wir sollten Vermutungen, die wir nicht durchdacht haben, nicht unnötig Tür und Tor öffnen. Wenn schon ein Hund eine Seele besitzt, warum dann nicht gleich auch ein Rhinozeros oder ein Känguruh?«

»Oder eine Mücke?«

»Ganz recht. Ich sehe schon, Padre, Sie sind auf dem richtigen Pfad.«

»Aber ich habe nie verstehen können, Exzellenz, daß eine Mücke zum Nutzen des Menschen geschaffen sein könnte. Zu welchem Nutzen?«

»Aber Padre, dieser Nutzen ist doch ganz offenkundig. Man könnte eine Mücke mit einer Geißel in der Hand Gottes vergleichen. Sie lehrt uns, aus Liebe zu ihm Schmerzen zu ertragen. Dieses quälende Surren in den Ohren – vielleicht ist es das Surren Gottes.«

Padre Quijote hatte die unglückselige Gewohnheit einsamer Menschen: er sprach seine Gedanken laut aus. »Denselben Nutzen hätte dann auch ein Floh.« Der Bischof betrachtete ihn forschend, aber in Padre Quijotes Blick lag keine Spur von Ironie: Offenbar war er tief in Gedanken versunken.

»Dies alles sind große Geheimnisse«, verriet ihm der Bischof. »Wie stünde es wohl um unseren Glauben, wenn es keine Geheimnisse gäbe?«

»Ich frage mich«, sagte Padre Quijote, »wo ich die Flasche mit dem Kognak hingestellt habe, die mir ein Mann aus Tomelloso vor rund drei Jahren gebracht hat. Das wäre jetzt wohl der richtige Augenblick, sie zu öffnen. Bitte entschuldigen Sie mich, Monsignore ... vielleicht weiß es Teresa.« Er ging in die Küche.

»Er hat schon genug getrunken, für einen Bischof«, sagte Teresa.

»Pst! Deine Stimme ist zu laut. Der arme Bischof macht sich große Sorgen wegen seines Wagens. Er hat das Gefühl, daß er von ihm im Stich gelassen wurde.«

»Wenn Sie mich fragen, ist er ganz allein daran schuld. Als junges Mädchen lebte ich in Afrika. Die Neger und die Bischöfe vergessen immer, Benzin zu tanken.«

»Du glaubst wirklich ... Es stimmt schon, er ist ein sehr weltfremder Mensch. Er glaubt, daß das Surren einer Mücke ... Teresa, bring ihm den Kognak hinein und sag ihm, ich wäre nachschauen gegangen, ob ich seinen Wagen reparieren kann.«

Er holte aus dem Kofferraum seiner Rosinante einen Benzinkanister. Er glaubte zwar nicht, das Problem würde sich

so einfach lösen lassen, aber ein Versuch konnte nicht schaden; und tatsächlich, die Benzinuhr zeigte, daß der Tank leer
war. Warum war das dem Bischof nicht aufgefallen? Aber
vielleicht hatte er es bemerkt und hatte sich nur geschämt,
seine Torheit einem kleinen Landpfarrer einzugestehen. Er
empfand Mitleid mit dem Bischof. Der Italiener war ein
freundlicher Mann, nicht wie sein eigener Bischof. Er hatte
den neuen Wein getrunken, ohne ihn zu beanstanden, er
hatte das Pferdefleisch mit großem Vergnügen verzehrt.
Padre Quijote wollte ihn nicht demütigen. Aber wie sollte
er dem Bischof helfen, das Gesicht zu wahren? An die
Motorhaube des Mercedes gelehnt, grübelte er lange. Wenn
der Bischof die Benzinuhr nicht entdeckt hatte, dann fiel es
Padre Quijote gewiß leicht, vorzutäuschen, er verstehe sich
auf Mechanikerarbeit, was nicht der Fall war. Wie sollte er
auch? Jedenfalls konnte es nicht schaden, ein bißchen Motor-
öl auf den Händen zu verschmieren …

Der Kognak aus Tomelloso schmeckte dem Bischof ganz
vorzüglich. Unter den Lehrbüchern auf dem Regal hatte er
Cervantes' Werk entdeckt, das Padre Quijote noch als Junge
erworben hatte, und er lächelte bei der Lektüre einer Seite,
über die Padre Quijotes Bischof gewiß nicht gelächelt hätte.

»Hier ist eine sehr treffende Passage, Padre, die ich eben
las, als Sie hereinkamen. Was für ein Moralist dieser Cervantes doch war, was auch immer Ihr Bischof davon halten
mag. ›Es ist die Pflicht redlicher Untertanen, ihren Herren
die Wahrheit uneingeschränkt und ungeschminkt zu sagen,
ohne sie etwa zu vergröbern, um zu schmeicheln, und ohne
sie aus müßigen Gründen gefälliger zu zeichnen. Wisse
denn, Sancho, würde die nackte Wahrheit an die Ohren der
Fürsten dringen, unverhüllt von Schmeichelei, wir lebten in
anderen Zeiten.‹ Na, wie geht es meinem Mercedes, hat ihn
vielleicht ein Zauberer verhext, in dieser gefährlichen Gegend von La Mancha?«

»Der Mercedes ist startbereit, Exzellenz.«

»Ein Wunder? Oder ist der Werkstättenbesitzer vom Begräbnis zurück?«

»Der Werkstättenbesitzer ist noch nicht zurück, also habe ich mir den Motor selbst vorgeknöpft.« Er streckte ihm die Hände entgegen. »Schmutzige Arbeit. Sie hatten auch sehr wenig Benzin – das war leicht behoben –, ich habe immer einen Reservekanister, aber was war wirklich schuld?«

»Ah, dann war's also doch nicht nur das Benzin«, sagte der Bischof befriedigt.

»Ich hab einiges neu eingestellt – die technischen Bezeichnungen kann ich mir nie merken –, es war eine Menge herumzumurksen, aber jetzt läuft er. Vielleicht sollten Sie ihn in einer Werkstätte überholen lassen, sobald Sie in Madrid ankommen.«

»Dann kann ich also aufbrechen?«

»Falls Sie es nicht vorziehen, eine kleine Siesta zu halten. Teresa könnte Ihnen mein Bett frisch beziehen.«

»Nein, nein, Padre. Ihr ausgezeichneter Wein und das Steak haben mich sehr erfrischt – ach, dieses Steak. Außerdem habe ich heute in Madrid eine Verabredung zum Abendessen, und ich fahre nicht gern in der Dunkelheit.«

Während sie zur Hauptstraße gingen, erkundigte sich der Bischof bei Padre Quijote: »Seit wann leben Sie schon in Toboso, Padre?«

»Schon seit meiner Kindheit, Exzellenz. Abgesehen von meiner Studienzeit im Priesterseminar.«

»Wo haben Sie studiert?«

»In Madrid. Salamanca hätte ich ja vorgezogen, aber für die dortigen Anforderungen reichte es bei mir nicht.«

»Ein Mann mit Ihren Fähigkeiten ist in Toboso verschwendet. Ihr Bischof hat doch gewiß . . .«

»Ach, mein Bischof weiß leider, wie gering meine Fähigkeiten sind.«

»Hätte Ihr Bischof vielleicht meinen Wagen reparieren können?«

»Meine geistigen Fähigkeiten meinte ich.«

»Die Kirche braucht auch Männer mit praktischen Fähigkeiten. In der Welt von heute muß *astucia* – im Sinne von weltlicher Weisheit – sich mit der Kraft des Gebets verbünden. Ein Priester, der einem unerwarteten Gast guten Wein, guten Käse und ein bemerkenswert gutes Steak vorsetzen kann, ist einer, der sich auch in den höchsten Kreisen bewähren kann. Unsere Aufgabe hier ist es, den Sündern Bußfertigkeit beizubringen, und es gibt mehr Sünder in bürgerlichen Kreisen als unter den Bauern. Ich wünschte, Sie würden fortan dahinziehen auf den Straßen dieser Welt wie Ihr Ahne Don Quijote ...«

»Er war von einem Wahn besessen, Exzellenz.«

»Von St. Ignatius hat man das auch oft behauptet. Aber hier ist eine Straße, über die ich ziehen muß, und hier steht auch mein Mercedes ...«

»Er war nur eine erfundene Figur, sagt mein Bischof, geboren aus der Vorstellung eines Schriftstellers ...«

»Vielleicht sind wir alle nur erfundene Figuren, Padre, geboren aus den Vorstellungen Gottes.«

»Verlangen Sie, daß ich gegen Windmühlen anrenne?«

»Nur durch das Anrennen gegen Windmühlen fand Don Quijote zur Wahrheit auf seinem Totenbett«, und während der Bischof sich hinter das Steuer seines Mercedes setzte, rezitierte er, so daß es wie ein gregorianischer Choral klang: »Die Vögel, sie singen nicht mehr in den Nestern des vergangenen Jahrs.«

»Wunderschön ausgedrückt«, sagte Padre Quijote, »aber was wollte er damit sagen?«

»Das ist mir auch nie so recht klar geworden«, erwiderte der Bischof, »aber daß es schön ist, das genügt doch gewiß.«

Und während der Mercedes mit wiedergewonnener Kraft sanft schnurrend auf der Straße Madrid entgegenfuhr, witterte Padre Quijote ganz deutlich, daß der Bischof einen kurzen Augenblick lang einen angenehmen Duft hinter sich zurückließ, gemischt aus jungem Wein, Kognak und mancheganischem Käse, und den, ehe er sich verflüchtigte, ein Fremder leicht mit exotischem Weihrauch hätte verwechseln können.

Viele Wochen vergingen im wohltuend ungebrochenen Gleichmaß verflossener Jahre. Nun, da Padre Quijote wußte, daß das Steak, das er hie und da zu sich nahm, Pferdefleisch war, konnte er es fröhlich und ohne Schuldgefühle genießen – er brauchte sich seines luxuriösen Lebens wegen nichts vorzuwerfen –, und er konnte sich dabei an den Bischof aus Italien erinnern, der soviel Wohlwollen, soviel Höflichkeit und soviel Liebe zum Wein gezeigt hatte. Es schien ihm, als hätte einer der heidnischen Götter, von denen er beim Studium des Lateinischen gelesen hatte, eine kleine Weile unter seinem Dach gerastet. Er las nun sehr wenig, außer seinem Brevier und der Zeitung, aus der er nie erfahren hatte, daß die Lektüre des Breviers nicht länger vorgeschrieben war; seine Aufmerksamkeit galt besonders den Berichten über die Kosmonauten, da er nie ganz den Gedanken aufgegeben hatte, daß irgendwo in der ungeheuren Weite des Raumes das Reich Gottes liegen mußte – und ab und zu schlug er eines seiner alten theologischen Lehrbücher auf, um sich zu vergewissern, daß das, was er am bevorstehenden Sonntag in der Kirche predigen wollte, in Übereinstimmung mit den Lehren der Kirche war, wie es sich ziemte.

Einmal im Monat erhielt er aus Madrid auch eine theologische Zeitschrift. Darin fanden sich manchmal kritische Hinweise auf gefährliche Ideen – die sogar von einem Kardinal geäußert worden waren, in Holland oder Belgien, in welchem der beiden Länder wußte er nicht mehr genau, oder wie sie ein Priester mit einem teutonischen Namen niedergeschrieben hatte, der Padre Quijote an Luther erinnerte –, aber er zollte solchen kritischen Auslassungen wenig Aufmerksamkeit, weil ziemlich unwahrscheinlich war, daß er die Rechtgläubigkeit der Kirche dem Metzger, dem Bäcker oder dem Garagenbesitzer gegenüber zu verteidigen hatte, oder selbst dem Gastwirt gegenüber, der in Toboso der Gebildetste war, abgesehen vom Bürgermeister, und da der Bischof den Bürgermeister für einen Atheisten und Kommunisten hielt, brauchte er sich um ihn gewiß nicht zu kümmern, zumindest was die Lehren der Kirche anging. Tatsächlich erfreute sich Padre Quijote an einem Schwätzchen mit dem Bürgermeister an einer Straßenecke mehr als an Gesprächen mit seinen Pfarrkindern. In Gesellschaft des Bürgermeisters brauchte er sich selbst nicht länger als vorgesetzter Amtsträger zu fühlen; auch verband sie beide gleichermaßen das Interesse am Fortschritt in der Erforschung des Raumes durch die Kosmonauten, und jeder der beiden wahrte den Takt im Gespräch. Pater Quijote erwähnte nicht die Möglichkeit einer Begegnung zwischen einem Sputnik und dem Herrn der Engel, und der Bürgermeister legte eine wissenschaftliche Unvoreingenommenheit russischen wie amerikanischen Errungenschaften gegenüber an den Tag, während Padre Quijote vom christlichen Standpunkt her nicht viel Unterschied zwischen den Besatzungen der Raumschiffe sah – beide hielt er für gute Menschen, für vermutlich gute Väter und gute Ehemänner, aber in ihren Helmen und Raumanzügen, die ohne weiteres aus demselben Herrenmodengeschäft hätten stammen können, konnte er sich keinen von ihnen bei einer Begegnung mit den Erzengeln Gabriel oder Michael vorstellen, und schon gar nicht mit Luzifer, falls etwa ihr Raumschiff kopfüber in Richtung höllischer Bezirke trudeln sollte, statt zum Reich Gottes aufzusteigen.

»Ein Brief für Sie«, sagte Teresa argwöhnisch. »Ich wußte gar nicht, wo Sie stecken.«

»Ein Stückchen weiter oben, auf der Straße. Ich habe mit dem Bürgermeister geplaudert.«

»Mit diesem Ketzer!«

»Gäbe es keine Ketzer, Teresa, dann hätten wir Priester wenig zu tun.«

Sie fauchte: »Es ist ein Brief vom Bischof.«

»O du meine Güte, du meine Güte.« Er saß lange Zeit da, mit dem Brief in der Hand, bange, was er wohl enthalten mochte. Er konnte sich an keinen einzigen Brief seines Bischofs erinnern, der nicht die eine oder andere Beschwerde enthielt. Damals, zum Beispiel, als er die Osterspende, die herkömmlicherweise in seine eigene Tasche fließen sollte, an den Vertreter einer Wohlfahrtsorganisation mit dem ehrenwerten lateinischen Namen *In Vinculis* weitergereicht hatte, die behauptete, sich um das geistige Wohl armer Gefängnisinsassen zu kümmern. Es war ein persönlicher Akt der Nächstenliebe, der dem Bischof irgendwie zu Ohren kam, als man den Mann verhaftete, der das Geld eingesammelt hatte, weil der damit die Flucht von Feinden des Generalissimo aus dem Kerker organisierte. Der Bischof hatte ihn einen Narren genannt – eine Bezeichnung, die Christus mißbilligt hätte. Der Bürgermeister jedoch hatte ihm auf die Schulter geklopft und ihn einen würdigen Nachfahren seines großen Ahnen genannt, der die Galeerensklaven befreit hatte. Und dann, damals ... und dann noch, als ... Er hätte sich jetzt gern ein Gläschen Marsala genehmigt, zur Ermutigung, wäre die Flasche nicht leer gewesen, seit er den Bischof von Motopo bewirtet hatte.

Seufzend erbrach er das rote Siegel und öffnete den Umschlag. Wie schon befürchtet, schien der Brief in eiskalter Wut diktiert. »Ich erhielt einen gänzlich unverständlichen Brief aus Rom«, schrieb der Bischof, »den ich zunächst für einen ganz üblen Scherz hielt, eine Nachahmung kirchlichen Stils und möglicherweise ausgeheckt von einem Mitglied jener kommunistischen Organisation, die zu unterstützen Sie aus Gründen, die mir immer unverständlich bleiben werden, für Ihre Pflicht hielten. Doch auf meine Bitte um Bestätigung erhielt ich heute ein kurzgehaltenes Schreiben, mit dem das erste Sendschreiben bestätigt wird; darin werde ich ersucht, Ihnen sogleich zu übermitteln, daß es dem Heiligen Vater gefallen hat – auf Grund welcher seltsamen Regung des Heiligen Geistes steht mir nicht zu zu fragen –, Sie in den Rang eines Monsignore zu erheben, offenbar auf Empfehlung eines Bischofs von Motopo, von dem ich nie gehört habe, und ohne jede Rückfrage bei mir, obwohl eine entsprechende Befürwortung natürlich von mir kommen müßte – wozu ich mich aber höchstwahrscheinlich kaum bereit gefunden hätte, wie ich wohl nicht hinzuzufügen brauche. Ich gehorche dem Heiligen Vater, indem ich Ihnen diese Botschaft übermittle, und ich kann nur beten, daß Sie der Würde dieses Amtes keine Schande bereiten, das er für richtig befunden hat, Ihnen zu verleihen. Eine gewisse Art von Ärgernissen, die nur vergeben wurden, weil sie ihren Ursprung in der Unwissenheit des Dorfpriesters von Toboso hatten, hätte weit größeren Nachhall, läge ihnen die Unbedachtsamkeit eines Monsignore Quijote zugrunde. Deshalb also Besonnenheit, mein lieber Sohn, Besonnenheit, ich bitte Sie darum. Ich habe jedenfalls nach Rom geschrieben und darauf hingewiesen, wie absurd es wäre, eine kleine Gemeinde wie Toboso einem Monsignore anzuvertrauen, einen Titel, den viele verdienstvolle Priester in La Mancha krummnehmen werden, und ich habe um Hilfe gebeten, einen größeren Aufgabenbereich für Ihre Tätigkeit zu finden, in einer anderen Diözese vielleicht oder sogar in der Mission.«

Er faltete den Brief, der zu Boden glitt. »Was will er?« fragte Teresa.

»Er will mich aus Toboso vertreiben«, sagte Padre Quijote und es klang so verzweifelt, daß Teresa schnell in die Küche zurückkehrte, um die Trauer in seinem Blick nicht ertragen zu müssen.

2. Wie Monsignore Quijote
sich auf Reisen begab

Eine Woche nachdem der Brief des Bischofs in Padre Quijotes Hände gelangt war, begab es sich, daß in der Provinz La Mancha Gemeinderatswahlen abgehalten wurden, bei denen der Bürgermeister von Toboso eine unerwartete Niederlage erlitt. »Die Rechten haben sich neu formiert, sie suchen einen neuen Generalissimo«, teilte er Padre Quijote mit, und er erzählte von allerlei ihm wohlbekannten Intrigen, die der Garagenbesitzer, der Metzger und der Eigentümer des zweitklassigen Wirtshauses gesponnen hatten, der, wie es schien, sein Lokal vergrößern wollte. Geld sei im Spiel, sagte er, das ein geheimnisvoller Fremder dem Gastwirt geliehen hatte, so daß der eine neue Tiefkühltruhe gekauft hatte. Auf irgendeine Weise, die zu begreifen Padre Quijote gänzlich außerstande war, wurde so der Ausgang der Wahlen entscheidend beeinflußt.

»Mit Toboso will ich nie mehr was zu tun haben«, sagte der Ex-Bürgermeister.

»Und mich vertreibt der Bischof von hier«, gestand Padre Quijote und erzählte seine traurige Geschichte.

»Ich hätte Ihnen das vorhersagen können. Das kommt davon, wenn man auf die Kirche baut.«

»Es geht nicht um die Kirche, sondern um einen Bischof. Dem Bischof, Gott verzeih's mir, war ich nie sehr zugetan. Aber bei Ihnen, da ist das eine andere Sache. Für Sie, lieber Freund, empfinde ich herzliches Mitleid. Sie hat Ihre Partei im Stich gelassen, Sancho.«

Der Bürgermeister hieß Zancas, was in Cervantes' wahrer Geschichte auch der Familienname des Vorbilds von Sancho Pansa war, und wenngleich sein Vorname Enrique lautete, ließ er es doch zu, daß sein Freund Padre Quijote ihn mit dem Namen Sancho hänselte.

»Es geht überhaupt nicht um meine Partei. Nur drei Männer waren es, die mir das angetan haben«, und dann verbreitete er sich wieder über den Metzger, den Garagenbesitzer und die Sache mit der Tiefkühltruhe. »Verräter gibt es in jeder Partei. Auch in Ihrer, Padre Quijote. Da hat es Judas gegeben ...«

»Und in Ihrer gab es Stalin.«

»Lassen Sie doch diese alte abgestandene Geschichte jetzt ruhen.«

»Die Geschichte des Judas ist noch älter.«

»Papst Alexander VI. ...«

»Trotzki. Obwohl man bei Ihnen heute wahrscheinlich verschiedener Meinung über Trotzki sein darf.« Ihr Zank hatte wenig Sinn und Verstand, aber schlimmere Auseinandersetzungen gab es nie zwischen den beiden.

»Und wie stehen Sie zu Judas? In der Äthiopischen Kirche gilt er als Heiliger.«

»Ach, Sancho, Sancho, wir sind allzu verschiedener Meinung, um zu diskutieren. Gehen wir doch lieber zu mir nach Hause und trinken wir ein Glas Marsala miteinander ... Ach, ich habe ja ganz vergessen, der Bischof hat alles ausgetrunken.«

»Der Bischof ... Sie haben diesem Schuft erlaubt ...«

»Das war ein anderer Bischof. Ein guter Mensch, aber dennoch die Ursache all meiner Schwierigkeiten.«

»Dann kommen Sie lieber zu mir, in mein Haus, und trinken dort ein Glas ehrlichen Wodka.«

»Wodka?«

»Polnischen Wodka, Hochwürden. Aus einem katholischen Land.«

Padre Quijote kostete Wodka zum erstenmal. Beim ersten Glas schien ihm das Getränk wenig aromatisch – beim zweiten geriet er in eine Art Jubelstimmung. Er sagte: »Ihre Pflichten als Bürgermeister werden Ihnen fehlen, Sancho.«

»Ich will Ferien machen. Seit dem Tod von Franco habe ich keinen Schritt aus Toboso getan. Wenn ich nur ein Auto hätte ...«

Padre Quijote dachte an seine Rosinante, und seine Gedanken begannen zu schweifen.

»Moskau ist zu weit«, dröhnte die Stimme des Bürgermeisters, »außerdem ist es dort zu kalt. Ostdeutschland ... dorthin zieht es mich nicht, wir haben in Spanien schon zu viele Deutsche gesehen.«

Angenommen, dachte Padre Quijote, man verbannt mich nach Rom. So eine Entfernung, Rosinante könnte das nie schaffen. Der Bischof hatte sogar noch den Missionsdienst erwähnt. Rosinante näherte sich dem Ende ihrer Tage. Es ging doch nicht an, sie an irgendeinem Straßenrand in Afrika sterben zu lassen, wo dann Kannibalen um des Getriebes oder eines Türgriffs willen über sie herfielen.

»Das nächstgelegene Land, in dem die Partei an der Macht ist, ist San Marino. Ein Glas noch, Hochwürden!«

Ohne nachzudenken streckte Padre Quijote ihm sein Glas entgegen.

»Was wollen Sie tun, Padre, wenn Sie Toboso verlassen?«

»Ich werde Gehorsam üben. Ich gehe dahin, wohin man mich schickt.«

»Um tauben Ohren zu predigen, so wie hier?«

»Das ist billiger Spott – Sancho. Es gibt wohl niemanden, der mit dem Glauben keine Schwierigkeiten hat.«

»Nicht einmal der Papst?«

»Vielleicht nicht einmal der, der Arme. Was wissen wir denn, was er denkt, nachts im Bett, nachdem er gebetet hat?«

»Und Sie?«

»Ach, ich bin ebenso unwissend wie wir alle in dieser Gemeinde. Ich habe ein paar Bücher mehr gelesen, das ist alles, damals, während des Studiums, doch man vergißt so leicht ...«

»Dennoch glauben Sie all diesen Unsinn. Von Gott, der Dreifaltigkeit, der unbefleckten Empfängnis ...«

»Ich *will* glauben. Und ich will, daß andere Menschen glauben.«

»Warum?«

»Damit sie glücklich sind.«

»Dann lassen Sie sie ein bißchen Wodka trinken. Das ist besser als Heuchelei.«

»Wodka wirkt nicht ewig. Er wirkt schon jetzt nicht mehr.«

»Der Glaube auch nicht.«

Padre Quijote blickte erstaunt auf. Eben noch hatte er nachdenklich die letzten Tropfen in seinem Glas betrachtet.

»Ihr Glaube?«

»Und Ihrer.«

»Was bringt Sie auf diesen Gedanken?«

»So ist das Leben, das ist das Niederträchtige daran. Der Glaube erlischt wie das Begehren nach einer Frau. Ich kann mir nicht vorstellen, daß Sie eine Ausnahme von dieser allgemeingültigen Regel sind.«

»Meinen Sie, es könnte mir schaden, wenn ich jetzt noch ein Glas trinke?«

»Wodka hat noch nie jemandem geschadet.«

»Unlängst war ich ganz erstaunt, welche Mengen der Bischof von Motopo trank.«

»Wo liegt Motopo?«

»*In partibus infidelium.*«

»Das bißchen Latein, das ich einmal gelernt habe, ist längst vergessen.«

»Ich wußte gar nicht, daß Sie es gelernt haben.«

»Meine Eltern wollten einen Priester aus mir machen. Ich habe sogar in Salamanca studiert. Ich habe Ihnen das nie erzählt, Padre. *In Wodka veritas.*«

»Also deshalb wußten Sie Bescheid über die Äthiopische Kirche? Ich war ein wenig überrascht.«

»Es gibt so kleine Fetzchen nutzloses Wissen, die sich im

Hirn festsetzen wie Entenmuscheln an einem Boot. Übrigens, hoffentlich haben Sie gelesen, daß die sowjetischen Kosmonauten den Rekord für den Daueraufenthalt im Weltraum gebrochen haben?«

»Ich habe gestern irgend etwas darüber im Radio gehört.«

»Und doch haben sie in dieser ganzen langen Zeit keinen einzigen Engel getroffen.«

»Haben Sie schon einmal von den Schwarzen Löchern im All gelesen, Sancho?«

»Ich weiß schon, was Sie sagen wollen, Padre. Aber das Wort ›Loch‹ ist nur bildlich gemeint. Ein Glas noch? Fürchten Sie sich nicht, vor keinem Bischof auf der Welt.«

»Ihr Wodka flößt mir Hoffnung ein.«

»Worauf?«

»Eine verzweifelte Hoffnung, würden Sie wohl sagen.«

»Weiter. So reden Sie doch. Was für eine Hoffnung?«

»Ich kann es Ihnen nicht sagen. Sie würden mich auslachen. Vielleicht kommt einmal der Tag, an dem ich mit Ihnen über meine Hoffnung reden kann. Wenn Gott mir die Zeit schenkt. Und Ihnen die Zeit schenkt, das natürlich auch.«

»Wir sollten einander öfter sehen, Padre. Vielleicht kann ich Sie noch zu Marx bekehren.«

»Sie haben einen Marx im Haus?«

»Selbstverständlich.«

»*Das Kapital?*«

»Ja. Unter anderem. Da drüben steht es. Ich habe lange nicht darin gelesen. Ehrlich gesagt, ich fand immer, daß es streckenweise ... also, daß es überholt ... Diese vielen Statistiken über die industrielle Revolution in England. Sie finden ja wahrscheinlich auch manche Stellen in der Bibel langweilig.«

»Gott sei Dank muß man nicht gerade das 4. und das 5. Buch Mosis studieren, aber die Evangelien sind nicht langweilig. Du meine Güte, schauen Sie auf die Uhr. Liegt's am Wodka, daß die Zeit so schnell vergeht?«

»Also, wissen Sie, Padre, Sie erinnern mich an Ihren Vorfahren. Der glaubte auch an alle diese Bücher über edle Ritter, die selbst damals schon gänzlich überholt waren ...«

»Ich habe nie ein Buch mit Rittersagen gelesen.«

»Aber Sie schmökern immer noch in diesen theologischen Scharteken. Das sind so Ihre alten Rittersagen. Sie glauben genauso fest daran, wie er an die seinen.«

»Aber die Stimme der Kirche altert nicht, Sancho.«

»O ja, Padre, das tut sie sehr wohl. Beim zweiten Vatikanischen Konzil wurde sogar das Johannes-Evangelium revidiert.«

»Was für Unsinn Sie schwätzen.«

»Die Worte aus dem Johannes-Evangelium werden nicht mehr verlesen. ›Er war in der Welt. Die Welt ist durch ihn geworden, und doch hat die Welt ihn nicht erkannt.‹«

»Wie sonderbar, daß Sie das wissen.«

»Ach, ich hab manchmal vorbeigeschaut, so gegen Ende der Messe – nur um mich zu vergewissern, daß von meinen Leuten keiner in der Kirche ist.«

»Ich spreche diese Worte immer noch.«

»Aber laut sagen Sie sie nicht. Ihr Bischof erlaubt's Ihnen nicht. Sie sind wie Ihr Vorfahre, der seine ritterlichen Bücher heimlich las, so daß nur seine Nichte und sein Arzt davon wußten, bis ...«

»Was für ungereimtes Zeug Sie daherreden, Sancho.«

»Bis er mit seiner Rosinante aufbrach, um ritterliche Taten zu vollbringen, in einer Welt, die schon längst nicht mehr an diese alten Geschichten glaubte.«

»Begleitet von einem unwissenden Menschen, genannt Sancho«, erwiderte Padre Quijote eine Spur ärgerlich, was ihn sogleich reute.

»Begleitet von Sancho«, wiederholte der Bürgermeister. »Und warum eigentlich nicht?«

»Einen kurzen Urlaub könnte mir der Bischof kaum versagen.«

»Sie müssen nach Madrid reisen und sich Ihre Uniform kaufen.«

»Eine Uniform? Was für eine Uniform?«

»Purpurfarbene Socken, Monsignore, und eine purpurne – wie nennt man das Ding, das Sie unter dem Kragen tragen?«

»Die *pechera*. Aber das ist ja Unsinn. Niemand kann mich dazu bringen, Purpursocken und eine purpurne …«

»Sie gehören der Armee der Kirche an, Padre. Da können Sie die Rangabzeichen nicht verweigern.«

»Ich habe nie darum gebeten, daß man mich zum Monsignore macht.«

»Sie können sich natürlich auch ganz aus der Armee zurückziehen.«

»Könnten Sie sich aus der Partei zurückziehen?«

Jeder gönnte sich noch ein Glas Wodka, und sie verfielen in ein kameradschaftliches Schweigen, ein Schweigen, das ihren Träumen Zeit ließ zu wachsen.

»Glauben Sie, Ihr Wagen könnte die Reise bis Moskau durchstehen?«

»Meine Rosinante ist zu alt für so etwas. Sie würde unterwegs zusammenbrechen. Und jedenfalls fände der Bischof Moskau wohl kaum als Urlaubsort passend für mich.«

»Sie sind nicht mehr dem Bischof unterstellt, Monsignore.«

»Aber der Heilige Vater … Wissen Sie, bis Rom könnte Rosinante es vielleicht schaffen.«

»Rom freut mich gar nicht. Dort gibt's nichts zu sehen, nur überall purpurne Socken auf den Straßen.«

»Rom hat einen kommunistischen Bürgermeister, Sancho.«

»So ein Eurokommunist freut mich nicht mehr als euch ein Evangelischer. Was ist los mit Ihnen, Padre? Irgend etwas hat Ihnen die Laune verdorben.«

»Zuerst hat der Wodka in mir Träume geweckt, und dann hat der Wodka mir diese Träume zerstört.«

»Machen Sie sich nichts draus. Sie sind Wodka nicht ge-wöhnt, deshalb ist er Ihnen zu Kopf gestiegen.«

»Warum zuerst so ein seliger Traum ... und dann nackte Verzweiflung?«

»Ich weiß schon, was Sie meinen. Wodka hat manchmal diese Wirkung, bei mir auch, wenn ich ein bißchen zuviel trinke. Ich bringe Sie nach Hause, Padre.«

Bei Padre Quijotes Haustor trennten sie sich.

»Legen Sie sich ein Stündchen schlafen.«

»Teresa fände das um diese Tageszeit ziemlich seltsam. Außerdem habe ich mein Brevier noch nicht gelesen.«

»Das ist doch nicht mehr vorgeschrieben, oder?«

»Mir fällt es schwer, mich von einer alten Gewohnheit zu trennen. Gewohnheiten haben etwas Tröstliches, sogar wenn es langweilige Gewohnheiten sind.«

»Ich glaube, ich verstehe Sie schon, ja. Es gibt Zeiten, da blättere ich sogar im *Kommunistischen Manifest.*«

»Schenkt es Ihnen Trost?«

»Manchmal, ein wenig – nicht sehr. Aber ein wenig schon.«

»Sie müssen es mir einmal leihen. Später einmal.«

»Vielleicht während unserer Reise.«

»Sie glauben immer noch, daß wir zusammen auf Reisen gehen? Ich zweifle sehr, daß wir zusammenpassen als Weg-gefährten, Sie und ich. Uns trennt eine tiefe Kluft, Sancho.«

»Eine tiefe Kluft trennte Ihren Vorfahren von dem, den Sie den meinen nennen, und dennoch ...«

»Ja. Und dennoch ...« Rasch wandte sich Padre Quijote ab. Er ging in sein Arbeitszimmer und holte das Brevier vom Regal, aber schon nach ein paar Sätzen schlief er ein, und alles, woran er sich nach dem Erwachen erinnern konnte, war, daß er auf einen hohen Baum geklettert war und ein Nest von seinem Platz gestoßen hatte, ein leeres, spröde-brüchiges und dürres Nest, Überbleibsel eines Jahres, das schon vergangen war.

2

Padre Quijote kostete es viel Überwindung, dem Bischof sein Anliegen zu schreiben, und noch mehr Mut, den Brief zu öffnen, den er einige Zeit später als Antwort erhielt. Der Brief begann mit der abrupten Anrede »Monsignore« – und das klang so ätzend, als hätte man Säure geschluckt. »Toboso«, schrieb der Bischof, »ist eine der kleinsten Gemeinden meiner Diözese, und ich kann mir nicht denken, daß Ihre Pflichten sehr schwer auf Ihnen gelastet haben. Dennoch bin ich bereit, Ihrem Wunsch nach einer Erholungspause nachzukommen, und sende Ihnen einen jungen Priester, Padre Herrera, der sich während Ihrer Abwesenheit um Toboso kümmern wird. Ich zähle darauf, daß Sie Ihre Ferien wenigstens so lange aufschieben, bis Sie völlig überzeugt sind, daß Padre Herrera alle Probleme kennengelernt hat, die in Ihrer Gemeinde immerhin existieren mögen, so daß Sie Ihre Leute dann unbesorgt seiner Obhut überlassen können. Die Niederlage des Bürgermeisters bei den kürzlich abgehaltenen Wahlen in Toboso scheint immerhin ein Hinweis, daß der Strom der Zeit endlich in die richtige Richtung fließt, auch mag es ja sein, daß ein jüngerer Priester mit dem Geschick und der Umsicht Padre Herreras (er hat sein Studium in Salamanca mit dem Doktorat in Moraltheologie mit Auszeichnung abgeschlossen) eher imstande ist, diese Strömung zu nutzen als ein älterer Mann. Wie Sie wohl annehmen werden, habe ich dem Erzbischof bezüglich Ihrer Zukunft geschrieben, und ich habe kaum Zweifel, daß wir bis zu Ihrer Rückkehr aus den Ferien ein Tätigkeitsfeld für Sie gefunden haben, das Ihnen besser liegt als Toboso und das einem Priester in Ihren Jahren und Ihres Ranges geringere Bürden auferlegt.«

Der Brief war sogar noch schlimmer als Padre Quijote es erwartet hatte, und mit wachsender Furcht sah er der Ankunft Padre Herreras entgegen. Er sagte Teresa, daß Padre Herrera sogleich sein Schlafzimmer beziehen sollte, und bat sie, für ihn selbst, wenn irgend möglich, ein Klappbett aufzutreiben, das man im Wohnzimmer aufstellen könnte. »Falls du keines bekommst«, sagte er, »der Lehnstuhl tut's auch für mich. Ich habe nachmittags schon oft genug darin geschlafen.«

»Wenn er so jung ist, dann lassen Sie doch ihn im Lehnstuhl schlafen.«

»Zur Zeit ist er mein Gast, Teresa.«

»Was meinen Sie denn damit – zur Zeit?«

»Ich glaube, daß der Bischof ihn wohl als meinen Nachfolger in Toboso ausersehen hat. Ich werde langsam alt, Teresa.«

»Wenn Sie so alt sind, dann sollten Sie sich nicht irgendwo herumtreiben – der Herrgott mag wissen, wo. Jedenfalls rechnen Sie nicht damit, daß ich noch für einen anderen Priester arbeiten werde.«

»Versuche es doch einmal mit ihm, Teresa, versuche es doch. Aber verrate ihm auf keinen Fall das Geheimnis deiner bewundernswerten Steaks.«

Drei Tage vergingen, dann war Padre Herrera da. Padre Quijote, der zu einem Plausch mit dem Ex-Bürgermeister ausgegangen war, fand den jungen Padre mit einem eleganten schwarzen Köfferchen vor seiner Eingangstür. Teresa, mit einem Putzlappen in der Hand, verwehrte ihm den Eintritt. Padre Herrera war vielleicht von Natur her blaß, aber er wirkte erregt und die Sonne schimmerte auf seinem Klerikerkragen. »Monsignore Quijote?« fragte er. »Ich bin Padre Herrera. Diese Frau will mich nicht einlassen.«

»Teresa, Teresa, das ist sehr unfreundlich von dir. Wo bleiben deine guten Manieren? Das ist doch unser Gast. Geh jetzt und bring Padre Herrera eine Tasse Kaffee.«

»Nein, danke. Bitte nicht. Ich trinke niemals Kaffee. Ich kann sonst nachts nicht schlafen.«

Im Wohnzimmer setzte sich Padre Herrera ohne Zögern in den einzigen Lehnsessel. »Was für eine hitzige Person«, sagte er. »Ich habe ihr doch gesagt, daß mich der Bischof schickt, und sie hat mir eine sehr grobe Antwort gegeben.«

»Sie hat ihre Vorurteile, wie wir alle.«

»Dem Bischof hätte das ganz und gar nicht gefallen.«

»Nun, er hat es ja nicht gehört, und wir werden ihm nichts verraten, nicht wahr?«

»Ich war ganz entgeistert, Monsignore.«

»Nennen Sie mich bitte nicht Monsignore. Sagen Sie doch Padre, wenn es Ihnen recht ist. Ich bin schließlich so alt, daß ich Ihr Vater sein könnte. Haben Sie Erfahrung mit der Arbeit in der Gemeinde?«

»Nicht direkt. Ich war drei Jahre lang Sekretär Seiner Exzellenz. Seit meinem Abgang aus Salamanca.«

»Anfangs werden Sie es vielleicht schwer finden. Es gibt viele Teresas in Toboso. Aber ich bin überzeugt, Sie werden es sehr rasch verstehen. Sie sind doch promoviert worden, aus ... es wird mir schon einfallen.«

»Moraltheologie.«

»Ah, das ist mir immer sehr schwergefallen. Beinahe wäre ich durchgefallen ... sogar in Madrid.«

»Ich sehe da, Sie haben Pater Heribert Jones Schriften im Regal. Ein Deutscher. Aber dennoch sehr vernünftig, was er zum Thema sagt.«

»Leider habe ich seit Jahren nicht darin gelesen. Wie Sie sich denken können, spielt Moraltheologie in der Gemeindearbeit keine große Rolle.«

»Ich halte sie doch für entscheidend. Im Beichtstuhl.«

»Wenn der Bäcker zu mir kommt oder der Automechaniker – was ja nicht oft geschieht –, dann sind ihre Probleme meistens sehr simpel. Also, ich verlasse mich da auf meinen Instinkt. Mir bleibt nicht genug Zeit, ihre Probleme im Jone nachzuschlagen.«

»Instinkt muß auf einer festen Grundlage beruhen, Monsignore – Verzeihung – ich meine, Padre Quijote.«

»Ach ja, natürlich, auf einer festen Grundlage. Gewiß. Aber

so wie mein Vorfahre darf vielleicht auch ich auf alte Bücher bauen, die schon lange vor Jones Geburt geschrieben wurden.«

»Nur, die Bücher Ihres Ahnherrn handelten doch von Rittertugend und von nichts anderem.«

»Meine – auf ihre Weise – vielleicht auch. Der heilige Johannes vom Kreuz, die heilige Therese, der heilige Franz von Sales. Und die Evangelien, Padre. ›Laß uns nach Jerusalem gehen und mit Ihm sterben.‹ Don Quijote hätte es nicht besser ausdrücken können als der heilige Thomas.«

»Gewiß, gewiß, die Evangelien, die läßt man natürlich gelten«, sagte Padre Herrera wie jemand, der seinem Widersacher einen geringfügigen und unwichtigen Vorteil überläßt. »Aber trotzdem schreibt Jone über moraltheologische Fragen sehr vernünftig. Was haben Sie da gesagt?«

»Ach nichts, nichts. Eine Wahrheit, die ich gar nicht anführen dürfte. Ich wollte erwähnen, daß es auch noch eine andere vernünftige Grundlage gibt: Gottes Liebe.«

»Gewiß, gewiß. Aber wir dürfen auch nie sein Gericht vergessen. Stimmen Sie mir zu, Monsignore?«

»Ja, schon, ja, ich glaube schon.«

»Jone unterscheidet sehr streng zwischen Liebe und Gerechtigkeit.«

»Haben Sie sich auf die Sekretariatsarbeit vorbereitet, Padre? Nach dem Studium in Salamanca, meine ich.«

»Sicher. Ich kann maschineschreiben und darf ohne zu prahlen sagen, daß ich ausgezeichnet stenographiere.«

Teresa steckte den Kopf zur Tür herein. »Essen Sie mittags ein Steak, Hochwürden?«

»Zwei Steaks, bitte, Teresa.«

Die Sonne ließ Padre Herreras Kollar wieder aufblitzen, als er sich umwandte: Sein Schimmern war wie ein Signal des Himmels, doch welche Botschaft brachte es? Padre Quijote dachte, er habe wohl noch nie einen so sauberen Kragen gesehen, noch nie einen so sauberen Mann. So glatt und weiß war seine Haut, daß man hätte meinen können, er brauche sich niemals zu rasieren. Das kommt davon, daß ich schon so lange in Toboso wohne, dachte er, ich bin eben ein rauher Geselle vom Land. Sehr, sehr weit ist es von hier bis Salamanca.

3

Dann endlich kam der Tag der Abreise. Der Werkstattmeister hatte Rosinante das Zeugnis ausgestellt, sie sei fahrtüchtig, wenngleich er es nur mit Murren bestätigte. »Garantieren kann ich gar nichts«, sagte er. »Sie hätten sie mir vor fünf Jahren bringen sollen. Aber immerhin, bis Madrid wird sie schon durchhalten.«

»Und zurück nach Toboso, hoffe ich«, sagte Padre Quijote.

»Das ist schon wieder eine andere Sache.«

Der Bürgermeister konnte seine Ungeduld kaum zügeln, er wollte endlich aufbrechen. Er hatte keine Lust, seinen Nachfolger in Amt und Würden zu sehen. »Das ist ein ekelhafter Faschist, Padre. Bald wird es hier zugehen wie zu Francos Zeiten.«

»Dessen Seele Gott gnädig sein möge«, sagte Padre Quijote fast automatisch.

»Der hatte keine Seele. Falls es so was überhaupt gibt.«

In Rosinantes Kofferraum war ihr Gepäck verstaut und auf den Hintersitzen fanden vier Kisten ehrlichen manchaganischen Weins Platz. »Dem Wein in Madrid kann man nicht trauen«, sagte der Bürgermeister. »Wenigstens haben wir hier dank meiner Tätigkeit eine ehrliche Konsumgenossenschaft.«

»Wozu sollen wir nach Madrid fahren?« fragte Padre Quijote. »Ich habe die Stadt nie leiden können, schon damals als Student nicht, und ich bin auch nie wieder hingefahren. Warum fahren wir nicht nach Cuenca? Cuenca, höre ich, ist eine wunderschöne Stadt, und es ist auch viel näher. Ich möchte Rosinante nicht überanstrengen.«

»In Cuenca können Sie aber kaum purpurfarbene Socken einkaufen.«

»Diese Purpursocken! Ich weigere mich, so was zu kaufen. Ich kann es mir nicht leisten, mein Geld für Purpursocken zu vergeuden, Sancho.«

»Ihr Ahnherr hatte gebührenden Respekt vor der Uniform eines fahrenden Ritters, auch wenn er sich damit begnügen mußte, als Helm das Rasierbecken eines Barbiers zu tragen. Sie sind ein fahrender Monsignore, und Sie brauchen purpurne Socken.«

»Mein Ahnherr, sagt man, war verrückt. Mir wird es auch so gehen. Man wird mich mit Schimpf und Schande hierher zurückbringen. Ich bin wohl wirklich ein bißchen verrückt, denn ich lasse mich mit dem Titel Monsignore verspotten und überlasse Toboso der Obhut dieses jungen Priesters.«

»Der Bäcker hält gar nichts von ihm, und ich habe mit eigenen Augen gesehen, wie er mit diesem Reaktionär von einem Gastwirt vertraulich getuschelt hat.«

Padre Quijote bestand darauf, sich selbst ans Steuer zu setzen. »Rosinante hat ihre Mucken, und nur ich kenne sie.«

»Sie fahren da auf der falschen Straße.«

»Ich muß noch einmal nach Hause. Ich habe etwas vergessen.«

Den Bürgermeister ließ er im Wagen warten. Der junge Priester, das wußte er, war in der Kirche. Ein letztes Mal noch wollte er allein in dem Haus sein, in dem er mehr als 30 Jahre seines Lebens verbracht hatte. Außerdem hatte er vergessen, Pater Heribert Jones Moraltheologie mitzunehmen. Der heilige Johannes vom Kreuz lag im Kofferraum, daneben die heilige Therese und der heilige Franz von Sales. Ein bißchen widerwillig hatte er Padre Herrera versprochen, diese alten Bücher durch ein modernes theologisches Werk aufzuwiegen, von denen er seit seinen Studientagen keines mehr aufgeschlagen hatte. »Der Instinkt bedarf in Glaubensdingen einer vernünftigen Grundlage«, hatte Padre Herrera zu Recht festgestellt. Falls der Bürgermeister Marx zitierte, konnte sich Pater Heribert Jone für Erwiderungen noch als nützlich erweisen. Jedenfalls war es nur ein dünnes Bändchen, das sich leicht in die Tasche schieben ließ. Er setzte sich für ein paar Minuten in seinen Lehnstuhl. Sein Körper hatte den Sitz im Laufe der Jahre geformt, und die Form war ihm so vertraut, wie es die Krümmung des Sattels für seinen Vorfahren gewesen sein mochte. Er konnte hören, wie Teresa in der Küche mit den Töpfen hantierte und dazu ärgerlich vor sich hin redete – was ihm in seiner morgendlichen Einsamkeit immer wie Musik geklungen hatte. Selbst ihre schlechte Laune wird mir fehlen, dachte er. Draußen vor dem Tor drückte der Bürgermeister ungeduldig auf die Hupe.

»Verzeihen Sie, daß ich Sie warten ließ«, sagte Padre Quijote, und aus Rosinantes Innerem brach ein tiefes Stöhnen, als er einkuppelte.

Sie redeten sehr wenig miteinander. Es war, als laste ihr seltsames Abenteuer auf ihrem Gemüt. Einmal äußerte der Bürgermeister einen Gedanken, der ihn beschäftigte. »Etwas Gemeinsames muß uns doch verbinden, Hochwürden, denn weshalb sonst sollten Sie mit mir zusammen auf diese Reise gehen?«

»Freundschaft vielleicht?«

»Genügt das denn?«

»Wir werden es beizeiten wissen.«

Danach schwiegen sie wieder länger als eine Stunde. Dann ließ sich der Bürgermeister wieder vernehmen. »Was ärgert Sie, mein Freund?«

»La Mancha liegt jetzt schon hinter uns, und was vor uns liegt, scheint ungewiß.«

»Selbst Ihr Glaube?«

Das war eine Frage, die zu beantworten sich Padre Quijote nicht herbeiließ.

3. Wie einiges Licht
auf die Heilige Dreifaltigkeit fiel

Von Toboso bis Madrid ist es nicht sehr weit, aber dank der zögernden Gangart Rosinantes und der Kolonne Lastwagen vor ihnen fand der Abend Padre Quijote und den Bürgermeister immer noch auf der Landstraße.

»Ich bin hungrig und durstig«, klagte der Bürgermeister.

»Und Rosinante ist sehr müde«, erwiderte Padre Quijote.

»Wenn wir nur ein Gasthaus fänden, obwohl man dem Wein hier an der Hauptstraße nicht trauen kann.«

»Wir haben doch eine Fuhre guten mancheganischen mit.«

»Aber nichts zu essen. Ich muß was zu essen haben.«

»Teresa bestand darauf, uns ein Päckchen auf den Rücksitz zu legen. Für den Notfall, sagte sie. Ich fürchte, sie hat zu der armen Rosinante nicht mehr Zutrauen als der Mechaniker.«

»Aber das ist doch ein Notfall«, sagte der Bürgermeister.

Padre Quijote öffnete das Päckchen. »Gelobt sei der Herr«, sagte er, »ein großer mancheganischer Käse, ein paar geräucherte Würste, sogar zwei Gläser und zwei Messer.«

»Ich weiß nicht, was es mit dem Lob Gottes auf sich hat, aber Teresa hat gewiß Lob verdient.«

»Ach, wissen Sie, Sancho, es läuft wohl auf dasselbe hinaus. Alle unsere guten Werke sind Werke Gottes, genau wie unsere Missetaten das Werk des Teufels sind.«

»Dann allerdings müssen Sie unserem armen Stalin vergeben«, sagte der Bürgermeister, »denn alle Schuld trifft den Teufel.«

Sie fuhren sehr langsam und hielten Ausschau nach einem Baum, der Schatten spenden könnte, denn die Strahlen der Abendsonne fielen so schräg über die Felder, daß die Schatten viel zu schmal ausfielen, als daß zwei Männer bequem darin hätten ausruhen können. Endlich fanden sie, unter der verfallenen Mauer einer Scheune, die zu einem verlassenen Bauernhaus gehört hatte, was sie suchten. Jemand hatte grob einen Hammer und eine Sichel mit roter Farbe auf den bröckeligen Stein gemalt. »Unter dem Zeichen des Kreuzes hätte ich meine Mahlzeit lieber eingenommen«, sagte Padre Quijote.

»Was macht es schon aus? Der Käse schmeckt gleich, ob unter dem Kreuz oder unter dem Hammer. Außerdem – was ist schon viel Unterschied zwischen den zweien – sind nicht beide ein Protest gegen das Unrecht?«

»Aber die Ergebnisse, die sie zeitigen, waren doch ein wenig unterschiedlich. Das eine Zeichen erzeugte Gewalttaten, das andere Mildtätigkeit.«

»Gewalttaten? Milde? Und was ist mit der Inquisition und mit unserem großen Vaterlandsfreund Torquemada?«

»Durch Torquemada hatten weniger Menschen zu leiden als durch Stalin.«

»Sind Sie da so sicher – wenn Sie die Bevölkerungsziffern in Rußland zu Stalins Zeiten und in Spanien unter Torquemada berücksichtigen?«

»Ich bin kein Statistiker, Sancho. Machen Sie eine Flasche auf – falls Sie einen Korkenzieher haben.«

»Den habe ich immer bei mir. Aber Sie haben die Messer. Schälen Sie mir eine Wurst, Hochwürden.«

»Torquemada glaubte wenigstens, daß er seinen Opfern zur ewigen Seligkeit verhalf.«

»Und Stalin vielleicht auch. Am besten, man läßt Absichten beiseite, Padre. Welche Absichten den Menschen zu seinen Handlungen bewegen, bleibt ein Geheimnis. Dieser Wein würde viel besser schmecken, wenn er gekühlt wäre.

Gäbe es doch nur einen Fluß hier in der Gegend. Morgen müssen wir auch ein Thermosgefäß kaufen, nicht nur Ihre purpurnen Socken.«

»Urteilen wir aber nur auf Grund von Taten, Sancho, dann dürfen wir auch die Folgen nicht außer Betracht lassen.«

»Ein paar Millionen Tote und fast der halbe Erdball ist kommunistisch. Ein geringer Preis. In jedem Krieg werden mehr Menschen getötet.«

»Ein paar hundert Tote, und Spanien ist katholisch geblieben. Ein noch geringerer Preis.«

»Und so folgt Franco auf Torquemada.«

»Und Breschnew auf Stalin.«

»Nun gut, Padre, darauf wenigstens können wir uns einigen: Auf große Männer folgen offenbar immer kleine, und mit den kleinen läßt sich's wahrscheinlich leichter leben.«

»Ich freue mich, daß Sie Torquemadas Größe anerkennen.«

Sie lachten und sie tranken und waren glücklich dort unter der verwitterten Mauer, während die Sonne sank und die Schatten wuchsen, bis unversehens Dunkelheit sie umgab und die Wärme vor allem aus ihrem Innern aufstieg.

»Hegen Sie denn wirklich Hoffnungen, Padre, daß der Katholizismus den Menschen eines Tages einer glücklicheren Zukunft näher bringt?«

»O ja, natürlich, das *hoffe* ich.«

»Aber doch erst nach dem Tode?«

»Hegen Sie die Hoffnung, daß der Kommunismus – ich meine den echten Kommunismus, von dem Ihr Prophet Marx spricht – je verwirklicht wird, selbst in Rußland?«

»Ja, Padre, das hoffe ich, das hoffe ich wirklich. Aber Sie haben schon recht, und ich verrate es Ihnen auch nur, weil Ihnen als Priester die Lippen versiegelt sind und meine löst der Wein – manchmal packt mich schon die Verzweiflung.«

»Verzweiflung, ach, das verstehe ich gut. Auch ich kenne

diese Verzweiflung, Sancho. Keine ewige Verzweiflung, natürlich.«

»Meine ist auch nicht ewig, Padre. Sonst säße ich nicht hier neben Ihnen auf der Erde.«

»Wo wären Sie denn dann?«

»Begraben wäre ich. In ungeweihter Erde. Wie andere Selbstmörder auch.«

»Dann lassen Sie uns auf die Hoffnung trinken«, sagte Padre Quijote und erhob das Glas. Sie tranken.

Seltsam, wie schnell man eine Flasche leeren kann, wenn man ohne Erbitterung Streitreden führt. Die letzten Tropfen goß der Bürgermeister auf den Erdboden. »Für die Götter«, sagte er. »Aufgepaßt, ich sage die Götter, nicht Gott. Die Götter trinken in tiefen Zügen. Aber Ihr einsamer Gott, davon bin ich fest überzeugt, der ist ein Abstinenzler.«

»Sie sagen da etwas, Sancho, von dem Sie wissen, daß es falsch ist. Sie haben doch in Salamanca studiert. Sie wissen sehr gut, daß Gott, das glaube ich jedenfalls, und das haben Sie vielleicht auch einmal geglaubt, sich täglich morgens und abends in Wein verwandelt, bei der Messe nämlich.«

»Also, dann wollen wir mehr Wein trinken und immer mehr, Wein, den Ihr Gott gebilligt hat. Wenigstens schmeckt Mancheganer besser als Meßwein. Wo habe ich nur den Korkenzieher?«

»Sie sitzen darauf. Und spötteln Sie nicht über den Meßwein. Was Padre Herrera kaufen wird, weiß ich nicht, aber ich verwende immer einen ausgezeichneten Mancheganer. Allerdings, wenn der Papst die Kommunion in beiderlei Gestalt zuläßt, muß ich wohl etwas Billigeres kaufen, aber ich vertraue darauf, daß er die Armut der Priester bedenkt. Der Bäcker hat einen Riesendurst. Der würde einen ganzen Kelch ausschlürfen.«

»Einmal wollen wir noch anstoßen, Padre. Wieder auf die Hoffnung.«

»Auf die Hoffnung, Sancho.« Sie stießen mit den Gläsern

an. War es zuerst nur kühl geworden, so wurde die Nacht jetzt kalt, doch der Wein wärmte sie immer noch, und Padre Quijote verspürte keine Sehnsucht, der Stadt, die ihm mißfiel, entgegenzueilen und die Auspuffgase der Lastwagen einzuatmen, deren Scheinwerfer entlang der Straße eine Lichterkette spannten.

»Ihr Glas ist leer, Padre.«

»Danke. Einen Tropfen noch. Sie sind ein guter Kerl, Sancho. Wenn ich mich recht erinnere, haben sich unsere beiden Ahnherren mehr als einmal unter Bäumen zur Nachtruhe gebettet. Hier gibt's keine Bäume. Aber es gibt eine Schloßmauer. Am Morgen werden wir Einlaß heischen, jetzt aber ... Gib mir noch ein Stückchen Käse.«

»Ich bin so glücklich, daß ich unter dem großartigen Symbol Hammer und Sichel liegen darf.«

»Der armen Sichel ist es ziemlich übel ergangen in Rußland, nicht wahr, sonst würde man doch den Amerikanern nicht so viel Weizen abkaufen müssen?«

»Eine vorübergehende Knappheit, Padre. Das Klima können wir noch nicht kontrollieren.«

»Aber Gott kann es schon.«

»Glauben Sie das wirklich?«

»Jawohl.«

»Ah, Padre, Sie frönen da einer gefährlichen Droge – genauso gefährlich wie die Rittersagen des alten Don.«

»Was für eine Droge?«

»Opium.«

»Oh, ich verstehe schon ... der alte Spruch Ihres Propheten Marx – ›Religion ist Opium für das Volk‹. Aber Sie reißen das aus dem Zusammenhang, Sancho. So wie unsere Ketzer immer die Worte unseres Herrn verdreht haben.«

»Ich verstehe nicht, was Sie meinen, Monsignore.«

»Als ich noch Student in Madrid war, hat man mich ermutigt, ein wenig in *Ihrer* heiligen Schrift zu lesen. Man soll schließlich seine Feinde kennen. Erinnern Sie sich denn nicht, wie Marx die Mönchsorden in England verteidigt und Heinrich VIII. verdammt hat?«

»Ganz bestimmt nicht.«

»Sie sollten *Das Kapital* wieder einmal lesen: Dort ist nicht von Opium die Rede.«

»Aber geschrieben hat er's doch – wenn ich auch im Augenblick nicht weiß, wo.«

»Ja, aber er hat es im 19. Jahrhundert geschrieben. Damals galt Opium nicht als böses Rauschgift – Laudanum war ein Beruhigungsmittel für die Wohlhabenden, das die Armen sich nicht leisten konnten. Die Religion ist das Valium der Armen – das war's, was er gemeint hat, nichts sonst. Und besser für sie als der Weg in die Kneipe. Vielleicht sogar besser für sie als dieser Wein. Ohne Beruhigungsmittel kann der Mensch nicht leben.«

»Dann sollten wir vielleicht noch eine Flasche köpfen?«

»Sagen wir eine halbe Flasche, denn wir wollen ja heil in Madrid ankommen. Zuviel Opium könnte gefährlich werden.«

»Wir machen schon noch einen Marxisten aus Ihnen, Monsignore.«

»Ich habe ein paar halbe Flaschen eingepackt, um die Ekken besser auszufüllen.«

Der Bürgermeister ging zum Auto und kehrte mit einer halben Flasche zurück.

»Ich habe nie geleugnet, daß Marx ein guter Mensch war«, sagte Padre Quijote. »Er wollte den Armen helfen, und dieses Wollen wird ihn zuletzt gewiß vor der Hölle gerettet haben.«

»Ihr Glas, Monsignore.«

»Ich habe Sie gebeten, mich nicht Monsignore zu nennen.«

»Warum nennen Sie mich dann nicht Genosse – das ist mir lieber als Sancho.«

»In jüngster Vergangenheit, Sancho, haben zu viele Genossen ihre Genossen umgebracht. Ich will Sie gern Freund nennen. Freunde neigen weniger dazu, einander zu töten.«

»Geht Freund nicht ein bißchen weit – zwischen einem katholischen Priester und einem Marxisten?«

»Vor ein paar Stunden noch sagten Sie, daß uns etwas Gemeinsames verbinden muß.«

»Vielleicht verbindet uns dieser Mancheganerwein, Freund.«

Während das Dunkel sie immer dichter umhüllte, wurde den beiden immer wohler zumute, und sie hänselten einander. Sooft Lastwagen auf der Straße vorüberfuhren, glänzte das Scheinwerferlicht einen Augenblick lang auf den beiden leeren Weinflaschen und auch auf der halben Flasche, die noch Wein enthielt.

»Was mich verwirrt, lieber Freund, das ist, daß Sie an so viele unvereinbare Dinge glauben können. Nehmen Sie zum Beispiel die Dreifaltigkeit. Das ist schlimmer als höhere Mathematik. Können Sie mir die Dreifaltigkeit erklären? Die in Salamanca haben es nicht zuwege gebracht.«

»Ich kann es versuchen.«

»Dann versuchen Sie es.«

»Sehen Sie diese Flaschen?«

»Natürlich.«

»Zwei Flaschen sind gleich groß. Der Wein darin war aus dem gleichen Stoff, und das Licht der Sonne fiel gleichzeitig auf die Trauben. Da haben Sie Gott, den Vater und den Gottessohn und dort in der halben Flasche den Heiligen Geist. Der gleiche Stoff. Die gleiche Geburtsstunde. Sie sind unteilbar. Wer an einem von Ihnen teilhat, hat an allen dreien teil.«

»Nicht einmal in Salamanca konnte man mir erklären, was es mit dem Heiligen Geist auf sich hat. Mir schien er immer ein bißchen überflüssig.«

»Zwei Flaschen haben uns nicht genügt, nicht wahr? Diese halbe Flasche hat den Funken in uns entzündet, den wir beide gebraucht haben. Ohne ihn wären wir nicht so glücklich. Vielleicht hätte uns der Mut gefehlt, unsere Reise fortzusetzen. Ja sogar unsere Freundschaft wäre vielleicht ohne den Heiligen Geist erloschen.«

»Sie sind sehr erfinderisch, Freund. Wenigstens beginne ich jetzt zu verstehen, was *Sie* unter Dreifaltigkeit verstehen. Nicht, daß ich daran glaube, hören Sie. Das werde ich nie.«

Padre Quijote saß stumm da und starrte die Flaschen an. Als der Bürgermeister ein Streichholz anriß, um eine Zigarette anzuzünden, sah er, daß sein Kamerad den Kopf gesenkt hatte. Es war, als hätte ihn der Geist verlassen, den er gepriesen hatte. »Was ist geschehen, Padre?« fragte er.

»Der Herrgott möge mir verzeihen«, sagte Padre Quijote, »denn ich habe gesündigt.«

»Es war nur ein Scherz, Padre. Ihr Gott kann doch wohl einen Spaß verstehen.«

»Ich habe mich der Ketzerei schuldig gemacht«, erwiderte Padre Quijote. »Ich glaube – vielleicht –, ich bin nicht würdig, Priester zu sein.«

»Aber was haben Sie denn getan?«

»Ich habe Irrlehren verbreitet. Der Heilige Geist ist in allen Belangen dem Vater und dem Sohn ebenbürtig, und ich habe ihn durch diese halbe Flasche dargestellt.«

»Ist das ein schwerer Irrtum, Padre?«

»Es ist ein Anathema. Ausdrücklich verflucht bei ich weiß nicht mehr welchem Konzil. Einem sehr frühen Konzil. Vielleicht war es das von Nicäa.«

»Machen Sie sich keine Sorgen, Padre. Das bringen wir leicht in Ordnung. Wir werfen diese halbe Flasche weg und vergessen sie, und ich bringe eine ganze Flasche aus dem Auto.«

»Ich habe schon mehr getrunken als mir guttut. Hätte ich nicht so viel getrunken, dann hätte ich nie, niemals diesen Fehler begangen. Keine Sünde ist schlimmer als die Sünde wider den Heiligen Geist.«

»Vergessen Sie es doch. Wir bringen das augenblicklich in Ordnung.«

So kam es, daß sie noch eine Flasche leerten. Padre Quijote fühlte sich getröstet, auch berührte ihn das Mitgefühl seines Weggefährten.

Der Mancheganerwein war leicht, aber beiden schien es doch weiser, sich im Gras auszustrecken und die Nacht gleich hier zu verschlafen, und als die Sonne aufstieg, konnte Padre Quijote über den Kummer, den er empfunden hatte, schon lächeln.

Eine kleine Vergeßlichkeit und ein unabsichtlicher Irrtum, darin lag nichts Sündiges. Der Mancheganerwein hatte schuld – wie sich gezeigt hatte, war er doch nicht ganz so leicht, wie Padre Quijote gemeint hatte.

Während sie aufbrachen, sagte er: »Ich habe mich gestern nacht ein wenig töricht aufgeführt, Sancho.«

»Ich fand, Sie haben sehr schön gesprochen.«

»Dann verstehen Sie jetzt ein bißchen besser, was die Dreifaltigkeit ist?«

»Verstehen, ja, glauben, nein.«

»Könnten Sie dann, bitte, die halbe Flasche vergessen? Das war ein Irrtum, den ich nie hätte begehen dürfen.«

»Mein Freund, ich erinnere mich nur noch an die drei vollen Flaschen.«

4. Wie Sancho seinerseits neues Licht auf einen alten Glauben warf

I

Auch wenn der Wein leicht war, lag es vielleicht doch an den dreieinhalb Flaschen, daß sie am nächsten Tag eine Weile stumm dahinfuhren. Schließlich bemerkte Sancho: »Nach einem guten Mittagessen werden wir uns wohler fühlen.«

»Ach, die arme Teresa«, sagte Padre Quijote. »Ich hoffe, ihre Steaks schmecken Padre Herrera.«

»Was ist so bemerkenswert an diesen Steaks?«

Padre Quijote gab keine Antwort. Er hatte das Geheimnis vor dem Bischof von Motopo bewahrt – nun wollte er Teresas Geheimnis auch dem Bürgermeister nicht verraten.

Die Straße machte eine Kurve. Statt die Fahrt zu verlangsamen, preschte Rosinante aus unerfindlichen Gründen vorwärts und überfuhr beinahe ein Schaf. Die Straße vor ihnen wimmelte von Schafen. Wie eine bewegte Meeresoberfläche sahen sie aus, mit schaumgekrönten Wellchen.

»Jetzt können Sie leicht noch ein Nickerchen machen«, sagte der Bürgermeister. »Da kommen wir doch nie durch.« Ein Hund lief bellend und angriffslustig herbei, um den Missetäter zurückzutreiben. »Schafe sind blöde Viecher«, rief der Bürgermeister giftig. »Ich habe nie begriffen, warum Ihr Religionsstifter sie mit uns Menschen vergleicht. ›Weide meine Schafe.‹ Oder ja doch, vielleicht war er ein Zyniker, wie schließlich andere gute Menschen auch. ›Führe sie auf eine gute Weide, mäste sie, damit wir sie dann selbst aufessen können. Der Herr ist mein Hirte.‹ Aber wenn wir Schafe sind, warum, um Himmels willen, sollen wir dann dem Schäfer trauen? Er schützt uns vor den Wölfen, das schon, o ja, aber nur, damit er uns dann an den Metzger verkaufen kann.«

Padre Quijote zog das Brevier aus der Tasche und begann demonstrativ darin zu lesen, nur hatte er eine ungewöhnlich langweilige und bedeutungslose Stelle aufgeschlagen, die ihn ganz und gar nicht davon abhielt, die Worte des Bürgermeisters zu hören, Worte, die ihn schmerzten.

»Und dazu auch hat er doch tatsächlich Schafe den Ziegen vorgezogen«, sagte der Bürgermeister. »Was für eine dumme Gefühlsduselei, diese Vorliebe! Die Ziege taugt zu allem genauso gut wie das Schaf, und außerdem hat sie viele Vorzüge einer Kuh. Schafe geben Wolle, gut – aber die Ziege gibt ihre Haut her, um dem Menschen zu dienen. Schafe liefern Lammfleisch, aber mir persönlich schmeckt Kitz besser. Und wie die Kuh versorgt uns die Ziege mit Milch und Käse. Schafkäse – so was essen doch nur Franzosen.«

Padre Quijote hob den Blick und sah, daß die Straße endlich wieder frei war. Er steckte sein Brevier ein und setzte seine Rosinante in Bewegung. »Ein Mensch ohne Glauben kann auch nicht lästern«, sagte er, mehr zu sich selbst als zum Bürgermeister.

Dabei dachte er: Aber dennoch, weshalb Schafe? Warum hat Er in seiner unendlichen Weisheit das Schaf als Symbol gewählt? Es war eine Frage, die keiner der alten Theologen beantwortete, deren Werke er auf dem Regal in Toboso aufbewahrte, nicht einmal der heilige Franz von Sales, obgleich er soviel zu sagen wußte: über Elefanten und Turmfalken, über Spinnen und Bienen und Wachteln.

Ganz gewiß war diese Frage auch nicht im *Catecismo de la Doctrina Cristiano* abgehandelt, verfaßt von dem frommen Antonio Claret, dem ehemaligen Erzbischof von Santiago de Cuba, dessen Werk er noch als Kind gelesen hatte – wenn er sich auch zu erinnern glaubte, daß es unter den

Illustrationen eine gab, die einen Hirten und seine Schafe zeigte. Scheinbar zusammenhanglos sagte er: »Die Kinder lieben Lämmer sehr.«

»Und auch Ziegen«, sagte der Bürgermeister. »Erinnern Sie sich nicht aus Ihrer Kindheit an die kleinen Wagen, die von Ziegen gezogen wurden? Wo sind sie geblieben, alle diese Ziegen? Zum Fegefeuer verdammt?« Er schaute auf die Uhr. »Ich schlage vor, wir gönnen uns ein gutes Essen bei Botin und gehen dann Ihre purpurnen Socken einkaufen.«

»Ich hoffe, daß das Restaurant nicht sehr teuer ist, Sancho.«

»Keine Sorge. Diesmal sind Sie mein Gast. Das Spanferkel dort ist berühmt – wir können die Lämmer des guten Hirten, die man in unserem Land so liebt, unangetastet lassen. Botin hat ein Restaurant, das schon zu Francos Zeiten bei der Geheimpolizei sehr beliebt war.«

»Gott schenke seiner Seele Frieden«, sagte Padre Quijote rasch.

»Ich wünschte, ich könnte an die Hölle glauben«, erwiderte der Bürgermeister, »denn ich würde ihn in die tiefste Hölle schicken – wie Dante das bestimmt auch getan hätte.«

»Ich mißtraue dem Urteil der Menschen, selbst dem von Dante«, sagte Padre Quijote. »Es ist nicht dasselbe wie das Urteil Gottes.«

»Dann würden Sie ihn wohl ins Paradies schicken?«

»Das habe ich nie behauptet, Sancho. Ich leugne gar nicht, daß er viel Böses getan hat.«

»Ah, deshalb haben Sie diesen bequemen Ausweg erfunden – das Fegefeuer.«

»Ich habe nichts erfunden – weder Hölle noch Fegefeuer.«

»Verzeihen Sie mir, Padre. Ich habe natürlich Ihre Kirche gemeint.«

»Die Kirche baut auf schriftliche Zeugnisse, so wie Ihre Partei auf Marx und Lenin.«

»Aber Sie glauben doch, daß Ihre Bücher das Wort Gottes enthalten.«

»Seien Sie gerecht, Sancho. Glauben denn nicht auch Sie – außer nachts manchmal, wenn Sie schlaflos liegen –, daß Marx und Lenin ebenso unfehlbar sind wie – nun, sagen wir, Matthäus und Markus?«

»Und Sie, wenn *Sie* nicht schlafen können, Monsignore?«

»Die Vorstellung einer Hölle hat mir manchmal schon den Schlaf geraubt. Vielleicht haben Sie in derselben Nacht in Ihrem Zimmer an Stalin und die Straflager gedacht. War Stalin – oder Lenin – notwendigerweise im Recht? Vielleicht stellen Sie sich diese Frage im selben Augenblick, in dem ich mich frage, ob es möglich ist ... wie kann ein gnädiger Gott, ein Gott der Liebe ...? Ach, ich klammere mich an meine alten Schriften, aber auch ich habe meine Zweifel. Erst unlängst – weil Teresa in der Küche irgend etwas über die Hitze im Backrohr sagte – habe ich alle Evangelien nachgelesen. Wissen Sie, daß Matthäus auf 52 Seiten in meiner Bibel die Hölle fünfzehnmal erwähnt, und Johannes erwähnt sie nicht ein einziges Mal? Markus erwähnt sie nur zweimal auf 31 Seiten und Lukas dreimal auf 52 Seiten. Freilich, Matthäus, der arme Mensch, war ein Steuereinnehmer, und wahrscheinlich glaubte er an die Wirksamkeit von Strafen, aber ich habe mich doch gefragt ...«

»Und wie recht Sie damit haben!«

»Ich hoffe – mein Freund –, daß auch Sie manchmal zweifeln. Es ist menschlich, zu zweifeln.«

»Ich versuche, nicht zu zweifeln«, sagte der Bürgermeister.

»Oh, ich auch. Ich natürlich auch. Darin gleichen wir uns gewiß.«

Der Bürgermeister legte einen Augenblick lang die Hand auf Padre Quijotes Schulter, und Padre Quijote empfand bei dieser Berührung eine Welle von Zuneigung. Seltsam, dachte er, während er Rosinante ungewöhnlich vorsichtig um eine Kurve steuerte, wie sehr Zweifel, welche Menschen teilen, sie näher zusammenführen können, mehr noch vielleicht als ein gemeinsamer Glaube. Der Gläubige bekämpft einen anderen Gläubigen eines winzigen Glaubensunterschieds wegen: Der Zweifler kämpft nur mit sich selbst.

»Der Gedanke an das Spanferkel bei Botin«, sagte der Bürgermeister, »erinnert mich an diese hübsche Parabel vom Verlorenen Sohn. Natürlich ist mir der Unterschied klar, denn in dieser Geschichte läßt, glaube ich, der Vater ein Kalb schlachten, ja sogar ein Mastkalb. Ich hoffe, unser Spanferkel wird auch so schön fett sein.«

»Ein sehr schönes Gleichnis«, sagte Padre Quijote mit einem Anflug von Trotz. Er empfand Unbehagen bei dem Gedanken, was da wohl noch kommen mochte.

»Ja, es beginnt schön«, sagte der Bürgermeister. »Da ist dieser sehr bürgerliche Haushalt, ein Vater, zwei Söhne. Der Vater, könnte man sagen, entspricht einem reichen russischen Kulaken, dem seine Bauern ebenso viele Seelen bedeuten, die ihm gehören.«

»Im Gleichnis kommt nichts von Kulaken oder Seelen vor.«

»Die Geschichte, die Sie gelesen haben, ist wahrscheinlich eine leicht korrigierte Fassung, von den Herren kirchlichen Zensoren da und dort zurechtgestutzt.«

»Was meinen Sie damit?«

»Man könnte sie auch ganz anders erzählen, und vielleicht erzählte man sie auch anders. Da gibt's diesen jungen Mann, der durch einen glücklichen Umstand in der Erbmasse wider alles Erwarten mit echtem Haß gegen ererbten Reichtum aufgewachsen ist. Vielleicht hatte Christus Hiob im Sinn. Immerhin trennte ihn von dem Verfasser der Geschichte Hiobs eine kürzere Zeitspanne als Sie von Ihrem großen Ahnherrn. Hiob, wie Sie sich wohl erinnern, war unanständig reich. Er besaß 7000 Schafe und 3000 Kamele. Der Sohn empfindet seine Bourgeois-Umgebung wie einen Würgegriff – vielleicht sogar die Sorte Möbel und die Art Bilder an der Wand, oder die fetten Kulaken, die in tragischem Gegensatz zu der Arbeit ringsumher bei ihrem Sabbathmahl hocken. Er muß fort von hier – irgendwohin. Also fordert er seinen Anteil an dem Erbe, das ihm und seinem Bruder beim Tod des Vaters zusteht, und verläßt das Vaterhaus.«

»Ja, und vergeudet sein Erbe durch ein ausschweifendes Leben«, unterbrach Padre Quijote.

»Ah, das ist die offizielle Version. Meine Version lautet, daß ihn die bürgerliche Welt, in der er aufgewachsen war, so sehr anwiderte, daß er sich seines Reichtums so schnell wie möglich entledigte – vielleicht schenkte er ihn sogar her und wurde ein Bauer, mit so einer Tolstojschen Geste.«

»Aber er kehrte heim.«

»Ja, der Mut verließ ihn. Er fühlte sich sehr einsam, dort auf der Schweinefarm. Dort gab es keine Sektion der Partei, von der er Hilfe erhoffen konnte. Das *Kapital* war noch nicht geschrieben, also konnte er seine eigene Rolle im Klassenkampf nicht erkennen. Ist es verwunderlich, daß er eine Weile hin- und herschwankte, der arme Junge?«

»Nur eine Weile? Wo haben Sie das her?«

»In Ihrer Version bricht die Geschichte ziemlich unvermittelt ab, nicht wahr? Dank der kirchlichen Zensoren, ohne Zweifel, vielleicht sogar dank Matthäus, dem Steuereinnehmer. Ja, ich weiß, ich weiß, er wird daheim mit offenen Armen aufgenommen, ein fettes Kalb wird aufgetragen, wahrscheinlich ist er ein paar Tage glücklich, dann aber empfindet er wieder, genau wie früher, den gleichen erstickenden Druck des bürgerlichen Materialismus, der ihn von daheim vertrieben hatte. Der Vater versucht, ihm seine Liebe zu zeigen, aber die Möbel sind immer noch abscheulich, falscher Louis Quinze oder was man auch immer damals statt dessen herumstehen hatte, dieselben Bilder vom guten

Leben hängen an den Wänden, er ist mehr denn je über die Unterwürfigkeit der Dienstboten entsetzt und über die üppigen Mahlzeiten, und nun erinnert er sich wieder an die Kameradschaft, die er inmitten der Armut der Schweinefarm angetroffen hatte.«

»Sagten Sie nicht, daß es dort keine Parteisektion gab und daß er sich sehr vereinsamt fühlte?«

»Ja, stimmt, ich habe übertrieben. Er hatte wirklich einen Freund, und ihm fielen die Worte dieses bärtigen alten Bauern wieder ein, der ihm geholfen hatte, den Trank für die Schweine zum Trog zu tragen, er begann über sie zu grübeln – über die Worte, meine ich, nicht über die Schweine –, dort in dem üppigen Bett, wo sich seine Knochen nach dem harten Erdboden in der Farmhütte sehnten. Schließlich, 3000 Kamele reichen doch wohl aus, um einem empfindsamen Menschen Übelkeit zu verursachen.«

»Sie haben eine blühende Phantasie, Sancho, sogar im nüchternen Zustand. Was hat denn nur der alte Bauer gesagt?«

»Er hat ihm erzählt, daß jeder Staat, in dem es privates Eigentum an Grund und Boden und an Produktionsmitteln gibt, jeder Staat, in dem das Kapital herrscht, wie demokratisch er sich auch immer gebärdet, ein kapitalistischer Staat ist, eine Maschinerie, von Kapitalisten erfunden und dazu benutzt, die Arbeiterklasse auszubeuten.«

»Ihre Geschichte klingt jetzt schon ebenso langweilig wie mein Brevier.«

»Langweilig? Das nennen Sie langweilig? Ich zitiere niemand geringeren als Lenin. Ja, verstehen Sie denn nicht, daß dieser alte Bauer (den ich im Geist mit einem Vollbart vor mir sehe, wie Karl Marx ihn trug) dem Verlorenen Sohn sozusagen die Ur-Idee vom Klassenkampf in die Seele pflanzt?«

»Und was tut der?«

»Nach einer Woche voller Enttäuschungen verläßt er das

Vaterhaus in der Morgendämmerung (hören Sie, im Morgen*rot*), um zur Schweinefarm und dem alten, bärtigen Bauern zurückzukehren, nun aber entschlossen, seine Aufgabe im Kampf des Proletariats zu übernehmen. Der bärtige Bauer sieht ihn von fern, läuft ihm entgegen, wirft ihm die Arme um den Hals und küßt ihn, während der Verlorene Sohn sagt: ›Vater, ich habe gesündigt, ich bin nicht wert, mich deinen Sohn zu nennen.‹«

»Der Schluß klingt vertraut«, sagt Padre Quijote. »Und ich freue mich, daß Sie die Schweine nicht aus der Geschichte gestrichen haben.«

»Weil wir gerade von Schweinen reden, sollten Sie nicht ein bißchen schneller fahren? Ich glaube, wir fahren im Schnitt nicht mehr als 30 Stundenkilometer.«

»Das ist Rosinantes Lieblingstempo. Sie ist schon sehr betagt, und ich darf sie nicht überanstrengen – nicht in ihrem Alter.«

»Jedes einzelne Auto auf dieser Straße überholt uns.«

»Was liegt schon daran? Rosinantes Vorfahre hat nie 30 Stundenkilometer geschafft.«

»Und Ihr Vorfahre ist auf seinen Fahrten nie weiter als bis Barcelona gekommen.«

»Was tut's? So blieb er beinahe in Rufweite von La Mancha, aber sein Geist schweifte in große Fernen. Und Sanchos Geist auch.«

»Mein Geist macht mir kein Kopfzerbrechen, aber im Bauch habe ich ein Gefühl, als wären wir seit einer Woche unterwegs. An die Würste und den Käse kann ich mich nur noch ganz schwach erinnern.«

Es war kurz nach zwei, als sie die Stufen zu Botins Restaurant hinaufstiegen, und Sancho seufzte erleichtert, nachdem er zwei Portionen Spanferkel und eine Flasche Rotwein aus den Rieden des Marqués de Murreita bestellt hatte. »Mich überrascht es, daß Sie der Aristokratie den Vorzug geben«, bemerkte Padre Quijote.

»Vorübergehend, und zum Wohl der Partei, kann man sie gelten lassen, wie einen Priester auch.«

»Sogar einen Priester?«

»Ja. Von gewisser autoritativer Seite, den Namen wollen wir hier nicht nennen –« er warf einen schnellen Blick zu den Nachbartischen – »weiß man, daß atheistische Propaganda unter bestimmten Umständen überflüssig und auch schädlich sein kann.«

»Hat Lenin das wirklich gesagt?«

»Ja, ja, natürlich, aber nennen Sie den Namen lieber nicht, Padre. Man weiß nie. Ich habe Ihnen doch erzählt, was für Leute hier in den Tagen unseres dahingegangenen Führers verkehrten. Der Apfel fällt nicht weit vom Stamm.«

»Warum haben Sie mich dann hierhergeführt?«

»Weil man nirgendwo besser Spanferkel ißt. Immerhin gewährt Ihr Kollar einigen Schutz. Noch besser wäre es, wenn Sie endlich Ihre Purpursocken tragen und das purpurne ...«

Das Spanferkel unterbrach seinen Satz – und eine Zeitlang ergab sich keine andere Gelegenheit, sich zu verständigen, als durch Zeichen, die kein Geheimpolizist der Welt verstehen konnte: zum Beispiel, wenn sie die Gläser zu Ehren des Marqués de Murrieta erhoben.

Der Bürgermeister seufzte zufrieden. »Haben Sie je ein besseres Spanferkel gekostet?«

»Ich habe noch nie Spanferkel gegessen«, erwiderte Padre Quijote ein wenig beschämt.

»Was essen Sie zu Hause?«

»Meistens ein Steak – ich habe Ihnen doch erzählt, Teresas Steaks sind delikat.«

»Der Metzger ist ein Reaktionär und ein Gauner.«

»Aber seine Pferdesteaks schmecken hervorragend.« Das verbotene Wort war ihm über die Lippen geschlüpft, ehe er es verhindern konnte.

2

Vielleicht lag es am Wein, daß Padre Quijote genug Überzeugungskraft aufbrachte, um dem Bürgermeister zu widerstehen. Der Bürgermeister wollte Zimmer im *Palace Hotel* mieten und die Kosten dafür übernehmen, aber ein Blick auf die glitzernde, menschenüberfüllte Hotelhalle genügte Padre Quijote. »Was fällt Ihnen ein, Sie, als Kommunist ...«

»Die Partei hat uns nie verboten, Vorteile aus dem bürgerlichen Luxus zu ziehen, solange es den noch gibt. Und sicherlich können wir nirgendwo sonst unsere Feinde besser kennenlernen als hier. Außerdem ist dieses Hotel nur eine Bude, verglichen mit dem neuen Hotel am Roten Platz in Moskau, nicht? Der Kommunismus bekämpft keineswegs Annehmlichkeiten, nicht einmal das, was Sie Luxus nennen, wenn nur der Arbeiter zuletzt daraus Nutzen zieht. Aber wenn Sie es gern unbequem hätten und sich kasteien wollen ...«

»Im Gegenteil. Ich bin ganz bereit, es mir wohl sein zu lassen, aber hier könnte ich mich nicht wohl fühlen. Wohlbefinden ist ein Geisteszustand.«

Sie fuhren in ein ärmeres Viertel der Stadt, ohne ein bestimmtes Ziel vor Augen, als Rosinante plötzlich stehenblieb und nichts sie wieder in Bewegung zu setzen vermochte. Zwanzig Meter weiter an der Straße hing über einer schäbigen Eingangstür ein Schild mit der Aufschrift *Albergue*. »Rosinante weiß es am besten«, sagte Padre Quijote. »Hier bleiben wir.«

»Aber da ist es doch nicht einmal sauber«, sagte der Bürgermeister.

»Es sind offenbar sehr arme Leute. Deshalb werden sie uns sicher mit Freuden aufnehmen. Sie brauchen uns. Im *Palace Hotel* hat man uns nicht gebraucht.«

In einer engen Einfahrt begrüßte sie eine alte Frau mit Anzeichen von Verwunderung. Obwohl man nirgends Spuren von anderen Gästen erblickte, behauptete sie, sie hätte nur ein einziges Zimmer frei, aber das sei ein Doppelzimmer.

»Gibt's wenigstens ein Badezimmer?«

Nein, nicht direkt ein Badezimmer, erklärte sie ihnen, aber im Stock darüber gäbe es eine Dusche, und im Doppelzimmer selbst ein Waschbecken mit fließendem kaltem Wasser. »Wir nehmen es«, sagte Padre Quijote.

»Sie sind wahnsinnig«, schimpfte der Bürgermeister, als sie allein in dem Zimmer saßen, das ziemlich düster war, wie sogar Padre Quijote zugab. »Wir kommen nach Madrid, wo es Dutzende guter und preiswerter Hotels gibt und Sie bestehen auf dieser unbeschreiblichen Spelunke.«

»Rosinante war müde.«

»Wir können von Glück reden, wenn sie uns hier nicht die Kehle aufschlitzen.«

»Nein, diese alte Frau ist eine ehrliche Haut, ich weiß das.«

»Woher wissen Sie das?«

»Ich seh's ihr an den Augen an.«

Der Bürgermeister rang verzweifelt die Hände.

»Nach all dem guten Wein«, erklärte Padre Quijote, »schlafen wir doch überall wie die Murmeltiere.«

»Ich werde kein Auge zutun können.«

»Diese Frau zählt sich doch zu den Ihren.«

»Was in aller Welt meinen Sie damit?«

»Zu den Armen.« Schnell fügte er hinzu: »Natürlich fühle auch ich mich ihnen zugehörig.«

Padre Quijote empfand große Erleichterung, als sich der Bürgermeister in den Kleidern aufs Bett warf (wenn er sich auszog, fürchtete er, könnte man ihm die Kehle noch leichter aufschlitzen), denn Padre Quijote war nicht gewohnt, sich vor einem anderen Menschen zu entkleiden, und er dachte, irgend etwas, irgend etwas müßte noch vor Einbruch der Nacht geschehen, um ihm solche Peinlichkeit zu ersparen. Er lag auf dem Rücken und horchte auf das Klagegeschrei einer Katze draußen auf den Dachziegeln. Vielleicht, dachte er, vergißt der Bürgermeister die Purpursocken, und er malte sich in einem Wachtraum aus, wie ihr Weg sie weiter und immer weiter führte – ein Traum war es, von wachsender Freundschaft und tieferem Verstehen, ja sogar von Aussöhnung zwischen dem Glauben des einen und dem gegensätzlichen Glauben des anderen. Vielleicht, dachte er, ehe er einschlief, hat der Bürgermeister doch nicht ganz unrecht mit dem Verlorenen Sohn … dieses viele Glück zuletzt, die Aufnahme daheim, das gemästete Kalb. Das Ende des Gleichnisses klang ja wirklich ein bißchen unwahrscheinlich … Ich bin nicht würdig, dein Monsignore zu heißen, murmelte er noch, und dann umfing ihn Schlaf.

Es war der Bürgermeister, der ihn weckte. Im schwimmenden Licht des zur Neige gehenden Tages erblickte Padre Quijote einen Fremden und fragte voll Neugier, nicht aus Furcht: »Wer sind Sie?«

»Ich bin Sancho«, sagte der Bürgermeister. »Es wird Zeit, daß wir einkaufen gehen.«

»Einkaufen?«

»Sie sind zum Ritter geschlagen worden. Nun müssen wir ein Schwert für Sie finden, dazu Sporen, einen Helm – und wenn es nur ein Rasierbecken ist.«

»Ein Rasierbecken?«

»Sie haben geschlafen, und ich bin drei Stunden lang wach gelegen, für den Fall, daß man versucht, uns die Kehle aufzuschlitzen. Heute nacht sind dann Sie daran, Wache zu halten. In dieser dreckigen Schloßkapelle, in der wir durch Sie gestrandet sind. Auf Ihr Schwert gestützt, Monsignore.«

»Monsignore?«

»Sie haben aber wirklich sehr fest geschlafen.«

»Ich hatte einen Traum – einen schrecklichen Traum.«

»Daß man Ihnen die Kehle aufschlitzt?«

»Nein, nein. Viel schlimmer.«

»Kommen Sie. Aufgestanden. Die Purpursocken für Sie müssen her.«

Padre Quijote gab allen Widerstand auf. Der quälende Traum hielt ihn immer noch in Bann. Sie gingen über die dunkle Treppe hinunter, auf die dunkle Straße hinaus. Die alte Frau starrte sie mit einem Ausdruck von Entsetzen an, als sie an ihr vorübergingen. Hatte sie auch geträumt?

»Mir gefällt sie nicht«, sagte Sancho.

»Ich glaube, wir gefallen ihr nicht.«

»Wir brauchen ein Taxi«, sagte der Bürgermeister.

»Zuerst versuchen wir es mit Rosinante.«

Er brauchte den Starter nur dreimal zu betätigen, dann sprang der Motor an. »Sehen Sie«, sagte Padre Quijote, »ihr fehlt nichts wirklich Ernstes. Sie war ganz einfach müde, das war alles. Ich kenne doch meine Rosinante. Wohin fahren wir?«

»Ich weiß es nicht. Ich habe geglaubt, Sie wissen es.«

»Weiß was?«

»Wo es einen kirchlichen Schneidermeister gibt.«

»Woher soll ich das wissen?«

»Sie sind schließlich Priester. Sie tragen Priesterkleider. Die haben Sie doch auch nicht in Toboso gekauft.«

»Die habe ich vor fast vierzig Jahren gekauft, Sancho.«

»Wenn Sie und Ihre Socken so lange halten, dann sind Sie über hundert, bevor sie reif zum Wegwerfen sind.«

»Wozu muß ich diese Socken kaufen?«

»Spaniens Straßen werden immer noch von Streifen kontrolliert, Padre. Weil Sie die Nase aus Toboso nicht herausgestreckt haben, ist Ihnen nicht klar, daß der Geist Francos immer noch seine Runden dreht. Ihre Socken dienen unserem Schutz. Die Guardia Civil respektiert Purpursocken.«

»Aber wo kaufen wir sie?« Er brachte Rosinante zum Stehen. »Ich mag nicht, daß sie sich sinnlos müdeläuft.«

»Bleiben Sie einen Augenblick hier. Ich suche ein Taxi und bitte den Fahrer, uns voranzufahren.«

»Wir sind sehr verschwenderisch, Sancho. Sie wollten ja sogar im *Palace Hotel* wohnen.«

»Geld braucht uns zur Zeit gewiß keine Sorgen zu machen.«

»Toboso ist ein kleiner Ort, und ich habe noch nie gehört, daß man als Bürgermeister soviel Geld verdient.«

»Toboso ist ein kleiner Ort, aber die Partei ist eine große Partei. Und was noch wichtiger ist, jetzt ist die Partei endlich legalisiert. Als Soldat der Partei genießt man gewisse Freiheiten – zum Wohle der Partei.«

»Wenn das so ist, wozu brauchen wir dann meine Socken als Schutz?«

Doch die Frage kam zu spät. Der Bürgermeister war schon außer Hörweite, und Padre Quijote war mit seinem Alptraum, der ihn quälte, allein. Es gibt Träume, die uns selbst bei Tageslicht verfolgen: Ist das nun ein Traum gewesen oder ist es wahr – wahr auf diese oder jene Weise, träumte ich bloß oder hat sich das alles wirklich zugetragen?

Der Bürgermeister öffnete den Wagenschlag zum Beifahrersitz. Er sagte: »Fahren Sie diesem Taxi nach. Der Fahrer schwört, er führt uns zum feinsten Laden für kirchliche Kleider. Nur in Rom gibt's Feineres. Der Nuntius kauft dort ein und der Erzbischof auch.«

Als sie am Ziel waren, hegte Padre Quijote keine Zweifel. Sein Mut sank, als er sah, wie elegant der Laden und der dunkle gutgebügelte Anzug des Verkäufers wirkte, der sie mit der kühlen Höflichkeit einer Autorität in kirchlichen Belangen begrüßte. Padre Quijote fiel ein, daß jemand wie er fast sicher Mitglied von Opus Dei sein mußte, jenem Club von intellektuellen katholischen Aktivisten, der sich nichts nachsagen ließ und dem er doch nicht trauen mochte. Er selbst stammte eben vom Lande, und diese Leute waren in den großen Städten zu Hause.

»Der Monsignore«, sagte der Bürgermeister, »benötigt purpurne Socken.«

»Selbstverständlich, Monsignore. Wenn Sie bitte hierher treten wollen.«

»Ich wollte wissen«, flüsterte der Bürgermeister, während sie ihm folgten, »ob er irgendwelche Ausweise verlangt.«

Eher wie ein Diakon, der den Altar vor der Messe schmückt, breitete der Verkäufer auf einem Ladentisch eine Vielzahl von Purpursocken aus. »Diese hier sind aus Nylon«, sagte er. »Diese sind reine Seide. Und die da sind Baumwolle. Bester Qualität natürlich ...«

»Ich trage gewöhnlich Wolle«, sagte Padre Quijote.

»Aha, natürlich führen wir sie auch aus Wolle, aber meistens, finden wir, wird Nylon oder Seide vorgezogen. Es ist eine Frage des Tons – Seide oder Nylon hat einen satteren Purpurton. In Wolle wirkt Purpur verschwommener.«

»Für mich ist es eine Frage von Warmhalten«, sagte Padre Quijote.

»Ich stimme diesem Herrn zu, Monsignore«, unterbrach der Bürgermeister schnell. »Was wir suchen ist ein Purpur, das ins Auge fällt, nicht wahr, selbst aus der Entfernung.«

Der Verkäufer sah verwirrt aus. »Aus der Entfernung?« fragte er. »Ich verstehe nicht ganz ...«

»Wir wollen nicht, daß das Purpur zufällig wirkt. Was wir ganz gewiß nicht wollen, das ist ein unkirchlicher Purpurton.«

»Noch nie hat jemand an unserem Purpur etwas auszusetzen gefunden. Nicht einmal in Wolle«, fügte der Verkäufer ein wenig zögernd hinzu.

»Für unsere Zwecke«, sagte der Bürgermeister, und sein warnendes Stirnrunzeln galt Padre Quijote, »ist Nylon gewiß das beste. Es hat so einen Glanz ...« Er fügte hinzu: »Ja, und dann brauchen wir natürlich auch ... wie nennen Sie diese Art Lätzchen, die ein Monsignore trägt?«

»Ich vermute, Sie meinen die *pechera*. Wahrscheinlich wünschen Sie sie ebenfalls aus Nylon, damit sie zu den Socken paßt.«

»Ich habe mich zu den Socken verstanden«, sagte Padre Quijote, »aber ich weigere mich strikt, eine purpurne *pechera* zu tragen.«

»Nur in Notfällen, Monsignore«, beschwor ihn der Bürgermeister.

Der Verkäufer betrachtete die beiden mit wachsendem Argwohn.

»Ich kann mir nicht denken, welche Notlage …«

»Aber ich habe Ihnen das doch erklärt – der Zustand der Straßen heutzutage …«

Während der Verkäufer das Päckchen machte, das er mit Klebestreifen im gleichen kirchlichen Purpurton wie Socken und *pechera* verschloß, begann der Bürgermeister, der den Mann offensichtlich nicht leiden konnte, ihn zu hänseln. »Ich nehme doch an«, sagte er, »daß Sie so gut wie alles führen, was die Kirche benötigt – ich meine als Putz.«

»Wenn Sie Kirchengewänder meinen, gewiß, ja. Die führen wir.«

»Und Hüte – Birette und ähnliche Dinge?«

»Selbstverständlich.«

»Und Kardinalshüte? Der Monsignore hat diese Stufe natürlich noch nicht erreicht. Ich frage nur aus Interesse … Man muß schließlich vorbereitet sein …«

»Ein Kardinalshut wird *immer* durch Seine Heiligkeit verliehen.«

Rosinante hatte wieder eine ihrer Launen, und es dauerte eine Weile, bis sie ansprang. »Ich fürchte, ich bin zu weit gegangen«, sagte der Bürgermeister, »und habe seinen Verdacht geweckt.«

»Was meinen Sie?«

»Der Kerl kam mit uns an die Tür. Ich glaube, er hat unsere Wagennummer notiert.«

»Ich will ja nicht unfreundlich sein«, sagte Padre Quijote, »aber mir sah er ganz aus wie einer, der bei Opus Dei ist.«

»Denen gehört wahrscheinlich der Laden.«

»Die tun ja sicher eine Menge Gutes, auf ihre Weise. Wie der Generalissimo.«

»Ich würde gern an eine Hölle glauben, nur um die Mitglieder von Opus Dei hinzuschicken, zusammen mit dem Generalissimo.«

»Ich bete für ihn«, sagte Padre Quijote, und seine Finger umkrampften das Steuer seiner Rosinante.

»Wenn's eine Hölle gibt, dann werden ihm Ihre Gebete dort auch nichts nützen.«

»Da es eine Hölle gibt, bedarf es nur der Gebete eines einzigen Gerechten, um jeden von uns zu retten. So wie Sodom und Gomorra«, fügte Padre Quijote hinzu und fühlte sich ein bißchen unsicher, ob die Statistiken auch stimmten.

Es war ein sehr warmer Abend. Der Bürgermeister schlug vor, sie sollten im *Poncio Pilato* zu Abend essen, doch Padre Quijote blieb standhaft in seiner Weigerung. Er sagte: »Pontius Pilatus war ein böser Mensch. Die Welt hat ihn beinahe heiliggesprochen, weil er ein Neutraler war, aber man kann nicht neutral bleiben, wenn es gilt, zwischen Gut und Böse zu wählen.«

»Er war kein Neutraler«, erwiderte der Bürgermeister. »Er war ein Blockfreier – wie Fidel Castro –, mit einer kleinen Vorliebe für die richtige Richtung.«

»Was meinen Sie mit der richtigen Richtung?«

»Das Römische Reich.«

»Sie – ein Kommunist – treten für das Römische Reich ein?«

»Von Marx wissen wir, daß wir durch das kapitalistische Stadium hindurch müssen, wenn wir uns die Möglichkeit erhalten wollen, die proletarische Revolution herbeizuführen. Das Römische Reich entwickelte sich zu einer kapitalistischen Gesellschaftsordnung. Die Juden hinderte ihre Religion daran, sich der Produktionsmittel zu bemächtigen, also ...«

Dann schlug der Bürgermeister vor, sie sollten doch im *Horno de Santa Teresa* essen. »Ich weiß nicht, wie's um ihr Backrohr bestellt war, aber sie war eine Heilige, die Ihr Freund, der Generalissimo, sehr verehrt hat.« Doch Padre Quijote sah überhaupt keinen Grund, eine Verbindung zwischen Religion und Nahrungsaufnahme herzustellen, und war erzürnt, als der Bürgermeister sogleich das *San Antonio de la Florida* vorschlug, benannt nach einem Heiligen, von dem Padre Quijote noch nie gehört hatte. Er verdächtigte den Bürgermeister, ihn zu foppen. Zuletzt aßen sie ziemlich schlecht im *Los Porches*, wo die Tatsache, daß sie im Freien saßen, die Schwächen der Speisekarte ein bißchen ausglich.

Sie leerten eine Flasche Wein, während sie warten mußten, und dann eine zweite zum Essen, doch als der Bürgermeister vorschlug, die Heilige Dreifaltigkeit zu vollenden, weigerte sich Padre Quijote. Er sagte, er sei müde, die Siesta hätte ihm nicht gutgetan, doch das waren Ausreden – in Wahrheit war es sein Traum, der ihn bedrückte. Er sehnte sich danach, ihn zu erzählen, aber Sancho hätte nie die Pein verstanden, die der Traum ihm verursachte. Wäre er nur jetzt daheim … und doch, was wäre anders damit? Teresa hätte wohl gesagt: »Es war ja nur ein Traum, Hochwürden«, und Padre Herrera … Seltsam, er wußte, daß er mit Padre Herrera nie und nimmer Fragen besprechen könnte, die mit der Religion zusammenhingen, welche ihnen beiden gemeinsam sein sollte. Padre Herrera trat für die neue Meßliturgie ein, und eines Abends, nach einem ziemlich schweigsam eingenommenen Mahl, hatte Padre Quijote unvernünftigerweise erwähnt, es sei seine Gewohnheit, am Ende der Messe stumm die Worte aus dem Johannes-Evangelium zu sprechen, die aus der Liturgie gestrichen waren.

»Ach, Poesie«, hatte Padre Herrera abschätzig erwidert.

»Sie mögen den heiligen Johannes nicht?«

»Das nach ihm benannte Evangelium ist nicht mein Lieblingstext. Mir ist das Matthäus-Evangelium lieber.«

An jenem Abend war Padre Quijote in einer verwegenen Laune, und er war auch überzeugt, daß ein Bericht über ihr Gespräch anderntags an den Bischof abgehen würde. Aber, zu spät! Ein Monsignore kann nur vom Papst persönlich degradiert werden. Er hatte geantwortet: »Ich fand immer schon, daß man das Matthäus-Evangelium zum Unterschied von den anderen Evangelien als das Evangelium der Furcht sehen kann.«

»Wieso? Was für ein ungewöhnlicher Einfall, Monsignore.«

»Im Matthäus-Evangelium gibt es fünfzehn Hinweise auf die Hölle.«

»Ja, und?«

»Durch Furcht lenken … das kann Gott doch wohl Stalin überlassen oder Hitler. Ich glaube, Mut ist eine Tugend. Ich glaube nicht, daß Feigheit eine Tugend ist.«

»Ein Kind muß man aber zur Disziplin erziehen. Und wir sind alle Kinder, Monsignore.«

»Ich kann mir nicht denken, daß liebevolle Eltern ihre Kinder durch Furcht erziehen.«

»Ich hoffe, daß Sie Ihre Gemeindekinder nicht solche Ansichten lehren.«

»Oh, ich lehre sie gar nichts. Sie lehren mich.«

»Die Hölle ist nicht alleiniger Besitz des Matthäus, Monsignore. Haben Sie ähnliche Gefühle auch bei den anderen Evangelien?«

»Das ist ganz anders.« Padre Quijote zögerte, weil er begriff, daß er sich jetzt wirklich auf gefährlichem Boden bewegte.

»Wie anders?«

Vielleicht hoffte Padre Herrera eine wahrhaft ketzerische Antwort zu hören, die man dann nach Rom – natürlich auf den dafür vorgesehenen Wegen – berichten könnte.

Padre Quijote erzählte Padre Herrera, was er auch dem Bürgermeister gesagt hatte. »Im Markus-Evangelium gibt es nur zwei Hinweise auf die Hölle. (Er hat natürlich seine eigenen Besonderheiten – er war der Evangelist des Erbarmens.) Im Lukas-Evangelium – drei Erwähnungen – Lukas ist der große Geschichtenerzähler. Von ihm stammen die meisten großen Gleichnisse. Und Johannes – das ist wirklich sehr seltsam – aber heute glaubt man, daß es das älteste von allen Evangelien ist – älter noch als das Markus-Evangelium ...« Er zögerte.

»Nun, was hat es mit Johannes auf sich?«

»Johannes erwähnt die Hölle nicht ein einziges Mal in seinem Evangelium.«

»Aber Monsignore, Sie werden doch gewiß nicht in Frage stellen, daß es eine Hölle gibt?«

»Ich glaube aus Gehorsam, aber nicht mit dem Herzen.«

Wie ein Punkt im Satz bedeutete dies das Ende des Gesprächs.

Padre Quijote zog die Bremse in ihrer dunklen und trostlosen Straße.

»Je früher wir hier ausziehen, desto besser«, sagte der Bürgermeister. »Wenn man bedenkt, wie bequem wir im *Palace* geschlafen hätten.«

Eine Tür ging auf, während sie die Treppe hinaufstiegen, und das Kerzenlicht aus dem Zimmer beleuchtete das mißtrauische und erschrockene Gesicht der alten Frau.

»Warum nur sieht sie so erschrocken aus?« fragte der Bürgermeister.

»Vielleicht wirkt unsere Furcht ansteckend«, meinte Padre Quijote.

So schnell wie möglich und ohne sich ganz auszuziehen, schlüpfte er unter die Laken, aber der Bürgermeister ließ sich Zeit. Sorgsamer als Padre Quijote faltete er Hose und Jacke zusammen, behielt aber Hemd und Unterwäsche an, als sei auch er auf einen Ernstfall vorbereitet.

»Was haben Sie denn da in der Tasche?« fragte er, während er Padre Quijotes Jacke beiseite schob.

»Ach, das ist Jones *Moraltheologie.* Ich habe das Buch noch ganz zuletzt eingesteckt.«

»So ein Buch – in den Ferien!«

»Na ja, ich bemerkte, daß Sie einen Band Schriften von Lenin im Wagen verstaut hatten und etwas von Marx.«

»Ich wollte Ihnen die Bücher leihen, damit Sie daraus etwas lernen.«

»Gut, dann leihe ich Ihnen den Jone zu Ihrer Belehrung.«

»Jedenfalls würde er mir helfen, schneller einzuschlafen«, sagte der Bürgermeister und zog das kleine grüne Buch aus Padre Quijotes Tasche.

Padre Quijote lag auf dem Rücken und hörte zu, wie sein Gefährte umblätterte. Einmal brach der Bürgermeister in ein kurzes Gelächter aus. Padre Quijote konnte sich an keine einzige komische Stelle im Jone erinnern, aber andererseits war es nun schon 40 Jahre her, seit er selbst Moraltheologie studiert hatte. Der Schlaf floh ihn auch weiterhin, doch der schreckliche Traum während seiner Siesta rumorte in seinem Kopf wie ein seichter Schlager.

Er hatte geträumt, daß Christus von der Heerschar der Engel vom Kreuz errettet worden war, die er, wie der Teufel ihn früher geheißen hatte, um Hilfe bitten konnte. Es gab also keine Todesqual, kein schwerer Stein mußte weggerollt werden, kein leeres Grab wurde entdeckt. Padre Quijote stand da auf Golgatha und beobachtete, wie ein triumphierender Christus vom Kreuz herunterstieg, von der Menge umjubelt. Die römischen Soldaten, auch der Centurio, knieten vor ihm, und das Volk von Jerusalem strömte den Hügel empor, um ihn anzubeten. Die Jünger umdrängten ihn, von Glück erfüllt. Seine Mutter lächelte unter Freudentränen. Nichts blieb mehrdeutig, nirgends war Raum für Zweifel und nirgends Raum für den Glauben. Alle Welt wußte mit Bestimmtheit, Christus war Gottes Sohn.

Es war nur ein Traum, natürlich war es nur ein Traum, aber dennoch fühlte Padre Quijote beim Erwachen die eisige

Verzweiflung eines Menschen, der plötzlich begreift, daß er sich einer Aufgabe verschrieben hat, die für niemanden von Nutzen ist, der hinfort in einer Wüste, öde wie die Sahara, leben muß, ohne den Zweifel und ohne Glauben, wo jedermann weiß, daß ihrer aller Glaube wahr ist. Er ertappte sich dabei, wie er flüsterte: »Gott errette mich von solchem Glauben.« Dann hörte er, wie der Bürgermeister sich auf dem Bett neben ihm rastlos hin- und herwälzte, und ohne zu überlegen fügte er hinzu, »Errette auch ihn von solchem Glauben«, und erst dann schlief er wieder ein.

3

Die alte Frau erwartete sie unten an der Treppe. Auf der letzten Stufe war eine Unebenheit im Holz, und Padre Quijote stolperte und wäre beinahe gefallen. Die alte Frau bekreuzigte sich, und während sie ein Stück Papier schwenkte, schnatterte sie auf ihn ein.

»Was will sie denn?« fragte der Bürgermeister.

»Unsere Namen und Adressen, wo wir herkommen und wo wir hinfahren.«

»Das ist doch keine *ficha*, wie in einem Hotel. Das ist nur ein Zettel aus einem Notizblock.«

Das Geschnatter verstärkte sich, die Stimme wurde lauter und drohte in Kreischen überzugehen.

»Ich verstehe kein Wort«, sagte der Bürgermeister.

»Weil Sie nicht gewohnt sind zuzuhören, wie ich vom Beichtstuhl. Sie sagt, sie hat schon früher mit der Polizei Schwierigkeiten gehabt, weil sie keine Gästeliste hatte. Kommunisten waren es, sagt sie, und polizeilich gesuchte Leute.«

»Warum hat sie ihn uns dann nicht bei der Ankunft ausfüllen lassen?«

»Sie glaubte nicht, daß wir das Zimmer nehmen würden,

und dann hat sie's vergessen. Leihen Sie mir eine Feder. Das Ganze ist die Aufregung nicht wert.«

»Ein Gast genügt. Besonders wenn es sich um einen Priester handelt. Und vergessen Sie nicht hineinzuschreiben ›Monsignore‹.«

»Was fülle ich aus, wohin wir fahren?«

»Schreiben Sie Barcelona.«

»Aber Sie haben doch kein Wort von Barcelona gesprochen.«

»Was weiß man denn? Vielleicht fahren wir hin. Ihr Ahnherr war auch dort. Egal, der Polizei soll man nie anvertrauen, was einen nur persönlich betrifft, finde ich.«

Zögernd gehorchte Padre Quijote. Hätte Pater Jone das als Lüge bezeichnet? Wie er sich erinnerte, hatte Pater Jone bei Lügen recht seltsam zwischen Schadenlüge, Notlüge und Scherzlüge unterschieden. Diese Lüge fügte niemand Schaden zu und war gewiß nicht scherzhaft gemeint. Die Notlüge wird zum eigenen Vorteil oder zu fremdem Vorteil begangen. Er konnte keinen Vorteil für irgend jemanden in einer falschen Behauptung erblicken. Vielleicht war es überhaupt keine Lüge. Ja es war sogar möglich, daß ihre Wanderschaft sie eines Tages nach Barcelona führen würde.

5. Wie Monsignore Quijote und Sancho eine heilige Stätte aufsuchen

I

»Sie wollen nach Norden?« fragte Padre Quijote. »Ich dachte, wenigstens ein Stückchen könnten wir in Richtung Barcelona fahren.«

»Ich führe Sie«, sagte der Bürgermeister, »an eine Stätte von solcher Heiligkeit, daß Sie dort bestimmt Ihre Gebete sprechen wollen, davon bin ich überzeugt. Fahren Sie in Richtung Salamanca, bis ich Ihnen sage, wo wir abbiegen müssen.«

Etwas in seinen Worten löste ein unbehagliches Gefühl in Padre Quijote aus. Er verfiel in Schweigen, und sein Traum stand ihm wieder vor Augen. Endlich sagte er: »Meinen Sie wirklich, Sancho, daß eines Tages alle Menschen Kommunisten sein werden?«

»Das glaube ich, ja. Ich freilich werde diesen Tag nicht mehr erleben.«

»Der Sieg des Proletariats wird vollständig sein?«

»Ja.«

»In der ganzen Welt wird es zugehen wie in Rußland?«

»Das habe ich nicht gesagt. Rußland ist noch nicht kommunistisch. Es ist nur auf dem Weg zum Kommunismus weiter fortgeschritten als andere Länder.« Er legte freundschaftlich die Hand auf Padre Quijotes Arm. »Fangen Sie, als Katholik, mir nur ja nicht an, von den Menschenrechten zu reden, dafür verspreche ich Ihnen, daß ich nichts über die Inquisition sage. Freilich, wäre Spanien ganz und gar katholisch gewesen, dann hätte es keine Inquisition gegeben – so aber mußte sich die Kirche gegen ihre Feinde verteidigen. Immer, in jedem Krieg, gibt es Unrecht. Immer müssen sich Menschen für das kleinere Übel entscheiden, und das kleinere Übel kann einmal Staat heißen, ein andermal Straflager, ja, und wenn Sie das gern sagen wollen, auch einmal die psychiatrische Klinik. Der Staat, auch die Kirche, ist gezwungen, sich zu verteidigen, haben wir aber erst einmal den Kommunismus verwirklicht, dann wird der Staat allen Einfluß verlieren. Genauso wie – hätte Ihre Kirche eine katholische Welt erschaffen können – das Inquisitionsgericht sich aufgelöst hätte.«

»Angenommen, der Kommunismus ist verwirklicht, und Sie sind noch am Leben.«

»Das ist unmöglich.«

»Gut, dann stellen Sie sich vor, Sie hätten einen Ururenkel, charakterlich genauso veranlagt wie Sie, und der erlebt das Ende des Staates. Kein Unrecht mehr, keine Ungleichheit – wie würde er sein Leben verbringen, Sancho?«

»Er würde für das Wohl aller arbeiten.«

»Sie sind ein Mann mit einem starken Glauben, Sancho, mit einem starken Glauben an die Zukunft. Er aber hätte doch keinen Glauben mehr. Die Zukunft läge schon da, vor seinen Augen. Kann der Mensch leben ohne Glauben?«

»Ich weiß nicht, was Sie meinen – ohne Glauben. Aufgaben werden sich den Menschen stellen. Die Entdeckung von neuen Energieformen. Und Krankheit – es wird immer Krankheiten geben, die wir bekämpfen müssen.«

»Wissen Sie das so genau? Die Medizin macht große Fortschritte. Er tut mir leid, Ihr Ururenkel, Sancho. Mir scheint, ihm bleibt keine andere Hoffnung als der Tod.«

Der Bürgermeister lächelte. »Vielleicht werden wir auch den Tod besiegen, durch Transplantationen.«

»Da sei Gott vor«, sagte Padre Quijote. »Denn dann wäre er verurteilt, in einer Wüste zu leben, die keine Grenzen hat.

Ohne Zweifel. Ohne Glauben. Ich möchte ihm lieber das wünschen, was wir einen glücklichen Tod nennen.«

»Was verstehen Sie unter einem glücklichen Tod?«

»Ich meine einen Tod mit der Hoffnung auf etwas, was danach kommt.«

»Die seligmachende Vision und all diesen Unsinn? Den Glauben an ein ewiges Leben?«

»Nein. Nicht unbedingt den Glauben. Wir können nicht immer glauben. Nur Vertrauen müssen wir besitzen. So wie Sie es besitzen, Sancho. O Sancho, Sancho, es ist etwas Schreckliches, ohne Zweifel leben zu müssen. Nehmen Sie an, es wäre *bewiesen*, daß alles, was in Marx' Schriften steht, die absolute Wahrheit ist, und in Lenins Werken auch.«

»Ich wäre natürlich froh darüber.«

»Das frage ich mich sehr.«

Eine Weile fuhren sie stumm dahin. Plötzlich stieß Sancho ein ebenso kurzes bellendes Lachen aus, wie es Padre Quijote in der vergangenen Nacht von ihm gehört hatte.

»Was ist denn, Sancho?«

»Gestern nacht, ehe ich einschlief, las ich Ihren Jone und seine Moraltheologie. Ich hatte ganz vergessen, daß man beim Onanieren eine ganze Fülle von Sünden begeht. Ich hatte geglaubt, das sei nur ein anderes Wort für Selbstbefriedigung.«

»Ein sehr landläufiger Irrtum. Sie freilich hätten es besser wissen müssen, Sancho. Sie sagten doch, Sie hätten in Salamanca studiert.«

»Stimmt. Und gestern nacht fiel mir wieder ein, wie wir alle immer gelacht haben, wenn es um Onanie ging.«

»Ich hatte ganz vergessen, daß Jone so komisch ist.«

»Dann will ich Sie an seine Bemerkungen zum *coitus interruptus* erinnern. Nach Jone ist das eine der Formen der Onanie, aber seiner Ansicht nach keine Sünde, wenn er aus einer unvorhersehbaren Notwendigkeit ausgeführt wird, zum Beispiel (das ist Jones eigenes Beispiel) durch das Auftauchen einer dritten Person am Schauplatz. Einer meiner Studienkollegen, Diego, kannte einen sehr reichen und frommen Börsenmakler. Jetzt erinnere ich mich wieder an seinen Namen – Marquez hieß er. Der besaß auf der anderen Seite von Salamanca, jenseits des Flusses, ein großes Anwesen, nicht weit von der Stelle, wo die Vinzentiner ihr Kloster haben. Ich weiß nicht, ob er noch lebt. Wenn ja, dann ist Empfängnisverhütung für ihn bestimmt kein Problem mehr – er müßte jetzt über achtzig sein. Damals aber bedeutete es für ihn sicher ein schreckliches Problem, denn wenn es um die Vorschriften der Kirche ging, nahm er es sehr genau. Glücklicherweise hatte die Kirche die Vorschriften über Zinsen geändert, denn im Effektenhandel gibt es eine Menge Zinswirtschaft. Komisch, nicht wahr, aber über Dinge, die Geld betreffen, ändert die Kirche ihre Ansichten viel leichter als über Dinge, die den Sex betreffen.«

»Sie haben auch Ihre unveränderlichen Dogmen.«

»Ja. Aber bei uns sind die Dogmen, die zu ändern ganz und gar unmöglich ist, eben jene, die mit Geld zu tun haben. Über den *coitus interruptus* machen wir uns keine Sorgen, nur über die Produktionsmittel – ich meine das nicht im sexuellen Sinn. Bitte biegen Sie bei der nächsten Kreuzung nach links ab. Sehen Sie jetzt dort vorn den hohen Felshügel, mit einem großen Kreuz darauf? Dort fahren wir hin.«

»Dann ist es also wirklich eine heilige Stätte. Ich dachte schon, Sie machen sich über mich lustig.«

»Nein, nein, Monsignore. Dazu mag ich Sie zu gern. Worüber sprachen wir gerade? O ja, ich weiß schon wieder. Señor Marquez und sein schreckliches Problem. Er hatte fünf Kinder. Er fand, er habe der Kirche gegenüber wirklich seine Pflicht erfüllt, aber seine Frau war entsetzlich fruchtbar, und ihm machte Sex Spaß. Natürlich hätte er eine Geliebte nehmen können, aber ich kann mir nicht vorstellen, daß Jone Empfängnisverhütung beim Ehebruch zulassen würde. Was Ihr natürliche Verhütungsmaßnahmen nennt und was ich unnatürliche nenne, hatte nachhaltig versagt. Vielleicht zeigen auch die Thermometer in Spanien unter kirchlichem Einfluß falsch an. Jedenfalls, mein Freund Diego machte ihn aufmerksam – in einer seiner leichtfertigen Stimmungen –, daß nach den Regeln von Jone der *coitus interruptus* zulässig sei. Übrigens, was für ein Priester war dieser Jone?«

»Er war ein Deutscher. Ich glaube nicht, daß er ein Weltgeistlicher war; die sind meistens zu beschäftigt, um Moraltheologen zu werden.«

»Marquez hörte auf Diego, und als Diego ihn bald darauf besuchte, bemerkte er, daß man einen Butler aufgenommen hatte. Das überraschte ihn, denn Marquez war geizig und lud selten Gäste ein, ausgenommen hie und da einen Priester aus dem Kloster St. Vinzenz. Zwei Dienstmädchen, eine Kinderfrau und eine Köchin genügten für den Haushalt vollauf. Nach dem Abendessen bat Marquez Diego zu einem Glas Kognak in sein Arbeitszimmer, und auch das wunderte Diego. ›Ich muß Ihnen danken‹, sagte Marquez zu ihm, ›denn Sie haben mir das Leben so erleichtert. Ich habe Pater Jones Schriften sehr aufmerksam gelesen. Zugegeben, ich habe Ihren Worten nicht so ganz getraut, aber ich habe mir durch die Vinzentiner eine spanische Ausgabe beschafft, und dort steht es tatsächlich, mit dem Imprimatur des Erzbischofs von Madrid und dem Nihil Obstat vom Zensor Deputatus – das Hinzukommen einer dritten Person macht den *coitus interruptus* zulässig.‹

›Wieso hilft Ihnen das?‹ fragte Diego.

›Wissen Sie, ich habe einen Butler aufgenommen, und dem habe ich sehr genaue Anweisungen gegeben. Sobald eine Klingel aus meinem Schlafzimmer zweimal in der Küche läutet, bezieht er vor der Schlafzimmertür Posten und wartet. Ich versuche, ihn nicht zu lange warten zu lassen, aber mit fortschreitendem Alter kann es schon geschehen, daß es eine Viertelstunde oder länger dauert, bis das nächste

Signal – ein langes Bimmeln der Glocke im Korridor – ertönt. Dann nämlich, wenn ich spüre, daß ich es nicht viel länger zurückhalten kann. Der Butler öffnet augenblicklich die Tür, und bei diesem Hinzutreten einer dritten Person ziehe ich mich aus dem Leib meiner Frau zurück. Sie können sich gar nicht vorstellen, wie sehr Jone mir das Leben erleichtert hat. Jetzt brauche ich höchstens einmal in drei Monaten wegen sehr fleischlicher kleiner Sünden zur Beichte zu gehen.‹«

»Sie machen sich lustig über mich«, sagte Padre Quijote.

»Nicht im geringsten. Ich finde Jone jetzt viel amüsanter und interessanter als während meiner Studienzeit. In unserem besonderen Fall hatte die Sache leider einen Haken, und Diego war so herzlos, darauf hinzuweisen. ›Sie haben Jone flüchtig gelesen‹, sagte er zu Marquez. ›Jone bezeichnet die Ankunft einer dritten Person als ‚unvorhersehbare Notwendigkeit‘. In Ihrem Fall, fürchte ich, ist die Ankunft des Butlers sehr wohl vorhergesehen.‹ Der arme Marquez war gänzlich zerstört. Ja, diesen Moraltheologen, denen kann man nicht beikommen. Mit ihren Wortklaubereien behalten sie jedesmal Oberwasser. Besser, man hört gar nicht auf sie. Mir wäre es am liebsten, ich könnte alle diese alten Bücher wegwerfen, Ihnen zuliebe. Erinnern Sie sich, was der Kanonikus zu Ihrem edlen Vorfahren sagte: ›Es ist nicht vernünftig, daß ein Mann wie Sie, mit Ihrer Einsicht, Ihrem Ruf und Ihren Gaben, alle überspannten Ungereimtheiten aus diesen lächerlichen Büchern als reine Wahrheit ansieht.‹«

Der Bürgermeister verstummte und warf Padre Quijote einen schiefen Blick zu. Dann sagte er: »Sie sehen Ihrem Ahnen tatsächlich sehr ähnlich. Wenn ich Sancho bin, dann sind Sie sicher der Monsignore von der traurigen Gestalt.«

»Sie können sich über mich lustig machen, soviel Sie wollen, Sancho. Traurig stimmt mich, daß Sie sich über meine Bücher lustig machen, denn sie bedeuten mir mehr als mein Leben. Aus ihnen kommt aller Glaube, den ich habe, und alle Hoffnung.«

»Zur Revanche für Pater Jone leihe ich Ihnen Pater Lenin. Vielleicht kann er Ihnen auch Hoffnung schenken.«

»Hoffnung für das Diesseits, vielleicht, aber mich verlangt nach Größerem – und nicht nur für mich. Für Sie, Sancho, und alle Menschen dieser Erde. Ich weiß, ich bin ein armseliger fahrender Priester, und Gott allein weiß, wohin die Fahrt geht. Ich weiß, daß es Ungereimtheiten in manchen meiner Bücher gibt, so wie in den Ritterbüchern auch, die mein Ahnherr sammelte. Das bedeutet aber nicht, daß alle Rittertugend unsinnig ist. Was Sie auch an Ungereimtheiten in meinen Büchern aufstöbern mögen, ich vertraue dennoch . . .«

»Worauf vertrauen Sie?«

»Auf eine historische Wahrheit. Daß Christus am Kreuz starb und wieder auferstanden ist.«

»Der größte Unsinn überhaupt.«

»Es ist eine unsinnige Welt, sonst hätte sie uns beide nicht zusammengeführt.«

Sie hatten die Paßhöhe von Guadarrama erreicht, eine arge Mühe für Rosinante, und jetzt rollten sie bergab auf ein Tal zu, in dem auf einem düsteren hohen Hügel ein riesiges massives Kreuz aufragte, wohl 150 Meter hoch; davor sahen sie einen Platz, auf dem viele Autos parkten – dicke Cadillacs und kleine Seats. Die Seat-Besitzer hatten Klapptische für ein Picknick neben ihren Wagen aufgestellt.

»Möchten Sie in einer ganz und gar von Vernunft regierten Welt leben?« fragte Padre Quijote. »Welch eine öde Welt wäre das.«

»Das hätte Ihr Vorfahre sagen können.«

»Sehen Sie doch dort auf dem Hügel die Guillotine – oder den Galgen, wenn Ihnen das lieber ist.«

»Ich sehe ein Kreuz.«

»Das ist mehr oder weniger dasselbe, nicht wahr. Wo sind wir hier, Sancho?«

»Das ist das Tal der Gefallenen, Padre. Hier wollte Ihr Freund Franco wie ein Pharao begraben werden. Mehr als tausend Gefangene mußten die Gruft für ihn ausheben.«

»Ah ja, jetzt erinnere ich mich wieder, und zum Dank schenkte man ihnen dann die Freiheit.«

»Für Hunderte von ihnen war es die Freiheit des Todes. Werden Sie hier beten können, Padre?«

»Natürlich. Warum auch nicht? Selbst wenn es das Grab des Judas wäre – oder Stalins Grab –, ich würde beten.«

Den Wagen abstellen kostete 60 Peseten, dann kamen sie zum Eingang. Um dieses riesige Grab zu verschließen, dachte Padre Quijote, was für ein Felsen wäre da wohl nötig? Ein Metallgitter am Eingang war mit den Gestalten von 40 spanischen Heiligen geschmückt, und im Innern erstreckte sich, groß wie das Schiff einer Kathedrale, eine Halle, deren Wände Gobelins bedeckten, die aussahen, als stammten sie aus dem 16. Jahrhundert. »Der Generalissimo bestand auf der kompletten Brigade von Heiligen«, sagte der Bürgermeister. Die Größe der Halle ließ die Besucher und ihre Stimmen schrumpfen, und der Weg bis zum Altar unter einer großen Kuppel an ihrem Ende schien lang.

»Eine bemerkenswerte architektonische Leistung«, sagte der Bürgermeister, »so wie die Pyramiden. Und um sie zu erbringen, brauchte man eben Sklaven.«

»So wie in den sibirischen Lagern auch.«

»Die russischen Gefangenen arbeiten wenigstens für die Zukunft ihres Landes. Das hier dient dem Ruhm eines einzelnen.«

Langsam bewegten sie sich auf den Altar zu, gingen an Kapelle nach Kapelle vorbei. Niemand in dieser reichge-schmückten Halle fand es nötig, die Stimme zu dämpfen, und doch klangen die Stimmen in dieser Riesenweite wie Flüstern. Es war schwer, sich vorzustellen, daß man im Innern eines Berges dahinschritt.

»Soviel ich weiß«, sagte Padre Quijote, »war das als eine

Versöhnungskapelle geplant, in der der Gefallenen auf beiden Seiten gedacht werden sollte.«

An einer Seite des Altars befand sich das Grab Francos, an der anderen das José Antonio Primo de Riveras, des Gründers der Falange.

»Für gefallene Republikaner werden Sie hier nicht einmal eine kleine Gedenktafel finden«, sagte der Bürgermeister.

Auf dem langen Rückweg zum Eingang blieben sie stumm, und dort angelangt, warfen sie einen letzten Blick zurück. »Ein wenig erinnert es an die Halle im *Palace Hotel*«, sagte der Bürgermeister, »aber natürlich viel großartiger und mit weniger Gästen. Solche Gobelins könnte man sich im *Palace Hotel* nicht leisten. Und dort hinten, sehen Sie doch die Cocktailbar, wo der Barmann für jeden einen Drink bereithält – Spezialität dieser Bar ist ein Cocktail auf Rotweinbasis, dazu nimmt man ein Wäffelchen. Sie schweigen, Monsignore. Sie finden das doch sicher eindrucksvoll. Stimmt irgend etwas nicht?«

»Ich habe gebetet, das ist alles«, sagte Padre Quijote.

»Für den Generalissimo, der hier mit soviel Pomp begraben liegt?«

»Ja. Und für Sie und für mich.« Er setzte hinzu: »Und für meine Kirche.« Als sie abfuhren, schlug Padre Quijote das Kreuz. Er wußte selbst nicht genau, warum, ob zum Schutz vor den Gefahren der Straße, vor vorschnellen Urteilen oder auch nur aus Nervosität.

Der Bürgermeister sagte: »Ich habe den Eindruck, man verfolgt uns.« Er beugte sich zu Padre Quijote hinüber, um in den Rückspiegel zu schauen. »Alle überholen uns, bis auf ein Auto.«

»Warum sollte man uns verfolgen?«

»Was weiß denn ich? Ich habe Sie doch gebeten, Ihr Purpurlätzchen umzubinden.«

»Ich habe doch die Socken angezogen.«

»Das genügt nicht.«

»Wohin fahren wir jetzt?«

»Wenn wir so langsam fahren, kommen wir heute nie bis Salamanca. Besser, wir übernachten in Ávila.« Der Bürgermeister, der immer noch in den Spiegel spähte, fügte hinzu: »Endlich überholt er uns.« Ein Wagen fuhr mit hoher Geschwindigkeit an ihnen vorbei.

»Sehen Sie, Sancho, niemand schert sich um uns.«

»Das war ein Jeep. Ein Jeep der Guardia.«

»Aber mit uns wollten sie nichts zu tun haben.«

»Trotzdem wäre es mir lieber gewesen, Sie hätten Ihr Lätzchen getragen«, sagte der Bürgermeister. »Ihre Socken sieht man nicht.«

Zu Mittag saßen sie am Straßenrand, auf dem verdorrten Gras, und aßen die Reste der Würste. Sie schmeckten ein bißchen trocken, und irgendwie hatte der Manchegarwein viel von seiner Blume verloren.

»Diese Wurst da erinnert mich«, sagte der Bürgermeister, »daß Sie in Ávila den Ringfinger der heiligen Teresa besichtigen können, wenn Sie wollen, und in Alba de Tormes, nicht weit von Salamanca, kann ich Ihnen ihre ganze Hand zeigen. Ich glaube wenigstens, daß sie inzwischen an das Nonnenkloster zurückerstattet wurde – der Generalissimo hatte sie sich eine Weile ausgeliehen. Man sagt, er hatte sie auf dem Schreibtisch liegen – mit aller gebotenen Ehrfurcht natürlich. Und in Ávila gibt es auch den Beichtstuhl zu sehen, wo sie immer mit dem heiligen Johannes vom Kreuz plauderte. Ein großer Dichter, also wollen wir es auch mit seiner Heiligkeit nicht so genau nehmen. Als ich noch in Salamanca lebte, fuhr ich oft zu Besuch nach Ávila. Können Sie sich vorstellen, daß ich sogar eine Art Ehrfurcht für diesen Ringfinger empfand, obwohl die größte Anziehungskraft für mich ein schönes Mädchen besaß – die Tochter eines Apothekers in Ávila.«

»Warum haben Sie eigentlich ihr Studium an den Nagel gehängt, Sancho? Sie haben mir das nie erzählt.«

»Ich glaube, der Hauptgrund war wohl ihr langes goldenes Haar. Es war eine sehr glückliche Zeit. Wissen Sie, als Tochter des Apothekers – er war heimlich Mitglied der Partei – konnte sie uns alle mit seinen in einer Geheimlade verborgenen Präservativen versorgen. Ich brauchte den *coitus interruptus* nicht zu praktizieren. Aber, ob Sie es glauben oder nicht – hinterher ging ich mich gewöhnlich bei dem Ringfinger der heiligen Teresa entschuldigen – der Mensch ist ein sonderbares Wesen.« Schwermütig starrte er in sein Weinglas. »Heute lache ich über Ihre abergläubischen Vorstellungen, Padre, aber einige teilte ich damals selber. Kann es sein, daß ich deshalb heute Ihre Gesellschaft suche – um meine Jugend wiederzufinden, eine Jugend, in der auch ich mehr oder weniger an Ihre Religion glaubte und alles so kompliziert und widersprüchlich war – und so interessant?«

»Für mich war alles nie so kompliziert. Die Antworten, die ich suchte, fand ich in jenen Büchern, die Sie so verachten.«

»Sogar bei Pater Jone?«

»Ach, Moraltheologie war nie meine Stärke.«

»Eines meiner Probleme war, daß der Vater des Mädchens, der Apotheker, starb, und daher kamen wir nicht mehr an die Präservative heran. Heute wäre das alles leicht, aber damals ... Trinken Sie noch ein Glas, Padre.«

»Wenn ich nicht sehr aufpasse, werde ich in Ihrer Gesellschaft noch zu einem Schnapspriester, wie man das wohl nennt.«

»Wie für meinen Ahnen Sancho ist auch für mich Trinken nie zu einem Laster geworden, das kann ich ruhig sagen. Ich trinke, wenn es mir schmeckt, und auch einmal auf das Wohl eines Freundes. Ich trinke auf Sie, Monsignore. Was sagt Pater Jone über das Trinken?«

»Trunkenheit, die zum völligen Verlust der Vernunft führt, ist eine Todsünde, wenn nicht ein ausreichender Grund dafür besteht, und wer andere zum Trinken verführt, macht sich ebenso schuldig, es sei denn, es gibt eine ausreichende Entschuldigung.«

»Was der für Unterschiede macht, nicht?«

»Pater Jone zufolge läßt es sich eher entschuldigen, daß man zur Ursache der Trunkenheit eines anderen wird – das haben Sie sich eben jetzt zuschulden kommen lassen –, wenn es bei einem Festmahl geschieht.«

»Könnten wir nicht unser Essen als ein Festmahl ansehen?«

»Ich weiß beim besten Willen nicht, ob es ein Festmahl zu zweit gibt, und ich frage mich auch, ob diese ziemlich trokkene Wurst dafür genügt.« Padre Quijote lachte ein bißchen nervös (Fröhlichkeit war vielleicht nicht ganz am Platz) und griff nach dem Rosenkranz in seiner Tasche. Er sagte: »Sie können Pater Jone auslachen, und ich habe mit Ihnen gelacht, möge Gott mir das verzeihen. Aber, Sancho, Moraltheologie und die Kirche, das ist zweierlei. Und Pater Jone steht nicht bei meinen alten Büchern vom ritterlichen Leben. Sein Buch ist nur so etwas wie eine Sammlung militärischer Dienstvorschriften. Der heilige Franz von Sales schrieb ein Buch mit 800 Seiten über *Die Liebe Gottes*. Das Wort Liebe kommt in Pater Jones Anweisungen nicht vor, und ich glaube, aber vielleicht irre ich mich da, daß sie den Ausdruck ›Todsünde‹ im Buch des heiligen Franz nicht finden werden. Er war der Bischof und Fürst von Genf. Wie er und Calvin wohl miteinander ausgekommen wären? Calvin, glaube ich, hätte sich besser mit Lenin verstanden – sogar mit Stalin. Oder mit der Guardia Civil«, fügte er hinzu, als er sah, daß der Jeep zurückkehrte – wenn es derselbe Jeep war. Sein Ahnherr wäre auf die Straße hinausgetreten und hätte ihn vielleicht zum Kampf herausgefordert. Er empfand seine eigene Unzulänglichkeit, ja sogar ein Gefühl von Schuld. Der Jeep verlangsamte seine Fahrt, während er an ihrem Wagen vorbeifuhr. Sie verspürten beide ein Gefühl der Erleichterung, als er nicht anhielt und ihren Augen entschwand, und sie blieben noch eine Weile schweigend zwischen den Überresten ihrer Mahlzeit im Gras liegen. Dann sagte Padre Quijote: »Wir haben nichts Böses getan, Sancho.«

»Die urteilen nach dem äußeren Anschein.«

»Aber wir sehen doch so unschuldig aus wie Lämmer«, sagte Padre Quijote und zitierte dann seinen Lieblingsheiligen: »»Nichts beruhigt den wütenden Elefantenbullen so leicht wie der Anblick eines kleinen Lammes, und nichts hält Kanonenkugeln besser auf als Wollflöckchen.«

»Wer das auch geschrieben hat«, sagte der Bürgermeister, »es zeigt, daß er von Naturgeschichte und Bewegungslehre keine Ahnung hat.«

»Vermutlich liegt es am Wein, aber mir ist sehr warm.«

»Ich spüre die Hitze nicht. Ich finde die Temperatur sehr angenehm. Aber ich trage natürlich auch nicht so einen lächerlichen Kragen.«

»Ein Stückchen Zelluloid, das macht überhaupt nicht heiß, überlegen Sie einmal, was diese Guardia alles trägt. Versuchen Sie selbst, dann werden Sie es schon sehen.«

»Gut. Geben Sie her. Wenn ich mich recht erinnere, wurde Sancho Statthalter über eine Insel, und ich werde eben, mit Ihrer Hilfe, Statthalter über Seelen. Wie Pater Jone.« Er legte das Kollar um seinen Hals. »Nein, Sie haben recht. So heiß ist das gar nicht. Es beengt ein bißchen, das ist alles. Und reibt mich wund am Hals. Sonderbar, Padre, ohne Ihr Kollar würde ich Sie nie für einen Padre halten und erst recht nicht für einen Monsignore.«

»Nachdem Don Quijotes Haushälterin ihm die Lanze abgenommen und ihn von seiner Rüstung befreit hatte, hätten Sie ihn auch nie für einen fahrenden Ritter gehalten, sondern nur für einen närrischen alten Mann. Geben Sie mir mein Kollar wieder, Sancho.«

»Lassen Sie mich noch ein bißchen den Statthalter spielen. Mit diesem Kragen um den Hals beichtet mir womöglich noch der eine oder andere seine Sünden.«

Padre Quijote streckte die Hand aus, um sich das Kollar zu angeln, als eine befehlsgewohnte Stimme ertönte: »Zeigen Sie mir Ihre Ausweise.« Es war der Guardia. Seinen Jeep mußte er an der Straße hinter der Kurve abgestellt haben und die letzten Schritte gegangen sein. Er war ein vierschrötiger Mensch und schwitzte vor Anstrengung oder auch vor Jagdlust, denn seine Finger spielten am Pistolenhalfter. Vielleicht fürchtete er sich auch vor baskischen Terroristen.

Padre Quijote sagte: »Meine Brieftasche liegt im Wagen.«

»Dann werden wir sie zusammen holen gehen. Und Ihr Ausweis, Hochwürden?« fragte er Sancho.

Sancho griff in seine Brusttasche nach der Identitätskarte.

»Was haben Sie da Schweres in der Tasche?«

Die Hand des Guardia spielte an der Pistole, während Sancho ein kleines grünes Buch mit der Aufschrift *Moraltheologie* hervorzog. »Keine verbotene Lektüre, Inspektor.«

»Das habe ich auch nicht behauptet, Hochwürden.«

»Ich bin kein Hochwürden, Inspektor.«

»Warum tragen Sie dann dieses Kollar?«

»Mein Freund hat es mir einen Augenblick geliehen. Schauen Sie her, es ist nicht befestigt. Nur lose. Mein Freund ist ein Monsignore.«

»Ein Monsignore?«

»Ja, das können Sie an seinen Socken sehen.«

Der Guardia warf einen Blick auf die Purpursocken. Er fragte: »Dann gehört dieses Buch also Ihnen? Und das Kollar auch?«

»Ja«, sagte Padre Quijote.

»Sie haben beides diesem Mann geliehen?«

»Ja, Wissen Sie, mir war heiß und ...«

Der Guardia winkte ihn zum Wagen hinüber.

Padre Quijote öffnete das Handschuhfach. Er konnte seinen Ausweis nicht sofort finden. Der Guardia hinter ihm schnaufte. Dann bemerkte Padre Quijote, daß sein Ausweis, vielleicht von dem heftigen Schaukeln einer müden Rosinante, zwischen die Seiten eines rotgebundenen Buches gerutscht war, das der Bürgermeister dort verstaut hatte. Er zog das Buch heraus. In großen fetten Buchstaben stand da der Name des Autors: LENIN.

»Lenin«, rief der Guardia. »Dieses Buch gehört Ihnen?«

»Nein, nein. Mir gehört die *Moraltheologie.*«

»Gehört der Wagen ihnen?«

»Ja.«

»Aber das Buch gehört nicht Ihnen?«

»Es gehört meinem Freund da.«

»Dem Mann, dem Sie das Kollar geliehen haben?«

»Ja, das stimmt.«

Der Bürgermeister war ihnen zum Wagen gefolgt. Seine Stimme ließ den Guardia erschreckt zusammenzucken. Offenbar waren seine Nerven nicht in bestem Zustand. »Auch Lenin ist heutzutage keine verbotene Lektüre, Guardia. Das hier ist ein ganz frühes Werk von ihm – seine Aufsätze über Marx und Engels. Die meisten davon geschrieben in der ehrenwerten Stadt Zürich. Es ist, könnte man auch sagen, eine kleine Zeitbombe, hergestellt in der Stadt der Banker.«

»Eine Zeitbombe!« kreischte der Guardia.

»Bildlich gesprochen.«

Der Guardia legte das Buch mit spitzen Fingern auf den Fahrersitz und ging ein paar Schritte von dem Wagen fort. Er sagte zu Padre Quijote: »In Ihrem Ausweis steht nichts davon, daß Sie ein Monsignore sind.«

»Er reist inkognito«, sagte der Bürgermeister.

»Inkognito. Warum inkognito?«

»Er hat diese Art Demut, wie man sie oft bei heiligen Männern findet.«

»Woher kommen Sie?«

»Der Monsignore hat am Grab des Generalissimo gebetet.«

»Ist das wahr?«

»Ja. Ich habe ein paar Gebete gesprochen.«

Der Guardia kontrollierte noch einmal den Ausweis. Nun sah er ein bißchen beruhigter aus. »Mehrere Gebete«, sagte der Bürgermeister. »Eines hätte kaum gereicht.«

»Was meinen Sie damit – kaum gereicht?«

»Gott zeigt sich manchmal ein bißchen schwerhörig. Ich selbst bin ja kein gläubiger Mensch, aber mir scheint, das muß auch der Grund sein, warum für den Generalissimo so viele Messen gelesen werden. Für einen Mann wie ihn, da muß man schon schreien, um gehört zu werden.«

»Sie haben sonderbare Freunde«, sagte der Guardia zu Padre Quijote.

»Ach, nehmen Sie nicht so ernst, was er sagt. Er ist ein herzensguter Mensch.«

»Und wohin fahren Sie jetzt?«

Der Bürgermeister antwortete schnell: »Der Monsignore möchte noch ein Gebet für den Generalissimo sprechen, vor dem Ringfinger der heiligen Teresa. Sie wissen doch, dieser Finger wird in dem Nonnenkloster vor der Stadtmauer von Ávila aufbewahrt. Er möchte für den Generalissimo alles tun, was in seinen Kräften steht.«

»Sie reden zuviel. In Ihrem Ausweis steht, daß Sie der Bürgermeister von Toboso sind.«

»Ich *war* der Bürgermeister, aber ich habe meinen Job verloren. Und den Monsignore hat man aus seinem Job hinausbefördert.«

»Wo haben Sie die vergangene Nacht verbracht?«

»In Madrid.«

»Wo? In welchem Hotel?«

Padre Quijote blickte hilfesuchend zum Bürgermeister. Er sagte: »In einem bescheidenen Hotel – ich weiß nicht mehr –«

»In welcher Straße?«

Der Bürgermeister unterbrach mit fester Stimme: »Im *Palace Hotel*.«

»Das ist kein bescheidenes Haus.«

»Bescheidenheit ist etwas Relatives«, sagte der Bürgermeister. »Das *Palace Hotel* ist ein sehr bescheidenes Haus, verglichen mit dem Grabmal des Generalissimo.«

Ein peinliches Schweigen entstand – vielleicht flog eben ein Engel vorüber. Endlich sagte der Guardia: »Sie bleiben hier, bis ich zurückkomme. Wenn Sie versuchen, den Wagen zu starten, haben Sie sich die Folgen selbst zuzuschreiben.«

»Was meint er – ich habe mir die Folgen selbst zuzuschreiben?«

»Ich glaube, er droht uns, er wird von der Waffe Gebrauch machen, wenn wir wegfahren.«

»Also bleiben wir.«

»Wir bleiben.«

»Warum haben Sie ihn wegen des Hotels angelogen?«

»Wenn ich nicht schnell was erfunden hätte, hätte es alles nur schlimmer gemacht.«

»Aber sie können doch die *ficha* überprüfen.«

»Vielleicht ist es ihnen zu mühsam, und jedenfalls dauert das lange.«

»Also ich«, sagte Padre Quijote, »ich finde das Ganze unerklärlich. In all den Jahren in Toboso habe ich nie ...«

»Erst als Ihr Ahnherr sein Dorf verließ, begegnete er den Windmühlen. Schauen Sie doch: Unsere Aufgabe ist einfacher. Wir haben nicht 30 oder 40 Windmühlen zu bekämpfen, bei uns sind es nur zwei.«

Der fette Guardia, der mit seinem Kameraden zurückkehrte, erinnerte wirklich an eine Windmühle, weil er heftig mit den Armen fuchtelte, als er auf seinen Kameraden einredete und ihm von den seltsamen Widersprüchen berichtete, die er zu hören bekommen hatte.

Der leichte Sommerwind des Nachmittags trug die Worte »Monsignore«, »Lenin« und »Purpursocken« zu ihnen herüber.

Der zweite Guardia war hager und sah wild entschlossen drein.

»Öffnen Sie den Kofferraum«, befahl er. Die Hände in die

Hüften gestützt, stand er da, während Padre Quijote ungeschickt mit dem Schlüssel herumstocherte.

»Öffnen Sie Ihre Reisetasche.«

Er steckte die Hand in Padre Quijotes Reisetasche und
zog eine purpurne *pechera* hervor. »Warum tragen Sie das
nicht?« fragte er.

»Es ist zu auffällig«, erwiderte Padre Quijote.

»Aha, Sie fürchten aufzufallen?«

»Fürchten nicht ...« Doch der hagere Guardia schaute
schon durch das Heckfenster.

»Was enthalten diese Kisten?«

»Mancheganerwein.«

»Da haben Sie sich aber ordentlich eingedeckt.«

»Ja, wirklich. Wenn ich Ihnen vielleicht mit ein paar
Flaschen eine kleine Freude ...«

»Schreib auf«, befahl der Guardia seinem Kameraden,
»der sogenannte Monsignore offerierte uns zwei Flaschen
mancheganischen Wein. Zeig mir seinen Personalausweis.
Hast du die Nummer notiert?«

»Geschieht sofort.«

»Zeigen Sie einmal her, das Buch.« Er ließ die Seiten mit
Lenins Schriften durch die Finger laufen. »Ich sehe, Sie
haben das gründlich studiert«, sagte er. »Viele Passagen sind
angestrichen. Aha, verlegt in spanischer Sprache in Moskau.« Dann las er daraus vor: »›Der bewaffnete Kampf verfolgt zwei *verschiedene* Ziele; dieser Kampf hat erstens die
Tötung von einzelnen Personen, Vorgesetzten und Subalter-
nen im Polizei- und Heeresdienst zum Ziel ...‹ Sind das Ihre
Ziele, Monsignore – falls Sie ein Monsignore sind?«

»Das Buch gehört nicht mir. Es gehört meinem Freund.«

»Sie haben seltsame Freunde, Monsignore. Gefährliche
Freunde.« Stumm stand er da, in Gedanken versunken –
Padre Quijote fand, er sah wie ein Richter aus, der überlegt,
ob er ein Todesurteil oder eines auf lebenslänglichen Kerker
verhängen soll.

Padre Quijote begann: »Wenn Sie sich die Mühe machen, meinen Bischof anzurufen ...« Er unterbrach aber den Satz, denn der Bischof würde sich gewiß sofort an die unüberlegte Kirchenkollekte für *In Vinculis* erinnern.

»Du hast die Autonummer?« sagte der hagere Guardia zu dem fetten Guardia.

»Jawohl, jawohl, selbstverständlich. Ich habe sie notiert, während wir hinter ihnen herfuhren.«

»Sie fahren nach Ávila? Wo werden Sie dort wohnen?«

Der Bürgermeister sagte rasch: »Im *Parador*. Wenn Zimmer frei sind.«

»Sie haben nicht gebucht?«

»Wir sind im Urlaub, Guardia. Wir verlassen uns auf unser Glück.«

»Und ich verlasse mich auf gar nichts und habe ihre Wagennummer notiert«, sagte der Guardia. Der Hagere machte kehrt, und der Fette folgte hinterdrein. Ihre Art zu gehen erinnerte Padre Quijote an zwei Enten, eine gerade recht für die Bratpfanne, während man die andere noch mästen mußte. Sie verschwanden hinter der Straßenbiegung – vielleicht lag dort ihr Teich.

»Wir warten, bis sie abfahren«, sagte der Bürgermeister.

»Was stört sie an uns, Sancho? Warum sind sie so mißtrauisch?«

»Geben Sie zu«, sagte der Bürgermeister, »es ist nicht eben alltäglich, daß ein Monsignore sein Klerikerkollar ...«

»Ich laufe ihnen nach und erkläre es ihnen.«

»Nein, nein. Bleiben Sie lieber hier. Die warten auch. Weil sie wissen wollen, ob wir wirklich nach Ávila fahren.«

»Dann fahren wir doch weiter nach Ávila – damit sie sehen, was wir wollen.«

»Ich glaube, es wäre besser, um Ávila einen Bogen zu machen.«

»Warum?«

»Sie haben die Guardia dort sicher schon gewarnt.«

»Wovor? Wir sind doch unschuldig. Wir tun niemandem etwas zuleide.«

»Wir stören ihre Seelenruhe. Sollen sie doch warten, bis sie schimmeln. Ich glaube, wir sollten noch eine Flasche Wein aufmachen.«

Sie ließen sich wieder zwischen den Überresten ihrer Mahlzeit nieder, und der Bürgermeister versuchte, den Korken aus der Flasche zu ziehen. Er sagte: »Selbst wenn ich meine profunden Zweifel an der Existenz Gottes beiseite schöbe, fände ich es doch schwer, zu glauben, daß es sein Wille war, diese beiden Guardias in die Welt zu setzen – ganz zu schweigen von Hitler und dem Generalissimo oder meinetwegen auch Stalin. Warum nur hat man ihren armen Eltern denn nicht gestattet, ein Präservativ zu verwenden ...«

»Das wäre eine schwere Sünde gewesen, Sancho. Die Seele eines Menschen zu töten ...«

»Hat Sperma eine Seele? Wenn ein Mann liebt, tötet er Millionen Spermen – bis auf eines. Ein Glück für den Himmel, daß es soviel Verschwendung gibt, sonst gäbe es dort eine gewaltige Überbevölkerung.«

»Aber es ist gegen das Naturgesetz, Sancho.«

Der Korken kam mit einem leisen Knall aus der Flasche – es war sehr junger Wein.

»Mit dem Naturgesetz habe ich mich nie zurechtgefunden«, sagte Sancho. »Welches Gesetz? Welche Natur?«

»Es ist das Gesetz, das unserem Herzen bei der Geburt eingepflanzt wurde. Unser Gewissen sagt es uns, wenn wir das Gesetz brechen.«

»Meines nicht. Oder es ist mir nicht aufgefallen. Wer hat dieses Gesetz erfunden?«

»Gott.«

»Ja, natürlich, das war ja von Ihnen zu erwarten, aber lassen Sie mich die Frage anders stellen. Welcher Mensch hat uns als erster gelehrt, daß es dieses Gesetz gibt?«

»Von den frühesten Tagen des Christentums ...«

»Aber, aber, Monsignore. Finden Sie ein Sterbenswörtchen über dieses Naturgesetz bei Paulus?«

»Ach, Sancho, ich weiß es nicht mehr, ich werde alt, aber gewiß ...«

»Das Naturgesetz, wie ich es verstehe, besagt, daß eine Katze den natürlichen Wunsch hat, einen Vogel oder eine Maus zu töten. In Ordnung für die Katze, aber nicht so in Ordnung für den Vogel oder die Maus.«

»Spott ist kein Argument, Sancho.«

»Oh, ich leugne nicht, daß es ein Gewissen gibt, Monsignore. Mir wäre sehr unbehaglich zumute, wenigstens eine Weile lang, glaube ich, wenn ich ohne ausreichenden Grund einen Menschen getötet hätte, aber ich glaube, ich hätte lebenslänglich ein unbehagliches Gefühl, wenn ich ein ungewolltes Kind gezeugt hätte.«

»Wir müssen vertrauen auf die Gnade Gottes.«

»Er ist nicht immer so gnädig, nicht wahr, jedenfalls in Afrika nicht, und in Indien auch nicht. Und selbst in unserem eigenen Land, wenn das Kind in Armut leben muß, mit Krankheiten, wahrscheinlich ohne jede Aussicht ...«

»Mit der Aussicht auf ewige Glückseligkeit«, sagte Padre Quijote.

»O ja, und den Lehren Ihrer Kirche zufolge auch mit der Aussicht auf ewige Verdammnis. Wenn die Umstände das Kind zu dem verleiten, was Sie das Böse nennen.«

Der Hinweis auf die Hölle versiegelte Padre Quijote die Lippen. »Ich glaube, ich glaube«, hielt er sich vor, »ich muß glauben«, aber er dachte auch an das Stillschweigen des Johannes, in seinem Evangelium, das wie die Stille war im Zentrum des Tornados. Und war es der Teufel, der ihm zuflüsterte, daß die Römer, wie Augustinus berichtet, einen Gott hatten, den sie Vaticanus nannten, »den Gott der Kindertränen«? Er sagte: »Sich selbst haben Sie Wein eingeschenkt, aber mir nicht.«

»Dann reichen Sie mir Ihr Glas. Ist noch ein Stück Käse übrig?«

Padre Quijote suchte herum. »Der Mensch kann seinen Hunger zügeln«, sagte er.

»Nach Käse?«

»Nein, nein. Ich meinte den sexuellen Hunger.«

»Ist solche Mäßigung natürlich? Für Sie vielleicht und für den Papst in Rom, aber für zwei Menschen, die einander lieben, miteinander leben, und kaum genug haben, sich zu sättigen, geschweige denn für ein junges, hungriges Balg …«

Es war die uralte Frage, und er wußte keine überzeugende Antwort. »Es gibt natürliche Wege«, sagte er, wie er es schon Hunderte Male zuvor gesagt hatte, und erkannte darin doch nur das Ausmaß seiner Unwissenheit.

»Wer außer den Moraltheologen würde sie natürlich nennen? Soundsoviele Tage in jedem Monat, in denen man sich lieben darf, aber zuerst muß man ein Thermometer hineinstecken und die Temperatur messen … Das sind nicht die Wege, die die Sehnsucht einschlägt.«

Padre Quijote erinnerte sich an einen Passus aus einem der Bücher, die er am meisten schätzte, aus Augustinus' *Gottesstaat:* »Doch auch wer an diesem Genuß seine Freude hat, gerät nicht, wann er will … in solche Erregung, sondern bisweilen stellt sie sich plötzlich ein … bisweilen aber verläßt sie den Schmachtenden, und während die Begierde in der Seele glüht, erkaltet sie im Leibe. So leistet seltsamerweise ›Libido‹ oft … dem Zeugungswillen … keinen Dienst.« Eine Hoffnung, auf die man sich nicht verlassen durfte.

»Wahrscheinlich würde Ihr Pater Heribert Jone sagen, daß jemand, der seine Frau nach den Wechseljahren gefahrlos liebt, eine Art Selbstbefriedigung treibt.«

»Wahrscheinlich würde er das sagen, der arme Kerl.«

Armer Kerl? Er dachte: Wenigstens wußte der heilige Augustinus aus Erfahrung, was er über den Sex sagte, und nicht bloß aus der Theorie: Er war ein Sünder und ein Heiliger und nicht etwa Moraltheologe. Er war ein Dichter, und ein Humorist war er sogar auch. Wie hatten sie als Studenten über eine Stelle im *Gottesstaat* gelacht: »Es gibt welche, die so kunstvoll hinterrücks Wind brechen können, daß man meint, sie sängen.« Was mochte Pater Heribert Jone davon halten? Schwer, sich einen Moraltheologen beim morgendlichen Stuhlgang vorzustellen.

»Geben Sie mir noch ein Stückchen Käse«, sagte der Bürgermeister. »Achtung. Hier kommt der Jeep wieder.«

Der Jeep fuhr langsam an ihnen vorüber. Der fette Guardia saß am Steuer, und der hagere blickte sie so durchdringend an, als wäre er ein Naturforscher, der zwei seltene Käfer beobachtet, um sie aus der Erinnerung dann genau beschreiben zu können. Padre Quijote war froh, daß er wieder sein Kollar trug. Er streckte sogar einen Fuß vor, um seine Purpursocken zu zeigen, die er haßte.

»Wir haben die Windmühlen besiegt«, sagte der Bürgermeister.

»Welche Windmühlen?«

»Die Guardia dreht sich mit dem Wind, mit jedem Wind. Es gab sie unter dem Generalissimo. Es gibt sie heute. Käme meine Partei an die Macht, gäbe es sie immer noch, und sie würden sich nach dem Wind aus Osten drehen.«

»Können wir jetzt weiterfahren, weil sie weg sind?«

»Noch nicht. Ich möchte wissen, ob sie zurückkommen.«

»Wenn Sie Ávila vermeiden wollen, wohin fahren wir dann?«

»Es tut mir leid, daß ich Ihnen den Ringfinger der heiligen Teresa vorenthalten muß, aber ich glaube, es ist klüger, nach Segovia zu fahren. Morgen können Sie in Salamanca ein Heiligtum besichtigen, das heiliger ist als das, in dem Sie heute gebetet haben.«

Der erste Hauch abendlicher Kühle hatte sie berührt. Der Bürgermeister ging ruhelos zur Straße hin und kam wieder zurück. Keine Spur von der Guardia. Er sagte: »Haben Sie nie eine Frau geliebt, Padre?«

»Nie. Nicht, wie Sie es meinen.«

»Waren Sie nie in Versuchung . . .«

»Nie.«

»Sonderbar und unmenschlich.«

»Nicht so sonderbar und nicht unmenschlich«, antwortete Padre Quijote. »Ich hatte einen Schutz wie viele andere auch. Denken Sie etwa an das Inzestverbot. Nicht viele Menschen fühlen sich versucht, dieses Tabu zu brechen.«

»Nein, aber statt Inzest gibt es immer so viele andere Möglichkeiten. Etwa die Schwester eines Freundes.«

»Ich hatte auch eine andere Möglichkeit.«

»Wer war es?«

»Ein Mädchen namens Martin.«

»Das war Ihre Dulcinea?«

»Ja, wenn Sie so wollen, aber sie lebte sehr weit weg von Toboso. Trotzdem haben mich ihre Briefe erreicht. Sie waren mir ein großer Trost, wenn ich Schwierigkeiten mit dem Bischof hatte. Einmal schrieb sie – ich denke beinahe täglich daran: ›Ehe wir durch das Schwert sterben, laß uns an Nadelstichen sterben.‹«

»Ihr Ahnherr hätte das Schwert vorgezogen.«

»Vielleicht aber waren es zuletzt dennoch Nadelstiche, an denen er starb.«

»Martin – danach zu schließen, wie Sie den Namen aussprechen, war sie keine Spanierin?«

»Nein, sie kam aus der Normandie. Sie dürfen mich nicht mißverstehen. Sie starb viele Jahre, ehe ich sie kennen- und liebenlernte. Sie haben von ihr gehört, aber vielleicht unter einem anderen Namen. Sie lebte in Lisieux. Die Karmeliterinnen dort hatten eine besondere Berufung – für Priester zu beten. Ich hoffe – ich glaube –, sie betet auch für mich.«

»Ach, von der sprechen Sie, von der heiligen Thérèse – der Name Martin hat mich irregeführt.«

»Schön, daß es einen Kommunisten gibt, der schon von ihr gehört hat.«

»Sie wissen ja, ich war nicht immer Kommunist.«

»Vielleicht ist der wahre Kommunist auch so eine Art Priester, und in diesem Fall betet sie zweifellos auch für Sie.«

»Mir ist kalt vom Warten. Gehen wir.«

Eine Weile fuhren sie schweigend die Straße entlang, auf der sie gekommen waren. Nirgends war etwas von dem Jeep zu sehen. Sie überfuhren die Kreuzung nach Ávila und folgten einem Wegweiser, der die Richtung nach Segovia anzeigte. Endlich sagte der Bürgermeister: »Also so ist das mit Ihrer Liebesgeschichte, Padre. Die meine ist ziemlich anders verlaufen, sieht man davon ab, daß die Frau auch tot ist, wie die Ihre.«

»Gott schenke ihrer Seele Frieden«, sagte Padre Quijote. Es war ein automatischer Reflex, der ihn dies sagen ließ, aber in dem Schweigen, das sich auf die beiden herabsenkte, betete er zu der fremden Frau, wie er sonst zu den Seelen im Fegefeuer betete: »Du bist näher bei Gott als ich. Bete für uns beide.«

Der große römische Aquädukt von Segovia ragte drohend vor ihnen auf und warf im Abendlicht seinen langen Schatten. In einem kleinen Albergue, nicht weit von der Kirche Sankt Martin, fanden sie Unterkunft – schon wieder dieser Name –, der Name, mit dem er immer an sie dachte. So fühlte er sich ihr näher als im Schmuck ihrer Heiligkeit oder unter ihrem gefühlvollen Beinamen Kleine Theresia. In seinen Gebeten redete er sogar manchmal zu ihr als Señorita Martin, ganz als müßte der Familienname, wenn er unter Tausenden Anrufungen in allen Sprachen beim Schein der Kerzen vor der Gestalt aus Gips zu ihr aufstieg, leichter an ihr Ohr dringen.

Sie hatten am Straßenrand reichlich getrunken und waren beide nicht in der Laune, ein Restaurant zu suchen. Es war, als wären auf diesen letzten Kilometern zwei tote Frauen mit ihnen gereist. Padre Quijote genoß es, ein Zimmer für sich allein zu haben, auch wenn es winzig war. Ihm kam vor, als hätte ihn seine Reise durch ganz Spanien geführt, obwohl er wußte, daß sie sich nicht viel weiter von La Mancha entfernt hatten als 200 Kilometer. Rosinantes Schneckentempo veränderte Entfernungen wie ein Zerrspiegel. Nun, sein Vorfahre hatte auf allen seinen Reisen keine größeren Entfernungen zurückgelegt als von La Mancha bis zu der Stadt Barcelona, und doch hätte jeder, der die wahre Geschichte des Don Quijote las, gemeint, er hätte das ganze riesige Gebiet Spanien bereist. Der Langsamkeit wohnt eine Tugend inne, die wir verloren haben. Und für den wahren Reisenden war Rosinante kostbarer als ein Düsenflugzeug. Düsenflugzeuge sind für Geschäftsleute.

Ehe er einschlief, las Monsignore Quijote ein wenig, weil sein Traum ihn immer noch verfolgte. Wie es seine Gewohnheit war, schlug er das Buch des heiligen Franz von Sales an einer beliebigen Stelle auf. Schon vor der Geburt Christi hatten Menschen die *sortes Virgilianae* als eine Art Horoskop benutzt, und er setzte mehr Vertrauen in den heiligen Franz als in Vergil – diesen eher epigonalen Dichter. Was er in der *Abhandlung über die Gottesliebe* fand, überraschte ihn ein wenig, aber es ermutigte ihn doch auch. »Bei den Affekten und Entschlüssen ist es gut, mit dem Heiland zu sprechen oder mit den Engeln ... mit den Heiligen oder auch mit sich selbst, das heißt, mit seinem eigenen Herzen. Man kann auch die Sünder ansprechen und sogar die vernunftlose Kreatur ...«

An Rosinante gerichtet, sagte er: »Verzeih mir. Ich habe dir zu hart zugesetzt.« Dann fiel er in einen traumlosen Schlaf.

6. Wie Monsignore Quijote und Sancho noch ein weiteres Heiligtum besuchen

»Ich freue mich«, sagte der Bürgermeister, als sie auf die Straße nach Salamanca abbogen, »daß Sie zuletzt doch noch eingewilligt und dieses Lätzchen umgebunden haben – wie nennen Sie es?«

»Eine *pechera*.«

»Ich habe uns schon im Gefängnis landen sehen, wenn die Guardia unsere Angaben zu schnell in Ávila überprüft.«

»Aber warum denn? Was haben wir denn getan?«

»Ein Anlaß ist unwichtig, nur die Tatsache zählt. Ich habe meine Erfahrungen mit Gefängnissen aus dem Bürgerkrieg, wissen Sie. Im Gefängnis steht man immer unter einer gewissen Spannung. Die Freunde werden abgeholt, und dann sieht man sie nie wieder.«

»Aber jetzt – jetzt ist doch nicht Krieg. Die Zustände haben sich gebessert.«

»Ja. Vielleicht. Allerdings hat man in Spanien die Besten immer schon eine Weile ins Gefängnis gesteckt. Vielleicht hätten wir von Ihrem großen Ahnherrn nie gehört, hätte Cervantes nicht mehr als einmal brummen müssen. Im Gefängnis findet man sogar eher Muße, über alles nachzudenken, als in einem Kloster, wo man die armen Teufel immer zu den unchristlichsten Zeiten zum Beten weckt: Mich hat man im Gefängnis nie vor sechs geweckt, und abends wurde gewöhnlich um neun das Licht abgedreht. Natürlich waren die Verhöre manchmal schmerzhaft, aber sie fanden wenigstens zu vernünftigen Tageszeiten statt. Nie während der Siesta. Herrlich, Monsignore, wenn man weiß, daß der Verhörende, anders als der Abt, zur gewohnten Stunde schlafen will.«

In Arévalo sahen sie alte zerfetzte Plakate eines Wanderzirkus an den Mauern kleben. Ein Mann im Trikot zeigte Muskeln von unglaublicher Größe an Armen und Schenkeln. El Tigre nannte er sich, »der Meisterringer aus den Pyrenäen«.

»Wie wenig Spanien sich doch ändert«, sagte der Bürgermeister. »In Frankreich käme man nie auf den Gedanken, daß man noch in der Welt eines Racine oder Molière lebt, und auch in London nicht, daß Shakespeare erst gestern hier um die Ecke ging. Nur in Spanien und in Rußland steht die Zeit still. Wir werden den Abenteuern auf unseren Fahrten nicht entgehen, Padre, genausowenig wie Ihr Ahne. Mit den Windmühlen haben wir schon gekämpft, und das Abenteuer mit dem Tiger haben wir nur versäumt, weil wir ein, zwei Wochen zu spät dran sind. Hätten Sie ihn zum Kampf herausgefordert, so hätte er sich wahrscheinlich ebenso zahm gezeigt wie der Löwe bei Ihrem Ahnherrn.«

»Aber ich bin nicht Don Quijote, Sancho. Ich hätte Angst, einen solchen Riesen zum Kampf herauszufordern.«

»Sie unterschätzen sich, Padre. Ihre Lanze ist der Glaube. Hätte der Tiger gewagt, ein abfälliges Wort über Ihre geliebte Dulcinea zu sagen ...«

»Aber Sie wissen doch, ich habe keine Dulcinea, Sancho.«

»Ich meine natürlich die Señorita Martin.«

Ein anderes Plakat, an dem sie vorbeifuhren, zeigte eine tätowierte Dame von beinahe ebenso imponierender Größe wie El Tigre. »Spanien hat immer schon Monstren geliebt«, sagte der Bürgermeister und ließ sein seltsam bellendes Lachen hören. »Was würden Sie tun, Padre, wenn Sie Zeuge der Geburt eines Monsters mit zwei Köpfen wären?«

»Ich würde es natürlich taufen. Was für eine alberne Frage.«

»Da täten Sie aber Unrecht, Monsignore. Sie wissen ja, ich habe Pater Heribert Jones Buch gelesen. Er lehrt, daß man im Zweifel darüber, ob es sich um ein Monster handelt oder um zwei, ein Mittel ziehen und den einen Kopf absolut und den anderen bedingungsweise taufen muß.«

»Also wirklich, Sancho, ich bin nicht verantwortlich für Pater Jone. Mir scheint, Sie haben sein Buch viel genauer gelesen, als ich das je getan habe.«

»Und bei schweren Geburten, Padre, wenn zuerst irgendein anderer Teil als der Kopf geboren wird, dann müssen Sie den taufen, daher vermute ich, daß im Fall einer Steißgeburt ...«

»Heute abend noch, das verspreche ich Ihnen, Sancho, beginne ich Marx und Lenin zu studieren, nur lassen Sie endlich Pater Jone in Ruhe.«

»Dann nehmen Sie sich doch zuerst Marx vor und das *Kommunistische Manifest*. Das Manifest ist kurz, und Marx ist ein viel besserer Schriftsteller als Lenin.«

Am frühen Nachmittag überquerten sie den Rio Tormes und waren nun in der alten grauen Stadt Salamanca. Padre Quijote kannte das Ziel ihrer Pilgerfahrt immer noch nicht, war aber in seiner Unwissenheit glücklich. Als Junge hatte er davon geträumt, an der Universität dieser Stadt zu studieren. Hier konnte er jenen Vortragssaal besuchen, in dem schon der große heilige Johannes vom Kreuz den Lehren des Theologen Fray Luis de León gelauscht hatte, und Fray Luis hätte leicht seinem eigenen Ahnherrn begegnen können, hätten Don Quijotes Fahrten ihn nach Salamanca geführt. Er blickte zu dem großen steinernen Torbogen der Universität auf, sah den aus Stein gemeißelten Papst, umgeben von seinen Kardinälen, die Köpfe aller katholischen Könige in den Medaillons, und daß man selbst für Venus und Herkules hier einen Platz gefunden hatte – ganz zu schweigen von einem winzigen Frosch –, und er murmelte ein Gebet. Auf den Frosch hatten ihn zwei Kinder aufmerksam gemacht, die dafür Bezahlung verlangten.

»Was sagten Sie, Padre?«

»Das ist eine heilige Stadt, Sancho.«

»Da fühlen Sie sich zu Hause, nicht wahr? Hier stehen sie alle in der Bibliothek, die verschimmelten Erstausgaben Ihrer Bücher von fahrenden Rittern, in altes Kalbleder gebunden.

Ob je einer der Studenten einen Band hervorholt, um auch nur den Staub davon abzublasen, möchte ich bezweifeln.«

»Was für ein Glück Sie hatten, daß Sie hier studieren durften, Sancho.«

»Glück? Da bin ich mir nicht so sicher. Eher komme ich mir jetzt wie ein Vertriebener vor. Vielleicht hätten wir doch lieber ostwärts reisen sollen, in eine Heimat, die ich nie kennengelernt habe. Einer Zukunft entgegen, statt in die Vergangenheit zurück. Nicht in eine Welt, der ich den Rükken gekehrt habe.«

»Durch diese Tür hier sind Sie zu Ihren Vorlesungen gegangen. Ich versuche, ihn mir vorzustellen, den jungen Sancho ...«

»Das waren keine Vorlesungen von Pater Heribert Jone.«

»Gab es nicht wenigstens einen einzigen Professor, auf den Sie bereit waren zu hören?«

»Oh, doch. Damals hatte ich noch eine Art Halbglauben. Einem absolut gläubigen Menschen längere Zeit Gehör zu schenken, das hätte ich nie zuwege gebracht, aber es gab einen Professor mit einem kritischen Glauben, und auf ihn habe ich gehört, zwei Jahre lang. Wäre er in Salamanca geblieben, vielleicht hätte ich es dann auch leichter ausgehalten, aber er ging ins Exil – wie schon früher einmal vor vielen Jahren. Er war kein Kommunist, ich bezweifle auch, daß er Sozialist war, aber den Generalissimo konnte er nicht ertragen. Deshalb sind wir hier, damit Sie sehen, was von ihm geblieben ist.«

In einem sehr kleinen Hof, über einem verwitterten Falz aus grobem schwarzgrünem Stein starrte ein Kopf mit Spitzbart angriffslustig zu den Jalousien eines kleinen Hauses hinauf. »Dort ist er gestorben«, sagte Sancho, »in einem Zimmer da oben, wo er mit einem Freund vor einem Holzkohlenfeuer saß, das ihn warm halten sollte. Sein Freund bemerkte plötzlich, daß einer seiner Hausschuhe lichterloh brannte, und doch hatte sich Unamuno nicht geregt. Heute noch kann man die Brandmale von seinem Schuh auf dem hölzernen Fußboden sehen.«

»Unamuno«, wiederholte Padre Quijote den Namen und blickte voll Respekt zu dem Antlitz aus Stein auf, dessen Augen unter den schweren Lidern Wildheit und Anmaßung seines unabhängigen Geistes verrieten.

»Sie wissen ja, wie sehr er Ihren Ahnherrn liebte und wie er seine Biographie studierte. Wäre er sein Zeitgenosse gewesen, vielleicht wäre er und nicht Sancho hinter dem Ritter auf dem Maultier einhergeritten. Viele Priester stießen einen Seufzer der Erleichterung aus, als sie von seinem Tod erfuhren. Sogar der Papst in Rom mag sich wohler gefühlt haben ohne ihn. Und Franco natürlich auch, falls er klug genug war, die Stärke seines Feindes zu erkennen. In gewissem Sinne war er auch mein Feind, denn ihm ist es zu danken, daß ich mehrere Jahre Mitglied der Kirche blieb, mit einem Halbglauben wie er, den ich mir vorübergehend zu eigen gemacht hatte.«

»Und jetzt besitzen Sie einen vollkommenen Glauben, nicht wahr? An den Propheten Marx. Das Denken können Sie nun beruhigt anderen überlassen. Jesaja hat gesprochen. Sie sind nur ein Werkzeug in den Händen einer geschichtlichen Entwicklung. Wie glücklich Sie sein müssen, mit Ihrem vollkommenen Glauben. Nur eines gibt es, was Sie nie besitzen werden – die Gnade der Verzweiflung.« Ungewohnter Zorn klang aus Padre Quijotes Stimme – oder war es am Ende, dachte er, gar Neid?

»Habe ich wirklich den vollkommenen Glauben?« fragte Sancho. »Manchmal scheint es mir nicht so. Mein Professor verfolgt mich wie ein Gespenst. Im Traum sitze ich im Vorlesungssaal, und er trägt uns Studenten aus seinen eigenen Schriften vor. Ich höre, wie er sagt. ›Es gibt eine gedämpfte Stimme, die Stimme der Ungewißheit, deren Flüstern in das Ohr der Gläubigen dringt. Wer vermag zu sagen, ob wir ohne diese Ungewißheit leben könnten?‹«

»Das hat er geschrieben?«

»Ja.«

Sie kehrten zu Rosinante zurück.

»Wohin gehen wir jetzt, Sancho?«

»Wir gehen auf den Friedhof. Sie werden sehen, seine Gruft sieht ein wenig anders aus als die des Generalissimo.«

Es war eine holprige Straße bis zum Friedhof, der am äußersten Stadtrand lag – keine glattgewalzte Straße für den Transport eines Katafalks. Sein Leib, dachte Padre Quijote, während Rosinante jedesmal stöhnte, sooft er den Gang wechselte, mußte wohl ordentlich durchgerüttelt worden sein, ehe man ihn zur ewigen Ruhe in die Erde bettete, doch wie Padre Quijote bald darauf entdeckte, gab es für einen neu hinzukommenden Leichnam keine Ruhestatt in heiliger Erde – jedes Fleckchen war mit den stolzen Grabmälern dahingegangener Geschlechter ausgefüllt. Am Tor gab man ihnen ein Nummernschild wie in der Garderobe eines Museums oder eines Restaurants, und sie marschierten die endlose weiße Wand entlang, in die Nischen mit bis zu sechs Kästchen hintereinander eingelassen waren, bis sie bei der Nummer 340 anlangten.

»Mir ist das lieber als der Hügel des Generalissimo«, sagte Sancho. »In einem kleinen Bett schläft es sich leichter, wenn man allein ist.«

Als sie zum Wagen zurückgingen, fragte Sancho: »Haben Sie gebetet?«

»Natürlich.«

»Dasselbe Gebet, das Sie für den Generalissimo gesprochen haben?«

»Es gibt nur ein einziges Gebet, das wir für jeden Toten sprechen sollen.«

»Dann würden Sie es auch für Stalin beten?«

»Natürlich.«

»Und für Hitler auch?«

»Es gibt Grade für Gut und Böse, Sancho, und wir können im Leben Unterschiede machen, aber im Tod dürfen wir das nicht. Die Toten brauchen alle unsere Fürbitte, einer wie der andere.«

7. Wie Monsignore Quijote
in Salamanca seine Studien fortsetzte

Das Hotel, in dem sie in Salamanca abstiegen, lag in einer kleinen grauen Seitenstraße. Padre Quijote fand, es sah freundlich und ruhig aus. Begreiflicherweise waren seine Kenntnisse von Hotels beschränkt, aber in diesem Hotel gab es verschiedenes, was ihm besonders gut gefiel, und das sagte er auch, als sie in Sanchos Zimmer im ersten Stock allein waren, und er auf Sanchos Bett saß. Padre Quijote war im dritten Stock untergebracht, »wo Sie es ruhiger finden werden«, hatte die Managerin gesagt.

»Die *patrona* hat uns wirklich herzlich aufgenommen«, sagte Padre Quijote, »ganz anders als die arme alte Frau in Madrid, und dann das Personal, diese vielen reizenden Mädchen, in einem so kleinen Hotel.«

»In einer Universitätsstadt«, sagte Sancho, »gibt es immer eine Menge Kunden.«

»Und das Etablissement ist so sauber. Haben Sie auf dem Weg herauf auch bemerkt, daß bis in den dritten Stock vor jeder Zimmertür ein Stoß frischer Bettwäsche lag? Die müssen hier jeden Tag nach der Siesta die Betten für die Nacht frisch beziehen. Was mir auch gefallen hat, gleich bei der Ankunft, war diese echte Familienatmosphäre – wie alle Mitarbeiterinnen um den Tisch bei einem frühen Abendessen beisammensaßen, die *patrona* auf dem Ehrenplatz, und wie sie allen die Suppe ausgeteilt hat. Sie sah wirklich wie eine Mutter mit ihren Töchtern aus.«

»Einen Monsignore kennenzulernen hat sie tief beeindruckt.«

»Und ist Ihnen aufgefallen, daß sie ganz vergessen hat, uns eine *ficha* zum Ausfüllen zu geben? Sie hat sich nur um eines gesorgt: um unser Wohlergehen. Das hat mich sehr berührt.«

Es klopfte an der Tür. Ein Mädchen mit einer Flasche Champagner in einem Eiskübel trat ein. Sie schenkte Padre Quijote ein nervöses Lächeln und verschwand augenblicklich wieder aus dem Zimmer.

»Haben Sie das bestellt, Sancho?«

»Nein, nein. Ich mache mir nichts aus Champagner. Aber das ist in diesem Haus so Sitte.«

»Vielleicht sollten wir ein Schlückchen trinken, nur um zu zeigen, daß wir ihre Freundlichkeit zu schätzen wissen.«

»Oh, der steht schon auf der Rechnung. Ihre Freundlichkeit übrigens auch.«

»Seien Sie nicht so zynisch, Sancho. Dieses liebe Lächeln von dem Mädchen, haben Sie das gesehen? So ein Lächeln kann man nicht bezahlen.«

»Na schön, ich mache die Flasche auf, wenn Sie wollen. So gut wie unser Mancheganerwein wird's nicht schmekken.« Ein langer Kampf zwischen dem Korken und Sanchos Daumen begann, und dabei kehrte Sancho Padre Quijote den Rücken, weil er fürchtete, ihn mit dem Korken zu treffen. Padre Quijote benützte die Gelegenheit, sich ein wenig im Zimmer umzusehen. Er sagte: »Wirklich eine gute Idee! Ein Fußbad für müde Beine.«

»Was reden Sie da, ein Fußbad? Dieser verdammte Korken geht nicht raus.«

»Ich sehe da einen Band Marx auf Ihrem Bett. Darf ich ihn mir ausleihen, damit ich vor dem Einschlafen ein wenig darin lesen kann?«

»Aber gern. Das ist das *Kommunistische Manifest,* das ich Ihnen ohnehin empfohlen hatte. Viel leichter zu lesen als *Das Kapital.* Ich glaube, die wollen nicht, daß wir den Champagner trinken. Der verflixte Korken will nicht rausgehen. Berechnen werden sie ihn trotzdem.«

Kleinigkeiten hatten immer schon Padre Quijotes Neugier gereizt. Unnötige, ja sogar nebensächliche Fragen im Beichtstuhl zu stellen, war für ihn stets eine große Versuchung. Jetzt konnte er nicht widerstehen, einen kleinen, quadratischen Briefumschlag zu öffnen, der auf Sanchos Nachttisch lag – unwillkürlich wurden dadurch Gedanken an seine Kindheit und an die winzigen Briefchen heraufbeschworen, die seine Mutter manchmal als Lektüre vor dem Einschlafen für ihn hinterlegte.

Ein Knall ertönte, der Korken schoß gegen die Wand, und ein Sturzbach Champagner verfehlte das Glas. Sancho fluchte und wandte sich um. »Du meine Güte, was machen Sie denn da, Padre?«

Padre Quijote blies einen wurstförmigen Ballon auf. Das Ende preßte er mit den Fingern zusammen. »Wie bleibt da die Luft drin?« fragte er. »Da sollte es doch eine Art Mundstück geben?« Wieder blies er hinein, und der Ballon zerbarst mit einem weniger lauten, aber schärferen Knall, als ihn der Champagnerkorken verursacht hatte. »Ach, es tut mir so leid, Sancho, ich wollte Ihren Ballon nicht kaputtmachen. Wollten Sie ihn einem Kind schenken?«

»Nein, Padre, er war für das Mädchen gedacht, das den Champagner hereinbrachte. Machen Sie sich nichts daraus. Ich habe noch welche.« Dann sagte er, und es klang ärgerlich: »Haben Sie denn noch nie ein Präservativ gesehen? Nein, wahrscheinlich nicht.«

»Ich verstehe Sie nicht. Ein Präservativ? Aber was kann man denn mit einem so riesigen Ding anfangen?«

»Es wäre nicht so riesig gewesen, wenn Sie es nicht aufgeblasen hätten.«

Padre Quijote sank auf Sanchos Bett zusammen. Er fragte: »In was für ein Haus haben Sie mich da gebracht, Sancho?«

»In ein Haus, das ich noch aus meiner Studentenzeit kenne. Wunderbar, wie sich solche Häuser halten. Sie sind viel dauerhafter als Diktaturen, und auch im Krieg bleiben sie verschont – sogar im Bürgerkrieg.«

»Sie hätten mich nie hierher bringen dürfen. Einen Priester ...«

»Keine Sorge. Man wird Sie bestimmt nicht belästigen. Ich habe der Dame des Hauses alles erklärt. Sie versteht schon.«

»Aber warum nur, Sancho, warum?«

»Ich hielt es für gut, wenigstens heute nacht einer Hotel-*ficha* aus dem Weg zu gehen. Diese Guardia Civil ...«

»Dann haben wir uns also in einem Bordell versteckt?«

»Ja. So kann man das nennen.«

Das Geräusch, das vom Bett her ertönte, war eine Überraschung. Es war ein unterdrücktes schallendes Gelächter.

Sancho sagte: »Ich glaube, ich habe Sie noch nie so lachen gehört, Padre. Was gibt's denn da zu lachen?«

»Verzeihung. Ich sollte wirklich nicht lachen. Aber mir ist gerade eingefallen: Was würde wohl der Bischof sagen, wenn er das wüßte? Ein Monsignore in einem Bordell. Aber, warum eigentlich nicht? Christus ging unter die Zöllner und Sünder. Ich glaube trotzdem, ich sollte doch besser in mein Zimmer hinaufgehen und die Tür absperren. Jedenfalls, seien Sie vorsichtig, mein lieber Sancho, seien Sie vorsichtig.«

»Dazu eben sind sie da – diese Dinger, die Sie Ballons nennen. Zur Vorsicht. Wahrscheinlich würde Pater Heribert Jone behaupten, daß ich Hurerei mit Onanie verbinde.«

»Bitte sprechen Sie nicht mit mir darüber, Sancho, sprechen Sie nie mit mir über solche Tätigkeiten. Die sind nicht für anderer Leute Ohren, das geht nur Sie an, außer natürlich, wenn Sie beichten wollen.«

»Welche Buße würden Sie mir auferlegen, Padre, wenn ich morgen früh damit zu Ihnen käme?«

»Es ist eigentlich sonderbar, nicht wahr, aber ich habe in Toboso sehr wenig Erfahrungen mit solchen Sachen gesammelt. Ich fürchte fast, die Leute haben Angst, mir irgendwelche Verfehlungen zu erzählen, weil sie mich täglich auf der Straße treffen. Wissen Sie – nein, natürlich wissen Sie das nicht –, ich mag den Geschmack von Tomaten gar nicht leiden. Aber nehmen wir einmal an, Pater Heribert Jone hätte geschrieben, Tomaten zu essen sei eine Todsünde, und dann käme die alte Dame aus dem Haus nebenan in der Kirche zu mir, um zu beichten, daß sie eine Tomate gegessen hatte. Welche Buße müßte ich ihr auferlegen? Da ich selbst Tomaten nicht esse, könnte ich mir nicht einmal vorstellen, wie schwerwiegend ihre Verderbtheit ist. Allerdings, eine Regel hätte sie jedenfalls gebrochen ... eine dieser Regeln ... das zu erkennen läßt sich nicht vermeiden.«

»Sie weichen meiner Frage aus, Padre. Welche Buße ...«

»Ein Vaterunser vielleicht und ein Gegrüßet seist Du, Maria.«

»Nur eines?«

»Eines, das richtig gebetet wird, wiegt gewiß hundert auf, die ohne nachzudenken heruntergeleiert werden. Den Wert von Zahlen verstehe ich nicht. Wir sind ja nicht als Geschäftsleute da.« Schwerfällig stand er vom Bett auf.

»Wohin gehen Sie, Padre?«

»Hinauf, um Ihren Propheten Marx zu lesen, bis ich einschlafen kann. Ich wollte, ich könnte Ihnen eine gute Nacht wünschen, aber ich bezweifle, Sancho, daß Sie das haben werden, was ich eine gute Nacht nenne.«

8. Wie Monsignore Quijote
in Valladolid eine seltsame Begegnung hatte

Sancho, daran gab es keinen Zweifel, war sehr übler Laune.
Er weigerte sich anzugeben, welche Straße sie wählen sollten, um Salamanca zu verlassen. Er machte den Eindruck,
als hätte ihn die lange Nacht, die er in dem Haus aus Studen-
tentagen verbracht hatte, gründlich verbittert. Wie gefährlich, wenn jemand in mittleren Jahren versucht, eine Episode
aus der Jugend noch einmal zu erleben, und vielleicht ver-
übelte er auch Padre Quijote die ungewöhnlich fröhliche
Stimmung, in der dieser sich befand. In Ermangelung zwin-
gender Gründe, irgendwo hinzufahren, schlug Padre Quijote die Straße nach Valladolid vor, weil sie dort das Haus
aufsuchen konnten, in dem der große Cervantes die Lebens-
geschichte seines Vorfahren vollendet hatte. »Es sei denn«,
zögerte er, »Sie glauben, daß uns auf dieser Strecke noch
mehr Begegnungen mit Windmühlen drohen?«

»Die haben jetzt an Wichtigeres zu denken als an uns.«

»Woran denn?«

»Haben Sie heute keine Zeitung gelesen? In Madrid ist
ein General erschossen worden.«

»Von wem?«

»Früher hätte man es den Kommunisten in die Schuhe
geschoben. Jetzt sind an allem Gott sei Dank immer die
Basken und die ETA schuld.«

»Gott schenke seiner Seele Frieden«, sagte Padre Quijote.

»Sie brauchen einen General nicht zu bemitleiden.«

»Ich bemitleide ihn nicht. Ich bemitleide die Toten überhaupt nie. Ich beneide sie.«

Sanchos Übellaunigkeit hielt an. Nur ein einziges Mal während der nächsten 20 Kilometer öffnete er den Mund, und auch das nur, um Padre Quijote zu attackieren. »Also, warum reden Sie nicht und sagen, was Sie denken?«

»Worüber denn?«

»Über gestern nacht natürlich.«

»Oh, über die gestrige Nacht reden wir schon noch, aber erst beim Mittagessen. Hat mir viel Spaß gemacht, der Marx, den Sie mir geliehen haben. Das war im Grunde seines Herzens wirklich ein guter Mensch, finden Sie nicht? Einiges von dem, was er geschrieben hat, hat mich wirklich überrascht. Keine Spur von faden volkswirtschaftlichen Problemen.«

»Ich rede doch nicht von Marx. Ich rede von mir.«

»Von Ihnen? Sie haben doch hoffentlich gut geschlafen?«

»Sie wissen ganz genau, daß ich nicht geschlafen habe.«

»Mein lieber Sancho, Sie wollen mir doch nicht erzählen, daß Sie die ganze Nacht wach gelegen sind?«

»Natürlich nicht die ganze Nacht. Aber viel zu lange, trotzdem. Sie wissen nur zu gut, was ich getrieben habe.«

»Ich weiß von gar nichts.«

»Ich habe es Ihnen deutlich genug gesagt. Bevor Sie zu Bett gingen.«

»Ah, aber Sancho, ich bin darauf gedrillt zu vergessen, was man mir erzählt.«

»Wir waren ja nicht im Beichtstuhl.«

»Nein, aber als Priester hat man es sehr viel leichter, alles, was man hört, wie eine Beichte zu verstehen. Was mir jemand anvertraut, darüber rede ich nie – nicht einmal mit mir selbst, wenn ich kann.«

Sancho knurrte und schwieg. Padre Quijote glaubte, eine Art Enttäuschung bei seinem Begleiter feststellen zu können, und ein wenig plagte ihn schlechtes Gewissen.

Als sie in einem Restaurant, das *Valencia* hieß und hinter der Plaza Mayor lag, in einem kleinen Patio an der Bar saßen und ein Glas Weißwein tranken, spürte er, wie seine fröhliche Laune zurückkehrte. Vorher, den Besuch im Haus des Cervantes, der sie 50 Peseten pro Person gekostet hatte, hatte er genossen, nur hätte er gerne gewußt, ob man ihm wohl bei Nennung seines Namens an der Kasse freien Eintritt gewährt hätte. Einige der Möbel stammten tatsächlich noch aus dem Besitz des Biographen, ein an den König gerichteter Brief über die Besteuerung von Öl hing an der weißgekalkten Wand, die er sich leicht mit Blut bespritzt vorstellen konnte, als man in jener schrecklichen Nacht Don Gaspar de Ezpelatas blutigen Leichnam ins Haus getragen und Cervantes unter dem falschen Verdacht, an seiner Ermordung beteiligt zu sein, verhaftet hatte. »Natürlich hat man ihn gegen Bürgschaft auf freien Fuß gesetzt«, erzählte Padre Quijote Sancho, »aber bedenken Sie, was es bedeutet, an der Lebensbeschreibung meines Vorfahren weiterzuarbeiten, wenn man weiß, was einem Schreckliches droht. Ich frage mich manchmal, ob es diese Nacht war, an die er dachte, als er niederschrieb, wie *Ihr* Ahnherr nach seiner Ernennung zum Statthalter über eine Insel einem Jüngling befahl, eine Nacht im Gefängnis zu schlafen, und der Jüngling erwiderte: ›Eure Macht reicht nicht aus, den Schlaf im Gefängnis herbeizuzwingen.‹ Vielleicht waren es dieselben Worte, die der greise Cervantes zu dem Beamten sprach. ›Angenommen, Ihr werft mich ins Gefängnis, legt mich in Ketten, sperrt mich in eine Zelle, und doch, wenn ich nicht schlafen will, habt Ihr keine Gewalt über mich, meinen Schlaf zu erzwingen.‹«

»Die Guardia Civil heutzutage«, sagte Sancho, »die wüßte schon, wie man so was macht. Die würden Sie schnell genug einschläfern, mit einem einzigen Schlag über den Schädel.« Düster fügte er hinzu. »Mir täte ein bißchen Schlaf gut.«

»Ah, aber Ihr Ahnherr, Sancho, der war ein freundlicher Herr, und er ließ den Jüngling frei. Und der Beamte tat das gleiche mit Cervantes.«

Nun also, während er im Patio saß und die Sonnenstrahlen den Weißwein in seinem Glas golden aufschimmern ließen, kehrten Padre Quijotes Gedanken zu Marx zurück. Er sagte. »Wissen Sie, mein Ahnherr, glaube ich, hätte sich mit Marx gut verstanden. Der arme Marx – er hatte seine Vorstellungen von Rittertugend auch aus alten Büchern, die längst der Vergangenheit angehörten.«

»Marx dachte nur an die Zukunft.«

»Ja, aber er trauerte immerzu um die Vergangenheit – die Vergangenheit, wie er sie begriff. Hören Sie sich das an, Sancho«, und Padre Quijote zog das *Kommunistische Manifest* aus der Tasche. »›Die Bourgeoisie ... hat alle feudalen, patriarchalischen, idyllischen Verhältnisse zerstört ... Sie hat die heiligen Schauer der frommen Schwärmerei, der ritterlichen Begeisterung ... in dem kalten Wasser egoistischer Berechnung ertränkt.‹ Hören Sie da nicht geradezu die Stimme meines Vorfahren, wie er um Vergangenes trauert? Ich habe schon als Junge auswendig gelernt, was er sagte, und ich erinnere mich immer noch daran, wenn auch nicht wörtlich. ›Nun triumphiert der Müßiggang über die Arbeit, das Laster über die Tugend, die Dreistigkeit über die Kühnheit, der Schlachtplan über die elegante Führung des Degens, wie wir sie nur aus der Blütezeit des goldenen Zeitalters der fahrenden Ritter kennen. Amadis de Gaula, Palmeirim de Inglaterra, Roland ...‹ Und nun vergleichen Sie einmal mit den Worten des *Kommunistischen Manifests* – dann werden Sie nicht leugnen können, daß dieser Mensch Marx wahrhaftig ein Jünger meines Ahnherrn war. ›Alle festen, eingerosteten Verhältnisse mit ihrem Gefolge von altehrwürdigen Vorstellungen und Anschauungen werden aufgelöst, alle neugebildeten veralten, ehe sie verknöchern können.‹ Er war wahrhaftig ein Prophet, Sancho. Sogar Stalin hat er vorhergesehen: ›Alles Ständische und Stehende verdampft, alles Heilige wird entweiht ...‹«

Ein allein sitzender Mann in dem kleinen Patio, der sein

Mittagsmahl einnahm, hielt mit der Gabel, die den Bissen zum Mund führte, mitten in der Bewegung inne. Dann, als Sancho zu ihm hinübersah, beugte er den Kopf über den Teller und aß hastig weiter. Sancho sagte: »Es wäre mir lieber, Sie würden nicht so laut lesen, Padre. Sie psalmodieren, als wären Sie in der Kirche.«

»Es gibt viele heilige Worte, die nicht in der Bibel oder bei den Kirchenvätern stehen. Diese Worte von Marx fordern geradezu zum Rezitieren heraus ... ›heilige Schauer der frommen Schwärmerei ... ritterliche Begeisterung‹.«

»Franco ist tot, aber trotzdem, Padre, ich flehe Sie an, ein bißchen mehr Vorsicht! Der Mann dort drüben belauscht jedes Ihrer Worte.«

»Wie alle Propheten begeht natürlich auch Marx Irrtümer. Selbst der heilige Paulus war nicht vor Irrtümern gefeit.«

»Mir gefällt die Aktentasche von diesem Kerl nicht. Es ist so eine Art Beamtentasche. Ich rieche einen Geheimpolizisten 30 Meter gegen den Wind.«

»Lassen Sie sich vorlesen, was ich für den größten seiner Irrtümer halte. Die Wurzel aller künftigen Irrtümer.«

»Um Himmels willen, Padre, wenn Sie mir schon unbedingt was vorlesen müssen, lesen Sie wenigstens leise.«

Dem Bürgermeister zuliebe senkte Padre Quijote die Stimme fast zu einem Flüstern. Um seine Worte zu verstehen, mußte Sancho sich zu ihm hinüberbeugen, und nun mußte jeder die beiden für zwei Verschwörer halten. »›Der Proletarier ist eigentumslos; sein Verhältnis zu Weib und Kindern hat nichts mehr gemein mit dem bürgerlichen Familienverhältnis; die moderne industrielle Arbeit hat ihm allen nationalen Charakter abgestreift.‹ Damals, als Marx diese Worte schrieb, mag das ja wie die Wahrheit geklungen haben, aber, Sancho, die Menschheit hat ganz andere Wege eingeschlagen. Hören Sie sich das an: ›Der moderne Arbeiter dagegen, statt sich mit dem Fortschritt der Industrie zu heben, sinkt immer tiefer unter die Bedingungen seiner eigenen Klasse herab. Der Arbeiter wird zum Pauper.‹ Wissen Sie, vor einigen Jahren habe ich die Ferien bei einem Freund verbracht – bei einem Padre –, er hieß – du meine Güte, wie man doch nach ein, zwei Gläsern Wein die Namen vergißt. Die Gemeinde, die er betreute, lag an der Costa Brava (das war zu einer Zeit, als Rosinante noch sehr jung war), und dort sah ich die Pauper aus England – so nennt Marx sie ja –, wie sie sich am Strand sonnten. Was die fehlenden nationalen Eigentümlichkeiten betrifft, so hatten sie die ansässige Bevölkerung gezwungen, Verkaufsbuden aufzumachen, die sie ›Fish und Chips‹ nannten: Sonst hätten die Touristen ihr Geld anderswohin getragen, nach Frankreich vielleicht oder nach Portugal.«

»Ach, die Engländer«, sagte Sancho, »die Engländer kann man vergessen – sie halten sich nie an irgendwelche Regeln, nicht einmal in der Volkswirtschaft. Auch das russische Proletariat besteht nicht mehr aus Bettlern. Die Welt hat von Marx und von Rußland gelernt. Das russische Proletariat verbringt seine bezahlten Ferien auf der Krim. Das ist genauso gut wie Ferien an der Costa Brava.«

»Das Proletariat, das ich an der Costa Brava sah, zahlte für seine Ferien selbst. Will man heute Pauper finden, dann muß man sich schon in der Dritten Welt umsehen, Sancho. Das liegt aber nicht am Siegeszug des Kommunismus. Glauben Sie nicht, daß ohne Kommunismus alles genauso verlaufen wäre? Ein Beginn zeichnete sich bereits zu Marx' Lebzeiten ab, doch er bemerkte nichts davon. Das also ist der Grund, weshalb der Kommunismus mit Gewalt verbreitet werden mußte, Gewalt nicht nur gegen die Bourgeoisie, sondern Gewalt auch gegen das Proletariat. Es war der Humanismus, nicht der Kommunismus, der den Pauper in einen Bourgeois verwandelte, und hinter dem Humanismus findet man immer ein Quentchen Religion – die Religion Christi ebenso wie die Religion von Marx. Wir sind heute alle Bourgeois. Erzählen Sie mir doch nicht, daß Breschnew nicht genauso ein Bourgeois ist wie Sie und ich. Und ist es so schlimm, wenn die ganze Welt bourgeois wird – außer für Träumer wie Marx und meinen Ahnherrn?«

»Sie malen die Welt der Zukunft als Idealstaat, Padre.«

»O nein, Humanismus und Religion haben weder mit dem Nationalismus noch mit dem Imperialismus aufgeräumt. Diese beiden sind es, die Kriege verursachen. Kriege entstehen nicht nur aus wirtschaftlichen Gründen – sie entstehen aus den Gefühlen der Menschen, genau wie die Liebe, oder wegen einer Hautfarbe oder aus Klassenzugehörigkeit. Auch aus unglücklichen Erinnerungen. Deshalb bin ich froh, das kurze Gedächtnis eines Priesters zu haben.«

»Ich hätte nie gedacht, daß Sie sich mit Politik befassen.«

»Nicht ›befassen‹. Aber wir beide sind seit langem befreundet, Sancho, und ich möchte Sie verstehen. Mit dem *Kapital* kann ich nichts anfangen, aber dieses kleine Buch ist anders. So schreibt ein guter Mensch. Ein guter Mensch, wie auch Sie einer sind – und der, wie Sie, in die Irre geht.«

»Das wird die Zeit weisen.«

»Die Zeit kann nie etwas weisen. Dazu ist unser Leben viel zu kurz.«

Der Mann mit der Aktentasche hatte das Besteck niedergelegt und winkte jetzt um die Rechnung. Als sie kam, zahlte er rasch, ohne die einzelnen Posten zu prüfen.

»Nun«, sagte Padre Quijote, »jetzt können Sie wieder freier atmen, Sancho. Der Mann ist gegangen.«

»Hoffen wir, daß er nicht mit der Polizei im Gefolge zurückkommt. Er hat sehr genau auf Ihr Lätzchen geschaut, als er ging.«

Padre Quijote fand, nun könne er endlich die Stimme erheben und freier sprechen. »Allerdings finde ich«, sagte er, »und das kommt vielleicht daher, daß ich häufig die Schriften des heiligen Franz von Sales und des heiligen Johannes vom Kreuz gelesen habe, daß der arme Marx hie und da seine Bewunderung für die Bourgeoisie ein bißchen weit treibt.«

»Bewunderung für die Bourgeoisie? Was können Sie damit nur meinen?«

»Natürlich muß ein Volkswirtschaftler dazu neigen, die Dinge nur von der materialistischen Seite zu sehen, und ich gebe schon zu, daß ich selbst sie vielleicht zu sehr von der spirituellen Seite sehe.«

»Aber er haßte doch die Bourgeoisie.«

»Ach, wir wissen doch, daß Haß sehr oft nur die andere Seite von Liebe ist. Der arme Teufel, vielleicht fühlte er sich von dem, dem seine Liebe galt, zurückgewiesen. Hören Sie sich das einmal an, Sancho: ›Die Bourgeoisie hat in ihrer kaum hundertjährigen Klassenherrschaft massenhaftere und kolossalere Produktionskräfte geschaffen als alle vergangenen Generationen zusammen. Unterjochung der Naturkräfte, Maschinerie, Anwendung der Chemie auf Industrie und Ackerbau, Dampfschiffahrt, Eisenbahnen, elektrische Telegrafen, Urbarmachung ganzer Weltteile, Schiffbarmachung der Flüsse, ganze aus dem Boden hervorgestampfte Bevölkerungen ...‹ Man wird ja förmlich stolz, ein Bourgeois zu sein, nicht wahr? Was für einen großartigen Kolonialherrn dieser Marx abgegeben hätte. Hätte Spanien nur einen einzigen Mann wie ihn hervorgebracht, vielleicht hätten wir dann nie unser Weltreich verloren. Er selbst, der arme Kerl, mußte sich mit einem überbelegten Quartier in einem Armenviertel Londons zufriedengeben und Geld von seinen Freunden leihen.«

»Sie betrachten Marx aus einem seltsamen Blickwinkel, Padre.«

»Ich war voreingenommen gegen ihn – obwohl er die Klöster verteidigt hat –, aber ich hatte auch nie dieses kleine Buch gelesen. Etwas zum erstenmal zu lesen, das ist was Besonderes, so etwas wie eine erste Liebe. Wäre es mir doch vergönnt, zufällig die Schriften des heiligen Paulus zu entdecken und sie zum erstenmal zu lesen! Ach, Sancho, wenn Sie es nur mit einem der Bücher versuchen wollten, die Sie meine Bücher vom ritterlichen Leben nennen.«

»Ich fände Ihren Geschmack so widersinnig wie Cervantes den Ihres Ahnherrn.«

Trotz des Streitgesprächs trübte nichts die freundschaftliche Stimmung bei ihrer Mahlzeit, und nach der zweiten Flasche Wein einigten sie sich darauf, nach León zu fahren und es einer späteren Entscheidung zu überlassen – vielleicht sogar darum zu würfeln –, ob sie dann nach Osten ins Baskenland oder westwärts nach Galicia weiterfahren würden. Sie verließen das *Valencia* Arm in Arm, aber als sie in die Richtung gingen, wo sie Rosinante geparkt hatten, fühlte Padre Quijote einen Druck am Arm.

»Was ist denn, Sancho?«

»Der Geheimpolizist. Jetzt verfolgt er uns. Sagen Sie nichts. Biegen Sie bei der ersten Kreuzung, zu der wir kommen, ab.«

»Aber Rosinante steht doch dort vorn, in dieser Straße.«

»Er will unsere Wagennummer herauskriegen.«

»Aber woran merken Sie, daß er ein Geheimpolizist ist?«

»An seiner Aktentasche«, sagte Sancho, und tatsächlich, als sie in die Querstraße abgebogen waren und Padre Quijote einen Blick nach hinten warf, war ihnen der Mann mit dem schrecklichen Abzeichen seines Berufs immer noch auf den Fersen.

»Drehen Sie sich nicht wieder um«, sagte Sancho. »Er soll annehmen, wir wüßten nicht, daß er uns verfolgt.«

»Wie sollen wir ihm entkommen?«

»Wir suchen eine Bar und bestellen uns was zu trinken. Er wird draußen herumstehen. Wir gehen durch den Hinterausgang und verschaffen uns so einen Vorsprung. Dann schlagen wir einen Haken zu unserer Rosinante.«

»Angenommen, es gibt keinen Hinterausgang?«

»Dann müssen wir weiter, in die nächste Bar.«

Es gab keine Hintertür. Sancho trank einen Kognak, und Padre Quijote bestellte vorsichtshalber eine Tasse Kaffee. Als sie das Lokal verließen, stand 20 Meter weiter der Mann immer noch da und sah in ein Schaufenster.

»Für einen Geheimpolizisten benimmt er sich aber ziemlich auffällig«, sagte Padre Quijote, während sie die Straße entlang bis zur nächsten Bar gingen.

»Einer ihrer Tricks«, sagte Sancho. »Er will uns nervös machen.« Er führte Padre Quijote in eine zweite Bar und bestellte einen zweiten Kognak.

»Wenn ich jetzt noch eine Tasse Kaffee trinke«, sagte Padre Quijote, »kann ich nachts nicht schlafen.«

»Dann trinken Sie ein Tonicwasser.«

»Was ist das?«

»Eine Art Mineralwasser mit einem bißchen Chinin darin.«

»Kein Alkohol?«

»Nein, nein.« Der Kognak stimmte Sancho kriegerisch. »Ich hätte gute Lust, den Kerl zusammenzuschlagen, aber wahrscheinlich ist er bewaffnet.«

»Dieses Tonicwasser ist wirklich köstlich«, sagte Padre Quijote. »Wieso kenne ich das nicht? Ich könnte für so etwas fast auf Wein verzichten. Glauben Sie, kann man das in Toboso auch bekommen?«

»Weiß ich nicht. Ich bezweifle es. Wenn er den Revolver in der Aktentasche hat, könnte ich ihn k. o. schlagen, bevor er noch ziehen kann.«

»Wissen Sie was, ich glaube, ich trinke noch eine Flasche.«

»Und ich suche jetzt eine Hintertür«, sagte Sancho, und nun saß Padre Quijote allein in der Bar. Es war Siestazeit, und der eine Ventilator an der Decke vermochte den Raum durch das Drehen seiner Flügel kaum abzukühlen – in regelmäßigen Abständen entstand ein Hauch kühlerer Luft, dem gleich darauf ein Schwall noch heißerer folgte. Padre Quijote stürzte sein Tonicwasser hinunter und bestellte rasch ein drittes, das er, ohne daß Sancho etwas merkte, trinken wollte.

Eine Stimme hinter ihm flüsterte: »Monsignore.« Er wandte sich um. Es war der Mann mit der Aktentasche, ein kleiner, magerer Mensch in einem schwarzen Anzug und mit einer schwarzen Krawatte, die zu der Tasche paßte, die er trug. Er hatte dunkle, stechende Augen hinter einer stahlgeränderten Brille und dünne, fest zusammengepreßte Lippen, und so wie er, dachte Padre Quijote, mochte einer aussehen, der die Botschaft von einem schlimmen Schicksal überbrachte, vielleicht sogar der Großinquisitor persönlich. Wenn nur Sancho zurückkäme ... »Was wollen Sie von mir?« fragte Padre Quijote und hoffte inständig, daß seine Stimme stark und abweisend klang, aber die Kohlensäure in seinem Tonicwasser spielte ihm einen Schabernack, und er konnte den Schluckauf nicht unterdrücken.

»Ich möchte allein mit Ihnen sprechen.«

»Ich bin allein.«

Der Mann machte eine Kopfbewegung zu dem Rücken des Barmanns hin. Er sagte: »Es geht um eine ernste Sache. Unmöglich, hier darüber mit Ihnen zu sprechen. Bitte gehen Sie vor mir her, durch die Hintertür dort.«

Aber es gab zwei Türen: Er hätte gern gewußt, welche Sancho benutzt hatte. »Rechts«, ordnete der Mann an. Padre Quijote gehorchte: Vor ihm lag ein kurzer Korridor mit zwei Türen. »Dort durch. Die erste Tür.«

Padre Quijote befand sich in einer Toilette. Im Spiegel über dem Waschbecken sah er, daß sein Häscher an dem Verschluß seiner Aktentasche hantierte. Um einen Revolver herauszuholen? Sollte er mit einem Genickschuß erledigt werden? Hastig, zu hastig und mit unterdrückter Stimme murmelte er ein Reuegebet: »O Gott, ich bereue und bitte um Vergebung für alle meine Sünden ...«

»Monsignore ...«

»Ja, mein Freund«, antwortete Padre Quijote dem Spiegelbild. Wenn er sich schon erschießen lassen mußte, zog er einen Genickschuß einem Schuß in die Stirn vor, denn das Antlitz ist auf seine Weise das Abbild Gottes.

»Ich möchte, daß Sie mir die Beichte abnehmen.«

Padre Quijote hatte Schluckauf. Die Tür ging auf, und Sancho spähte herein. »Padre Quijote!« rief er aus.

»Gehen Sie weg da«, sagte Padre Quijote. »Ich nehme eine Beichte ab.«

Er wandte sich dem Fremden zu und versuchte, seine Priesterwürde zurückzugewinnen. »Das ist wohl kaum der rechte Ort. Weshalb haben Sie mich gewählt und nicht Ihren Priester?«

»Ich habe ihn soeben begraben«, sagte der Mann. »Ich bin Leichenbestatter.« Er öffnete seine Aktentasche und holte einen großen Messinggriff hervor.

Padre Quijote sagte: »Ich bin nicht in meiner Diözese. Ich habe hier keine Befugnisse.«

»Für einen Monsignore gelten solche Regeln nicht. Als ich Sie im Restaurant sah, dachte ich gleich: ›Das ist meine Chance.‹«

Padre Quijote sagte: »Ich bin erst seit sehr kurzer Zeit Monsignore. Wissen Sie das mit den Regeln ganz sicher?«

»Auf alle Fälle kann jeder Padre in einer Notlage ... Ich bin in einer Notlage.«

»Aber es gibt viele Priester in Valladolid. Sie können in jede beliebige Kirche ...«

»Ich habe Ihren Augen angesehen, daß Sie ein Priester sind, der versteht.«

»Was versteht?«

Der Mann murmelte hastig sein Reuebekenntnis, wenigstens sprach er die vorgesehenen Worte richtig. Padre Quijote empfand ein Gefühl der Verlegenheit. Noch nie hatte er eine Beichte in solcher Umgebung abgenommen. Bisher hatte er immer in diesem Häuschen gesessen, das wie ein Sarg war ... Fast unwillkürlich nahm er Zuflucht zu dem einzigen vorhandenen Häuschen und setzte sich auf den geschlossenen Klodeckel. Der Fremde wollte niederknien, aber Padre Quijote hielt ihn zurück, denn der Fußboden war alles eher als sauber. »Knien Sie nicht«, sagte er. »Bleiben Sie einfach da stehen, wo Sie sind.« Der Mann streckte ihm den großen Messinggriff entgegen. Er sagte: »Ich habe gesündigt und bitte durch Sie Gott um Vergebung, Hochwürden. Monsignore, meine ich natürlich.«

»Hier an diesem Ort«, sagte Padre Quijote, »bin ich kein Monsignore. Im Beichtstuhl gibt es keine Rangunterschiede. Was haben Sie begangen?«

»Ich habe diesen Griff gestohlen und einen zweiten ebensolchen.«

»Dann müssen Sie beide zurückgeben.«

»Der, dem sie gehören, ist tot. Ich habe ihn heute früh begraben.«

Wie es der Gepflogenheit entspricht, bedeckte Padre Quijote mit der Hand die Augen, um nichts sehen zu müssen, aber vor seinem geistigen Auge stand deutlich das dunkelhäutige füchsische Gesicht. Er war ein Padre, der es lieber hatte, wenn die Beichte in einfachen, abstrakten Formeln abgelegt wurde, wie sie Büßer meist verwendeten. Selten bedurfte es dann mehr als einer simplen Frage – wie oft ...? Ich habe Ehebruch begangen, ich habe die österlichen Pflichten versäumt, ich habe unkeusche Gedanken gehabt ... Neu war ihm eine Sünde in Gestalt eines Messinggriffs. So ein Griff konnte doch gewiß nur geringen Wert haben.

»Sie sollten diesen Griff den Erben zurückgeben.«

»Padre Gonzales hat keine Erben hinterlassen.«

»Aber was hat es denn mit diesen Griffen auf sich: Wann haben Sie sie gestohlen?«

»Ich habe, was sie kosten, auf die Rechnung gesetzt, und dann habe ich sie vom Sarg abgeschraubt, um sie noch einmal zu verwenden.«

»Tun Sie so was oft?« Wieder einmal vermochte Padre Quijote seine unheilvolle Neugier nicht zu bezähmen, die ihn im Beichtstuhl so oft überfiel.

»Ach, das ist allgemein üblich. Alle meine Konkurrenten machen es genauso.«

Padre Quijote fragte sich, wie wohl Pater Heribert Jone so einen Fall beurteilt hätte. Gewiß hätte er ihn unter die Sünden wider die Gerechtigkeit eingereiht, jene Kategorie, zu der auch der Ehebruch zählt, doch glaubte sich Padre Quijote zu erinnern, daß bei Diebstählen die Schwere der Sünde an dem Wert des gestohlenen Gegenstandes gemessen werden muß – entsprach der einem Siebentel der monatlichen Einkünfte des Besitzers, mußte man sie ernst nehmen. War der Eigentümer Millionär, dann hätte hier überhaupt keine Sünde vorgelegen – zumindest nicht wider die kommentative Gerechtigkeit. Was mochte wohl Padre Gonzalez monatlich verdient haben, und wer war in Wahrheit der Eigentümer, wenn diese Griffe erst nach seinem Tod in seinen Besitz kamen? Ein Sarg gehörte doch gewiß nur der Erde an, in die man ihn bettete.

Er fragte – mehr um Zeit zum Nachdenken zu gewinnen, als aus irgendeinem anderen Grund: »Haben Sie die anderen Fälle auch gebeichtet?«

»Nein. Ich habe Ihnen ja erzählt, Monsignore, daß es in meinem Beruf allgemein so üblich ist. Schon richtig, wir berechnen Messinggriffe extra, aber das ist mehr eine Art Miete. Bis nach der Beisetzung.«

»Warum beichten Sie mir dann diesmal?«

»Vielleicht bin ich zu gewissenhaft, Monsignore, aber bei Padre Gonzalez' Begräbnis – irgendwie war das eine andere Sache, finde ich. Er wäre so stolz gewesen auf seine Messinggriffe. Wissen Sie, daran konnte man doch erkennen, wie sehr die Gemeinde ihn verehrte, denn natürlich war es die Gemeinde, die die Rechnung bezahlt hat.«

»Und Sie haben auch etwas gespendet?«

»Aber ja doch. Natürlich. Ich habe Padre Gonzalez sehr geschätzt.«

»Man könnte also sagen, daß Sie sich selbst auch bestohlen haben?«

»Nicht bestohlen, Monsignore.«

»Ich habe Ihnen schon gesagt, Sie sollen mich nicht Monsignore nennen. Sie erklären, daß Sie nicht gestohlen haben, daß es unter Ihren Kollegen üblich ist, diese Griffe abzuschrauben ...«

»Ja.«

»Was also belastet dann Ihr Gewissen?«

Der Mann machte eine Geste, die so etwas wie Verwirrung verriet. Padre Quijote dachte: Wie oft schon habe ich mich schuldig gefühlt wie er, ohne zu wissen warum. Manchmal beneidete er jene um ihre Gewißheit, die klare Regeln festzulegen vermochten – Pater Heribert Jone, seinen Bischof, ja sogar den Papst. Er selbst lebte wie in einem Nebel, unfähig, den Pfad zu sehen, strauchelnd ... Er sagte: »Machen Sie sich keine Gedanken, so kleiner Dinge wegen. Gehen Sie heim und schlafen Sie sich aus. Vielleicht haben Sie gestohlen ... Glauben Sie denn, für Gott wiegt eine Kleinigkeit wie das hier so schwer? Er hat ein Universum erschaffen – wir wissen gar nicht, aus wie vielen Sternen, Planeten und wie vielen Welten. Sie haben zwei Messinggriffe gestohlen – nehmen Sie sich selbst nicht so wichtig. Bereuen Sie Ihren Hochmut, und dann gehen Sie heim.«

Der Mann sagte: »Aber, bitte – meine Absolution.«

Widerwillig murmelte Padre Quijote die unnötige Formel. Der Mann verstaute den Messinggriff wieder in der Aktentasche, verschloß sie und machte eine Art Verneigung vor Padre Quijote, dann ging er. Padre Quijote saß auf dem Klosettdeckel und empfand ein Gefühl der Erschöpfung und der Unzulänglichkeit. Er dachte: Ich habe nicht die richtigen Worte gefunden. Warum finde ich nie die richtigen Worte? Dieser Mann da brauchte Hilfe, aber ich habe nur eine Formel hergesagt. Gott verzeihe mir. Werde auch ich mich mit einer bloßen Formel zu begnügen haben, wenn ich einmal sterben muß?

Ein wenig später ging er in die Bar zurück. Sancho erwartete ihn dort und trank inzwischen noch einen Kognak.

»Was haben Sie bloß wieder getrieben?«

»Meinen Beruf ausgeübt«, erwiderte Padre Quijote.

»In der Toilette?«

»Ob in einer Toilette, in einem Gefängnis oder in einer Kirche, wo liegt da der Unterschied?«

»Sind Sie diesen Menschen losgeworden?«

Padre Quijote sagte: »Vermutlich. Ich bin ein wenig müde, Sancho. Ich weiß ja, es ist verschwenderisch, aber glauben Sie, daß ich noch eine Flasche Tonicwasser bekommen könnte, nur eine noch?«

9. Wie Monsignore Quijote Zeuge seltsamer Geschehnisse wurde

Ihr Aufenthalt in Valladolid verlängerte sich unerwartet, weil sich Rosinante hartnäckig weigerte weiterzufahren, so daß man sie zu einem Mechaniker zur Untersuchung bringen mußte.

»Kein Wunder«, sagte Padre Quijote. »Gestern hat das arme Geschöpf eine riesige Entfernung zurückgelegt.«

»Eine riesige Entfernung! Keine 120 Kilometer sind das von Salamanca.«

»Zehn ist gewöhnlich ihr Tagespensum – wenn ich nämlich Wein aus der Genossenschaft hole.«

»Dann trifft es sich ja gut, daß wir uns nicht für Rom oder Moskau entschieden haben. Wenn Sie meine Meinung hören wollen, Sie haben sie verwöhnt. Autos darf man nicht verwöhnen, so wenig wie Frauen.«

»Aber sie ist doch sehr alt, Sancho. Wahrscheinlich älter als wir. Und schließlich – ohne ihre Hilfe ... Hätten wir's zu Fuß geschafft, von Salamanca bis hierher?«

Sie mußten auf das Urteil über Rosinantes Zustand bis zum nächsten Morgen warten, und deshalb schlug Sancho einen Kinobesuch vor. Nach einigem Zögern stimmte Padre Quijote zu. Es hatte eine Zeit gegeben, als Priestern der Besuch des Theaters verboten war, und wenn auch diese Vorschrift nie für das Kino gegolten hatte, das es damals noch gar nicht gab, so blieb doch in Padre Quijotes Vorstellung das Gefühl bestehen, daß einem solchen Ereignis etwas Gefährliches anhaftete.

»Ich war noch nie im Kino«, sagte er zu Sancho.

»Man muß die Welt kennen, wenn man die Welt verändern will«, sagte Sancho.

»Hoffentlich halten Sie mich nicht für einen Heuchler, wenn ich das, was Sie mein Lätzchen nennen, ablege?«

»Bei Nacht sind zwar alle Kühe grau«, sagte Sancho, »aber tun Sie, was Sie wollen.«

Nach einiger Überlegung behielt Padre Quijote jedoch seine *pechera* an. Das schien ihm ehrlicher. Er wollte sich nicht der Heuchelei zeihen lassen.

Sie gingen in ein kleines Kino, das einen Film mit dem Titel *Das Gebet einer Jungfrau* ankündigte. Der Filmtitel hatte Padre Quijote ebensosehr angezogen wie Sancho abgestoßen, der darauf vorbereitet war, einen Abend voll Langeweile und Frömmelei zu verbringen. Er sollte sich jedoch irren. Zwar war der Film kein Meisterwerk, aber er fand ihn dennoch recht amüsant, auch wenn er sich ein wenig davor fürchtete, wie Padre Quijote ihn aufnehmen würde, denn dieser Film war gewiß nicht jungfräulich rein, und ihm hätte schließlich auffallen müssen, daß auf dem Plakat vor dem Kino ein »S« als Warnung stand.

Tatsächlich erwies sich bald, daß das Gebet der Jungfrau einem sehr hübschen jungen Mann galt, dessen Abenteuer mit einer Reihe junger Mädchen stets mit monotoner Regelmäßigkeit im Bett endeten. An diesen Stellen wurde das Bild immer verschwommen und verwirrend, und es war ein wenig schwierig zu erkennen, welche Beine wem gehörten, da die Kamera die Teile, die Mann und Frau unterscheiden, sorgfältig zu zeigen vermied. Lag der Mann oder das Mädchen oben? Wer küßte was? Bei solchen Gelegenheiten gab es keinen Dialog, der dem Betrachter hätte helfen können: Nur ein heftiges Keuchen, manchmal auch ein Brummen oder Quieken war zu hören, das sowohl von einem Mann wie von einer Frau stammen konnte. Um alles noch komplizierter zu machen, waren die einzelnen Szenen offenbar für die Projektion auf einer kleinen Leinwand (vielleicht nur für ein Heimkino) gedreht, und dank der Vergrößerung für die Kinoleinwand wirkten die Bilder noch unwirklicher. Selbst Sancho verging nach und nach aller Spaß daran: Unverhüllte Pornographie hätte er entschieden vorgezogen, und außerdem war es auch schwer, sich mit dem Hauptdarsteller zu identifizieren, der öliges schwarzes Haar und einen Backenbart hatte. Sancho glaubte ihn zu kennen, weil er im Fernsehen häufig für ein Deodorant für Männer geworben hatte.

Das Ende des Films war jedenfalls eine Enttäuschung. Der junge Mann hatte sich unsterblich in jenes Mädchen verliebt, das seinem Werben als einziges widerstanden hatte. Es gab eine Hochzeit in der Kirche, mit einem keuschen Kuß vor dem Altar, nachdem der Bräutigam der Braut den Ring an den Finger gesteckt hatte, dann einen schnellen Schnitt auf ein Gewirr von Gliedmaßen in einem Bett – Sancho fiel auf, daß man aus Sparsamkeit einfach eine der früheren Szenen mit den anonymen Armen und Beinen ein zweites Mal zeigte, oder sollte man darin gar eine Andeutung von Ironie seitens des Regisseurs erkennen? Die Lichter gingen an, und Padre Quijote sagte: »Besonders interessant, Sancho. Also das nennt man einen Film.«

»Kein sehr guter.«

»Wieviel Gymnastik sie alle getrieben haben. Die Schauspieler müssen ganz erschöpft gewesen sein.«

»Sie haben nur simuliert, Padre.«

»Wie meinen Sie das, simuliert? Was haben sie denn da vorgetäuscht?«

»Bumsen, natürlich.«

»Ah so, so geht das. Ich habe mir das immer viel einfacher und viel vergnüglicher vorgestellt. Sie schienen dabei so schrecklich zu leiden. Nach den Geräuschen zu schließen, die sie machten.«

»Sie haben vorgetäuscht – man nennt das spielen, Padre –, daß sie unerträglich starke Lustgefühle empfinden.«

»Unerträglich schienen sie es aber gar nicht zu empfinden – oder waren sie vielleicht schlechte Schauspieler? Sie haben nur immerzu weitergelitten. Und Ballons habe ich auch keine gesehen, Sancho.«

»Ich hatte mir schon Sorgen gemacht, Sie könnten entsetzt sein, Padre, aber schließlich waren Sie es, der den Film ausgesucht hat.«

»Ja. Wegen des Titels, aber ich weiß gar nicht, was der Titel mit dem zu tun hat, was wir gesehen haben.«

»Also, ich vermute, die Jungfrauen beten darum, einen hübschen jungen Mann zu finden, den sie lieben können.«

»Schon wieder dieses Wort Liebe. Ich kann mir nicht denken, daß Señorita Martins Gebete solchen Dingen galten. Aber immerhin hat mich beeindruckt, wie still sich das Publikum verhalten hat. Es hat alles so ernst genommen, daß ich mich wirklich nicht getraut hätte zu lachen.«

»Ja, wollten Sie denn lachen?«

»Ja. Ich konnte es kaum unterdrücken. Aber wenn Menschen etwas so ernst nehmen, möchte ich sie doch nicht verletzen. Gelächter ist kein Argument. Es kann aber sinnlos kränken. Vielleicht sehen die Leute die Dinge anders als ich. Vielleicht haben sie Schönes darin erblickt. Wie auch immer, zeitweise habe ich mich geradezu danach gesehnt, daß einer – oder sogar Sie, Sancho – zu lachen beginnt, damit ich endlich auch lachen darf. Aber die absolute Stille zu brechen, davor habe ich mich gefürchtet. Absoluter Stille wohnt etwas Heiliges inne. In der Kirche, wenn ich die Hostie hebe, und es lachte jemand, das würde mich verletzen.«

»Und wenn in der Kirche alle zugleich lachen würden?«

»Ah, das wäre ganz etwas anderes. Dann würde ich glauben – ich könnte mich da natürlich irren –, daß sie ein Freudengelächter anstimmen. Hinter dem Lachen des einzelnen aber steckt so oft Hochmut.«

Nachts, im Bett, schlug Padre Quijote seinen Band Franz

von Sales auf. Die Liebesszenen im Kino verfolgten ihn immer noch – sie verfolgten ihn, weil das einzige Gefühl, das er empfunden hatte, Erheiterung gewesen war. Er hatte immer geglaubt, daß die Liebe des Menschen aus dem gleichen Stoff war wie die Liebe Gottes, selbst wenn sie nur ihr blassester und schwächster Widerschein war, diese Turnübungen aber, die ihn zum Lachen gereizt hatten, dieses Grunzen und Quieken … Bin ich, fragte er sich, am Ende unfähig, Menschenliebe zu empfinden, denn wenn dem so ist, folgt daraus nicht, daß ich auch unfähig bin, Gott zu lieben? Entsetzen packte ihn, daß sich dieses furchtbare Fragezeichen unauslöschlich in seine Seele einbrennen könnte. Verzweifelt sehnte er sich nach Trost, und um ihn zu finden, ließ er seine Gedanken hin zu den Büchern von Rittertugenden wandern, wie Sancho sie immer nannte, doch konnte er die Erinnerung nicht verjagen, daß Don Quijote, zuletzt, auf seinem Totenbett, sie verworfen hatte. Vielleicht würde auch er selbst, wenn das Ende nahte …

Er schlug *Über die Gottesliebe* auf gut Glück auf, doch das Orakel schenkte ihm keinen Trost. Er versuchte es dreimal, dann endlich stieß er auf eine Passage, die zu dem, was er im Kino gesehen hatte, in einem gewissen Zusammenhang zu stehen schien. Nicht, daß ihn glücklicher gemacht hätte, was er las, denn es zwang ihn zu denken, daß er die Fähigkeit zu lieben in geringerem Ausmaß besaß als ein Stück Eisen. »Das Eisen hat so eine innige Beziehung zum Magnet, daß es sich ihm zuwendet, sobald es seine Kraft verspürt. Es regt sich, rührt sich in leisen Zuckungen, wie wenn es Gefallen am Magnet fände, bewegt sich zum Magnet hin, strebt ihm zu und scheint alle Mittel anwenden zu wollen, um sich mit ihm zu vereinigen.« Dann aber kam eine Frage, die sein Herz durchbohrte. »Sehen wir nicht in diesem leblosen Wesen alle Anzeichen einer lebendigen Liebe schön dargestellt?« Nun ja, dachte er, er hatte viele Zuckungen gesehen, aber die lebendige Liebe hatte er nicht gefühlt.

Das furchtbare Fragezeichen brannte immer noch in seiner Seele, als sie am nächsten Tag weiterfuhren. Nach ihrem Aufenthalt in der Werkstatt legte Rosinante deutlich eine fröhliche Ausgelassenheit an den Tag und beklagte sich auch überhaupt nicht, als sie 40 – ja sogar 50 – Stundenkilometer fuhren, ein Tempo, das sie nur erreichten, weil Padre Quijote tief in seine unglückseligen Gedanken versunken war. »Wo fehlt's?« fragte Sancho. »Heute sind Sie wieder einmal der Monsignore von der Traurigen Gestalt.«

»Gott verzeih es mir«, sagte Padre Quijote, »manchmal dachte ich schon, daß mir eine besondere Gnade zuteil wurde, weil mich sexuelles Begehren nie plagte.«

»Nicht einmal in Ihren Träumen?«

»Nein, nicht einmal in meinen Träumen.«

»Dann sind Sie ein sehr glücklicher Mensch.«

Bin ich das wirklich? fragte er sich. Oder bin ich der Unglücklichste von allen? Er konnte dem Freund, der neben ihm saß, die Frage nicht mitteilen, die ihn plagte. Wie kann ich um die Kraft beten, dem Bösen zu widerstehen, wenn ich nicht einmal seine Versuchung empfinde? Darin liegt keine Tugend, in solch einem Gebet. Wie ein Sarg umschloß ihn dieses Schweigen, und er fühlte sich ganz vereinsamt. Es war, als hätten sich der Raum im Innern des Beichtstuhls und die Geheimnisse, die ihn erfüllten, erweitert, als begrüben sie den Bußfertigen und das Auto, in dem er saß, ja selbst das Steuerrad unter seinen Händen, während sie da in Richtung León rollten. Aus seinem Schweigen kam sein Gebet: O mein Gott, laß mich menschlich werden, laß mich die Versuchung spüren. Errette mich aus meiner Fühllosigkeit.

10. Wie Monsignore Quijote
sich mit der Gerechtigkeit herumschlug

I

Auf der Fahrt nach León hielten sie in einem Feld bei einem Flußufer nahe dem Dorf Mansilla de las Mulas an, weil der Bürgermeister behauptete, großen Durst zu haben. Eine kleine Brücke, wo sie den Wagen stehenlassen konnten, spendete Schatten, aber in Wahrheit war Sanchos Durst nur ein Vorwand, um das Schweigen Padre Quijotes zu brechen, das ihm arg auf die Nerven fiel. Ein guter Schluck würde vielleicht Padre Quijote die Lippen lösen, und er versenkte an einer Schnur eine Flasche ihres Manchaganerweins im Fluß, womit er die Aufmerksamkeit einiger Kühe am anderen Ufer weckte. Als er zurückkehrte, sah er, daß Padre Quijote mit düsterer Miene auf seine Purpursocken herunterstarrte, und er wollte sein unerklärliches Schweigen keinen Augenblick länger ertragen. Er sagte: »Ach, du großer Gott, wenn Sie ein Schweigegelöbnis abgelegt haben, dann gehen Sie doch in ein Kloster. Es gibt Kartäuser in Burgos und Trappisten in Osera. Wählen Sie also, Monsignore, wohin wir fahren sollen.«

»Verzeihen Sie mir, Sancho«, sagte Padre Quijote. »Ich bin nur in meine Gedanken ...«

»Ich nehme an, Ihre Gedanken sind zu hochfliegend und zu geistig, als daß so ein armseliger Marxist sie verstehen könnte.«

»Nein, nein.«

»Denken Sie daran, Padre, was für einen guten Statthalter

mein Ahnherr abgab. Trotz all seiner Ritterlichkeit und Tapferkeit hätte Don Quijote nie so gut regieren können. Was für ein heilloses Spektakel – ich meine heiliges Spektakel – er auf dieser Insel angerichtet hätte. Meinem Ahnen fiel das Regieren genauso leicht wie Trotzki das Kommandieren einer Armee. Trotzki besaß keine Erfahrung, und doch schlug er die weißen Generale. Ach, ich weiß schon, wir sind Materialisten, wir sind Bauern und Marxisten. Aber deswegen brauchen Sie uns nicht zu verachten.«

»Wann hätte ich Sie je verachtet, Sancho?«

»Ihrem Gott sei Dank, Sie haben endlich wieder zu reden begonnen. Darauf leeren wir die Flasche.«

Der Wein, den er aus dem Fluß herauffischte, war zwar nicht kalt genug, aber ihm lag daran, den Heilungsprozeß zu vollenden. Sie tranken zwei Gläser, und jetzt war ihr Schweigen freundschaftlich.

»Ist noch Käse übrig, Padre?«

»Ich glaube schon, ein bißchen. Ich gehe einmal nachsehen.«

Padre Quijote blieb lange fort. Wahrscheinlich war es schwer, den Käse zu finden. Ungeduldig stand der Bürgermeister auf, als Padre Quijote eben unter der Brücke hervorkam, mit verständlicher Angst in der Miene, denn er war in Begleitung eines Guardia. Aus Gründen, die der Bürgermeister nicht begriff, sprach er heftig in lateinischer Sprache auf seinen Begleiter ein, und auch der Guardia sah verängstigt aus. Padre Quijote sagte: »*Este mihi in Deum protectorem et in locum refugii.*«

»Der Bischof scheint ein Ausländer zu sein«, sagte der Guardia zum Bürgermeister.

»Er ist kein Bischof, er ist ein Monsignore. Ich glaube, er muß wohl einen Gottesdienst abhalten.«

»Ist das Ihr Auto dort unter der Brücke?«

»Es gehört dem Monsignore.«

»Ich habe ihm gesagt, er sollte es absperren. Sogar den

Zündschlüssel hat er steckenlassen. Das ist nicht ungefährlich. Nicht hier, in dieser Gegend.«

»Es sieht doch hier sehr friedlich aus. Sogar die Kühe …«

»Sie haben nicht einen Mann mit einem Einschußloch im rechten Hosenbein und mit einem falschen Schnurrbart gesehen? Obwohl ich ja annehme, daß er den weggeworfen hat.«

»Nein, nein. Nichts dergleichen.«

»*Scio cui credidi*«, sagte Padre Quijote.

»Ein Italiener?« fragte der Guardia. »Der Papst ist ein großartiger Papst.«

»Ganz gewiß ist er das.«

»Ohne Hut und Jacke. In einem gestreiften Hemd.«

»Ich habe hier niemanden gesehen.«

»Das Einschußloch hat er sich in Zamora geholt. Er ist uns mit knapper Not entwischt. Einem von den unsrigen. Seit wann sind Sie hier?«

»Seit ungefähr einer Viertelstunde.«

»Sie kommen woher?«

»Aus Valladolid.«

»Sind Sie auf der Straße niemandem begegnet?«

»Nein.«

»Viel weiter als bis hierher kann er in so kurzer Zeit nicht gekommen sein.«

»Was hat er angestellt?«

»Er hat in Benavente eine Bank ausgeraubt. Den Kassierer über den Haufen geschossen. Ist auf einer Honda geflohen. Wurde aber gefunden – ich meine die Honda –, fünf Kilometer von hier. Deshalb ist es auch gefährlich, Ihren Wagen so unversperrt stehenzulassen, mit dem Zündschlüssel darin.«

»*Laqueus contritus est*«, sagte Padre Quijote, »*et nos liberati sumus.*«

»Was sagt der Monsignore da?«

Der Bürgermeister sagte: »Ich bin auch kein Sprachgelehrter.«

»Sie sind auf der Fahrt nach León?«

»Ja.«

»Halten Sie die Augen offen, und nehmen Sie keine Fremden mit, niemanden.« Höflich und mit einer gewissen Reserviertheit salutierte er vor dem Monsignore und verschwand.

»Warum haben Sie lateinisch mit ihm geredet?« fragte der Bürgermeister.

»Das schien mir ein guter Einfall.«

»Aber warum ...?«

»Ich wollte, wenn möglich, eine Lüge vermeiden«, erwiderte Padre Quijote. »Sogar eine Notlüge, um der Unterscheidung zu folgen, die Pater Heribert Jone macht.«

»Was gab es denn da plötzlich zu lügen?«

»Ich stand mit einemmal vor der Möglichkeit – Sie können es auch Versuchung nennen.«

Der Bürgermeister seufzte. Jedenfalls hatte der Wein Padre Quijote die Zunge gelöst, und beinahe bedauerte er das nun. Er sagte: »Haben Sie den Käse gefunden?«

»Ich fand ein ziemlich ordentliches Stück, aber ich habe es ihm gegeben.«

»Dem Guardia? Aber warum denn ...?«

»Nein, nein, natürlich dem Mann, den er sucht.«

»Wollen Sie sagen, Sie haben den Mann tatsächlich gesehen?«

»Aber ja doch, deshalb hatte ich auch Angst vor den Fragen.«

»Um Himmels willen, wo ist er denn jetzt?«

»In unserem Kofferraum. Es war sorglos von mir, wie der Guardia richtig sagte, danach den Zündschlüssel ... Es hätte ja jemand mit dem Mann wegfahren können. Nun ja, die Gefahr ist jetzt vorüber.«

Dem Bürgermeister verschlug es eine ganze Weile die Sprache. Dann sagte er: »Was haben Sie mit dem Wein gemacht?«

»Wir haben ihn gemeinsam auf den Rücksitz gestellt.«

»Ich danke Gott«, sagte der Bürgermeister, »daß ich das Nummernschild in Valladolid auswechseln ließ.«

»Was meinen Sie, Sancho?«

»Die Guardia Civil hat doch bestimmt Ihre Autonummer nach Ávila durchgegeben. Die haben sie jetzt längst einem Computer eingefüttert.«

»Aber meine Wagenpapiere ...«

»Sie haben neue. Natürlich hat das ein bißchen gedauert. Deshalb mußten wir auch so lange in Valladolid bleiben. Der Mechaniker dort ist ein alter Freund von mir und Mitglied der Partei.«

»Sancho, wieviele Jahre Gefängnis kann uns das eintragen?«

»Nicht halb so viele, wie Sie dafür kriegen, daß Sie einen Ausreißer vor der Gerechtigkeit verstecken. Was hat Sie nur bewogen ...«

»Er bat mich um Hilfe. Und dann sagte er auch, man beschuldige ihn zu Unrecht und hätte ihn mit einem anderen Mann verwechselt.«

»Trotz eines Revolverlochs im Hosenbein? Einen Bankräuber?«

»Das war Ihr Führer Stalin auch. Schließlich hängt ja soviel vom Motiv ab. Wäre Stalin zu mir zur Beichte gekommen und hätte ehrlich seine Gründe erklärt, hätte ich ihm vielleicht eine Dekade Rosenkranz auferlegt, obwohl ich in Toboso nie jemandem eine so schwere Buße gegeben habe. Sie wissen doch noch, was mein Ahnherr zu den Galeerensklaven sagte, ehe er sie freiließ: ›Es gibt einen Gott im Himmel, der es nicht verabsäumt, die Bösen zu strafen oder die Guten zu belohnen, darum ziemt es sich auch nicht für ehrenwerte Menschen, die Strafen an anderen zu vollstrekken.‹ Das sind gute christliche Grundsätze, Sancho. Eine Dekade Rosenkranz – das ist streng genug. Wir haben keine Strafen zu vollstrecken und keine Verhöre anzustellen. Der gute Samariter hat auch keine Erkundigungen über die Vergangenheit des Verwundeten angestellt – des Mannes, der unter die Räuber gefallen war –, bevor er ihm half. Vielleicht war er ein Zöllner, und die Diebe holten sich nur zurück, was er ihnen abgenommen hatte.«

»Während Sie hier große Reden halten, Monsignore, erstickt unser Verwundeter wahrscheinlich an Sauerstoffmangel.«

Sie eilten zum Auto und fanden den Mann tatsächlich in einem recht jämmerlichen Zustand. Der falsche Schnurrbart, der sich durch den Schweiß gelöst hatte, hing ihm vom Mundwinkel herunter. Glücklicherweise war er ein kleingewachsener Mensch und hatte einigermaßen mit dem wenigen Platz, den Rosinante bot, das Auslangen gefunden.

Dennoch beschwerte er sich bitter, als sie ihn befreiten. »Ich dachte schon, ich muß hier verrecken. Wo waren Sie denn so lange?«

»Wir haben unser Bestes für Sie getan«, sagte Padre Quijote, und das waren fast die gleichen Worte, die auch sein Ahnherr verwendet hatte. »Wir sind nicht Ihre Richter, aber Ihr Gewissen sollte Sie mahnen, daß Undankbarkeit eine gemeine Sünde ist.«

»Wir haben schon viel zuviel für Sie getan«, sagte Sancho. »Verschwinden Sie jetzt. Der Guardia ist da hinüber gegangen. Ich rate Ihnen, sich in den Feldern zu verstecken, bis Sie in der Stadt untertauchen können.«

»Wie kann ich mich in diesen Schuhen, die total zerrissen sind, in den Feldern verstecken, und wie kann ich mit einem Einschußloch in der Hose in der Stadt untertauchen?«

»Sie haben die Bank ausgeraubt. Da können Sie sich wohl noch ein Paar Schuhe leisten.«

»Wer sagt, daß ich eine Bank ausgeraubt habe?« Er stülpte seine leeren Taschen um. »Durchsuchen Sie mich«, sagte er. »Und so was nennt sich ein Christ.«

»Ich nicht«, sagte der Bürgermeister. »Ich bin ein Marxist.«

»Ich habe Schmerzen im Rücken. Ich kann keinen Schritt gehen.«

»Ich hole Aspirin aus dem Wagen«, sagte Padre Quijote. Er sperrte den Wagen auf und begann das Handschuhfach zu durchsuchen. Hinter sich hörte er ein zweimaliges Hüsteln. »Ich habe auch irgendwo Hustenpastillen«, sagte er. »Wahrscheinlich war es zugig im Kofferraum.« Er hielt die Medikamente in der Hand, als er sich umdrehte und zu seiner Überraschung sah, daß der Fremde einen Revolver auf ihn gerichtet hatte. »Sie sollten mit so einem Ding nicht herumfuchteln«

»Welche Schuhgröße haben Sie?« fragte der Mann barsch.

»Das habe ich ganz vergessen. Wahrscheinlich neununddreißig.«

»Und Sie?«

»Vierzig«, sagte Sancho.

»Geben Sie mir Ihre«, befahl der Mann Padre Quijote.

»Die sind fast so kaputt wie Ihre.«

»Keine Widerrede. Ich würde Ihnen auch die Hose wegnehmen, wenn sie mir nur passen würde. So, jetzt drehen Sie sich beide um. Sowie sich einer bewegt, schieße ich beide über den Haufen.«

Padre Quijote sagte: »Ich verstehe nicht, weshalb Sie eine Bank ausrauben gehen – wenn Sie das getan haben – in kaputten Schuhen.«

»Ich habe das falsche Paar erwischt. Das war der Grund. Sie können sich jetzt wieder umdrehen. Setzen Sie sich beide in den Wagen. Ich werde hinten sitzen, und wenn Sie anhalten, aus welchem Grund auch immer, schieße ich sofort.«

»Wohin wollen Sie?« fragte Sancho.

»Sie setzen mich in León bei der Kathedrale ab.«

Mit einiger Mühe reversierte Padre Quijote und fuhr aus dem Feld auf die Straße.

»Sie sind ein ganz miserabler Fahrer«, sagte der Mann.

»Das liegt an Rosinante. Sie mag den Rückwärtsgang gar

138

nicht. Ich fürchte, Sie haben auf dem Rücksitz nicht genug Platz, mit all dem Wein dort. Soll ich stehenbleiben und die Kiste in den Kofferraum zurückstellen?«

»Nein. Vorwärts, fahren Sie.«

»Was haben Sie mit Ihrer Honda gemacht? Der Guardia sagte, Sie haben sie stehengelassen.«

»Das Benzin ist mir ausgegangen. Ich hatte vergessen aufzutanken.«

»Das falsche Paar Schuhe. Kein Benzin. Es sieht wirklich aus, als wäre Gott gegen Ihre Pläne.«

»Können Sie nicht schneller fahren?«

»Nein. Rosinante ist sehr alt. Bei einem Tempo über vierzig kann es passieren, daß sie zusammenbricht.« Er warf einen Blick in den Rückspiegel und sah, daß der Revolver auf ihn gerichtet war. »So beruhigen Sie sich doch und stecken Sie die Kanone weg«, sagte er. »Rosinante bockt manchmal fast wie ein Kamel. Wenn sie plötzlich Männchen macht, kann dieses Ding ja losgehen. Sie wären wohl nicht sehr zufrieden, wenn Sie noch ein Leben auf dem Gewissen hätten.«

»Was meinen Sie? Noch ein Leben?«

»Den armen Kerl in der Bank, den Sie umgebracht haben.«

»Ich habe ihn doch nicht umgebracht. Ich habe danebengeschossen.«

»Gott scheint wirklich Überstunden zu machen«, sagte Padre Quijote, »um Sie vor schweren Sünden zu bewahren.«

»Außerdem war es keine Bank. Es war ein Selbstbedienungsladen.«

»Der Guardia sagte eine Bank.«

»Die sagen auch, es war eine Bank, wenn es eine öffentliche Bedürfnisanstalt war. Da kommen sie sich dann viel wichtiger vor.«

Als sie in die Stadt einfuhren, bemerkte Padre Quijote, daß die Pistole jedesmal verschwand, sooft sie bei einer

Verkehrsampel stehenbleiben mußten. Vielleicht hätte er aus dem Wagen springen können, aber das hätte bedeutet, Sancho in der Gefahr zu verlassen, und wenn er den Mann in Versuchung führte, weitere Gewalttaten zu begehen, traf ein Teil der Schuld ihn selbst. Außerdem hatte er nicht den Wunsch, sich zum Sachwalter irdischer Gerechtigkeit zu machen. Er war sehr erleichtert, daß sie auf dem ganzen Weg weder einen Guardia noch einen Carabinero sahen, und er fuhr so nahe wie möglich an die Kathedrale heran. »Lassen Sie mich einmal schauen, ob es hier sicher ist«, sagte er.

»Wenn Sie mich verraten«, sagte der Mann, »schieße ich Ihren Freund über den Haufen.«

Padre Quijote öffnete den Wagenschlag. »Alles in Ordnung«, sagte er. »Sie können jetzt gehen.«

»Wenn Sie lügen«, drohte der Mann, »die erste Kugel ist für Sie.«

»Ihr Schnurrbart ist heruntergefallen«, teilte Padre Quijote ihm mit. »Er klebt jetzt an Ihrem Schuh – ich meine, an meinem Schuh.«

Sie beobachteten, wie sich der Mann entfernte.

»Wenigstens hat er mich nicht angegriffen wie die Galeerensklaven meinen Vorfahren«, sagte Padre Quijote.

»Bleiben Sie im Wagen sitzen, bis ich ein Paar Schuhe für Sie gekauft habe. Größe neununddreißig, sagten Sie?«

»Macht es Ihnen was aus, wenn wir zuerst in die Kathedrale gehen? Es war doch eine ziemliche Nervenbelastung, Rosinante am Bocken zu hindern. Hätte er uns erschossen, dann wäre der arme Kerl wirklich in ernste Schwierigkeiten geraten. Ich möchte mich nur ein bißchen im Kühlen hinsetzen – und beten. Es dauert nicht lange.«

»Das, hätte ich gedacht, haben Sie zum Überdruß getan, während Sie fuhren.«

»O ja, schon – aber das waren Gebete für den armen Kerl da. Jetzt möchte ich Gott danken, daß er uns beschützt hat.«

Der Stein unter den purpurnen Socken fühlte sich kalt an.

Er bedauerte, daß er sich in Salamanca nicht für die Woll-socken entschieden hatte. Die große Höhe des Kirchen-schiffs und die Flut von Licht, die durch 120 Fenster herein-strömte wie Blicke Gottes, gaben ihm das Gefühl von Win-zigkeit. Ihm war, als sei er ein unendlich kleines Stückchen Leben auf dem Objektträger eines Mikroskops. Er rettete sich zu einem Seitenaltar und kniete dort nieder. Er konnte die Worte für ein Gebet nicht finden. Als er dachte »Ich danke Dir«, klangen ihm seine eigenen Worte hohl wie ein Echo – er verspürte kein Gefühl der Dankbarkeit für seine Errettung –, vielleicht hätte er ein wenig Dankbarkeit emp-funden, wenn ihn die Kugel getroffen hätte – für das Ende. Dann hätten sie seinen Leichnam nach Toboso zurückge-bracht, er wäre wieder daheim gewesen und nicht mehr auf dieser absurden Pilgerfahrt – zu wem? Oder wohin?

Als er merkte, daß er nicht imstande war zu beten, gab er alle Versuche als Zeitverschwendung auf und bemühte sich statt dessen, jeden Gedanken zu verbannen, nichts wahrzu-nehmen, sich dem völligen Schweigen zu überlassen, und nach einer Weile spürte er, daß er an der Schwelle zum Nichts stand und nur noch einen Schritt zu wagen hatte. Dann fühlte er auf einmal, daß seine linke große Zehe auf dem Stein der Kathedrale kälter war als die rechte, und er dachte: Ich habe ein Loch im Socken. Die Socken – warum nur hatte er nicht darauf bestanden, wollene zu nehmen? – aus diesem feinen Laden, über den Opus Dei schützend seine Hand hielt, waren das Geld nicht wert, das sie gekostet hatten.

Er schlug ein Kreuz und kehrte zu Sancho zurück.

»Na, haben Sie genug gebetet?« fragte ihn der Bürger-meister.

»Ich habe überhaupt nicht gebetet.«

Sie ließen Rosinante stehen, wo sie geparkt hatten, und schlenderten müßig durch die Straßen. Gleich hinter dem Burgo Nuevo fanden sie einen Schuhladen. Padre Quijotes

Füße brannten von dem heißen Pflaster, und das Loch, aus dem seine linke große Zehe hervorsah, war beträchtlich größer geworden. Es war nur ein kleiner Laden, und der Besitzer blickte überrascht auf seine Füße.

»Ich möchte ein Paar schwarze Schuhe, Größe 39«, sagte Padre Quijote.

»Ja, gern, bitte nehmen Sie doch Platz.« Der Mann holte ein Paar Schuhe herbei und kniete vor ihm nieder. Padre Quijote dachte: Ich sitze da wie eine Statue von St. Peter in Rom. Wird er meine Zehe küssen? Er lachte.

»Was ist so komisch?« fragte der Bürgermeister.

»Nichts, nichts. Ich mußte an etwas denken.«

»Sie werden sehen, das Leder ist ganz weich und schmiegsam, Exzellenz.«

»Ich bin kein Bischof«, sagte Padre Quijote, »nur ein Monsignore, und noch das möge mir Gott verzeihen.«

Der Mann zog ihm den Schuh über den Socken, der nicht zerrissen war. »Wenn Monsignore ein paar Schritte machen möchten ...«

»Ich habe schon mehr als ein paar Schritte in León getan. Ihr Pflaster ist hart.«

»Das kann ich mir denken, Monsignore, wenn man so ohne Schuhe geht.«

»Diese Schuhe sind wirklich bequem. Ich nehme sie.«

»Möchten Sie sie verpackt, oder wollen Sie sie gleich anbehalten, Monsignore?«

»Natürlich behalte ich sie gleich an. Glauben Sie denn, ich gehe freiwillig barfuß?«

»Ich dachte, daß vielleicht ... also, ich dachte, es ist vielleicht eine Buße ...«

»Nein, nein, tut mir leid, ich bin kein Heiliger.«

Er setzte sich wieder und ließ sich von dem Mann den anderen Schuh anziehen, nachdem der die hervorstehende Zehe behutsam, ja sogar mit einer Spur von Verehrung in den Socken zurückbefördert hatte. Es war unübersehbar, daß für ihn die Berührung der nackten Zehe eines Monsignore eine neue Erfahrung bedeutete.

»Und die anderen Schuhe? Wünschen Monsignore sie verpackt?«

»Welche anderen Schuhe?«

»Die, die Monsignore abgelegt haben.«

»Ich habe sie nicht abgelegt. Sie haben mich abgelegt«, sagte Padre Quijote. »Ich weiß nicht einmal, wo sie jetzt sind. Ich nehme an, sie sind jetzt schon weit weg von hier. Aber es waren sehr alte Schuhe. Nicht so gut wie diese.«

Der Mann begleitete sie an die Ladentür. Er fragte: »Würden Sie mir Ihren Segen geben, Monsignore?« Padre Quijote deutete flüchtig das Zeichen des Kreuzes an und murmelte etwas. Auf der Straße dann erläuterte er: »Für meinen Geschmack war dieser Mensch viel zu ehrerbietig.«

»Die Umstände waren eher seltsam, und leider wird er uns wohl nicht so schnell vergessen.«

Auf dem Weg zu Rosinante kamen sie an einem Postamt vorüber. Padre Quijote blieb stehen. Er sagte: »Ich habe Angst.«

»Mit Recht. Der Schurke, den Sie gerettet haben, braucht nur erwischt zu werden und zu reden.«

»An den habe ich gar nicht gedacht. Ich habe an Teresa gedacht. In meinem Kopf dröhnt es, daß irgendwas nicht stimmt. Wir sind schon so lange fort ...«

»Vier Tage.«

»Das ist doch nicht möglich. Mir kommt es vor, als wäre es mindestens ein Monat. Bitte lassen Sie mich telefonieren.«

»Dann gehen Sie schon, aber beeilen Sie sich. Je früher wir aus León draußen sind, desto besser.«

Teresa kam ans Telefon. Noch ehe er Zeit hatte, ein Wort zu sagen, keifte sie: »Padre Herrera ist nicht hier, und ich weiß nicht, wann er zurückkommt.« Und schon hatte sie aufgelegt.

»Da stimmt tatsächlich etwas nicht«, sagte Padre Quijote.

Er wählte ein zweites Mal, und diesmal sprach er sofort in den Hörer.

»Ich bin's, Teresa, Padre Quijote.«

»Gelobt sei Gott«, sagte Teresa. »Wo stecken Sie?«

»In León.«

»Wo ist das?«

Der Bürgermeister sagte: »Sie hätten ihr's nicht verraten dürfen.«

»Was tun Sie dort, Padre?«

»Mit dir telefonieren.«

»Padre, der Bischof ist in einem schrecklichen Zustand.«

»Ist er krank, der Arme?«

»Er hat einen heiligen Zorn.«

»Was ist geschehen, Teresa?«

»Er hat schon zweimal Padre Herrera angerufen. Jedesmal reden sie eine halbe Stunde, ohne daran zu denken, was das kostet.«

»Aber worüber denn, Teresa?«

»Über Sie, natürlich. Sie sagen, daß Sie verrückt sind. Sie sagen, man sollte Sie ins Irrenhaus sperren, um das Ansehen der Kirche zu wahren.«

»Aber warum, warum denn nur?«

»Die Guardia hat Sie in Ávila gesucht.«

»Ich war gar nicht in Ávila.«

»Das wissen sie. Sie sagen, Sie sind in Valladolid. Und sie sagen, Sie haben mit dem roten Bürgermeister Kleider getauscht, um zu entkommen.«

»Das ist nicht wahr.«

»Sie glauben, Sie haben sich vielleicht mit diesen verrückten Basken eingelassen.«

»Woher weißt du das alles, Teresa?«

»Ja, glauben Sie denn, ich lasse sie Ihr Telefon benützen, ohne daß die Küchentür offensteht?«

»Ich will mit Padre Herrera sprechen.«

»Nichts zugeben«, sagte Sancho, »überhaupt nichts.«

»Padre Herrera ist nicht da. Gestern vor Morgengrauen ist er fort, zum Bischof. Der Bischof ist so außer sich, daß es mich nicht überraschen würde, wenn er Ihretwegen den Heiligen Vater persönlich anruft. Padre Herrera sagte zu mir, der Heilige Vater hat einen schrecklichen Fehler gemacht, als er Sie zum Monsignore ernannte. Ich sagte darauf, das ist Blasphemie. Der Heilige Vater kann gar keine Fehler machen.«

»O doch, Teresa, das kann er – kleine Fehler. Ich glaube, es ist besser, wenn ich sofort nach Hause komme.«

»Das dürfen Sie nicht tun, Padre. Die Guardia wird Sie bestimmt schnappen, und dann können Sie Ihre Tage im Irrenhaus beschließen.«

»Aber ich bin nicht verrückter als Padre Herrera auch. Oder der Bischof, wenn ich es mir recht überlege.«

»Die werden es aber behaupten. Ich habe doch gehört, wie Padre Herrera zum Bischof sagte: ›Man muß ihn davor bewahren, Unheil anzurichten. Der Kirche zuliebe.‹ Bleiben Sie nur ja weg, Padre.«

»Leb wohl, Teresa.«

»Sie bleiben doch dort?«

»Ich muß darüber nachdenken, Teresa.«

Padre Quijote sagte zum Bürgermeister: »Die Guardia hat sich mit dem Bischof in Verbindung gesetzt und der Bischof mit Padre Herrera. Sie glauben, ich bin verrückt.«

»Nun, das schadet weiter nichts. Ihren Vorfahren hat man auch für verrückt gehalten. Vielleicht handelt Padre Herrera wie der Kanonikus und versucht, Ihre Bücher zu verbrennen.«

»Der Herr verhüte das. Ich sollte heimfahren, Sancho.«

»Das wäre wirklich der Beweis, daß Sie verrückt sind. Wir müssen schnell fort von hier, aber nicht nach Toboso. Sie hätten Teresa nie sagen dürfen, daß Sie in León sind.«

»Sie hat ein Vorhängeschloß vor dem Mund. Machen Sie sich keine Sorgen. Nicht einmal mir hat sie je von den Pferdesteaks erzählt.«

»Wir haben noch eine Menge anderer Sorgen. Diese Computer sind schnell wie der Blitz. Vielleicht haben wir sie durch den Wechsel der Nummerntafel eine Zeitlang hinters Licht geführt, aber wenn die Guardia Ihren Titel dem Computer eingegeben hat, sitzen wir in der Tinte. Wir müssen Ihnen wieder das Lätzchen und die Socken abnehmen. Wahrscheinlich gibt es nicht viele Monsignores, die in einem alten Seat 600 in der Gegend herumfahren.«

Während sie forteilten, Rosinante entgegen, sagte Sancho: »Ich glaube, wir sollten den Wagen im Stich lassen und lieber mit dem Bus weiterfahren.«

»Wir haben nichts Böses getan.«

»Nicht was wir getan haben, ist gefährlich, sondern was sie uns in die Schuhe schieben können. Auch wenn Marx zu lesen kein Verbrechen mehr ist, so ist es doch immer noch ein Verbrechen, einen Bankräuber zu verstecken.«

»Er war kein Bankräuber.«

»Also gut, einen Selbstbedienungsladenräuber – es ist ein Verbrechen, ihn in Ihrem Auto im Kofferraum zu verstecken.«

»Ich lasse Rosinante nicht im Stich.« Sie waren bei dem Auto angekommen, und er legte schützend die Hand auf die Delle im Kotflügel, die entstanden war, als er einmal den Wagen des Metzgers in Toboso gestreift hatte. »Kennen Sie Shakespeares *Heinrich VIII.*?«

»Nein, mir ist Lope de Vega lieber.«

»Ich will nicht, daß Rosinante mir Falschheit vorwirft wie Kardinal Wolsey seinem König:

Hätt' meinem Gott ich nur gedient mit halbem Eifer
So wie ich meinem König diente, er hätte mich wohl nicht
Im hohen Alter nackt den Feinden ausgeliefert.

Sehen Sie diese Narbe an ihrer Haube, Sancho? Sieben Jahre ist es her, vielleicht sogar länger, daß sie durch meine Schuld zu leiden hatte. *Mea culpa, mea culpa, mea maxima culpa.*«

2

Sie verließen León auf dem schnellsten Weg, doch als die Straße anstieg, zeigte Rosinante Ermüdungserscheinungen. Vor ihnen lagen die Berge von León, grau, felsig, zerklüftet. Der Bürgermeister sagte: »Sie haben mir erzählt, Sie suchen Stille. Nun ist es an der Zeit zu wählen: zwischen der Stille von Burgos und der Stille von Osera.«

»Burgos ist ein Ort mit unglücklichen Erinnerungen.«

»Bravo, Monsignore, ich hatte schon geglaubt, der Gedanke an das Hauptquartier des Generalissimo könnte für Sie etwas Anziehendes haben.«

»Eine Stille, die Frieden schenkt, ist mir lieber als eine, die auf ein Ereignis folgt – so eine Stille ist wie das ewige Schweigen des Todes. Und noch dazu eines schlimmen Todes. Aber Sie, Sancho – stößt Sie der Gedanke an ein Kloster nicht ab?«

»Aber warum denn? Die Klöster können uns vor schlimmerem Übel schützen, hat Marx gesagt. Außerdem hat ein Kloster für uns ebensolche Vorteile wie ein Bordell. Wenn wir nicht zu lange dort bleiben. Dort braucht man nämlich auch keine Formulare auszufüllen.«

»Nach Osera also, Sancho, zu den Trappisten.«

»Wenigstens bekommen wir dort einen guten Galicianerwein. Unser Mancheganer geht bald zu Ende.«

Zum Picknick hatten sie nur den Wein, denn den Käse hatte der Räuber mitgenommen, und die Wurst hatten sie aufgegessen. Sie befanden sich nun in einer Höhe von tausend Metern, und die weite leere Landschaft lag zu ihren Füßen ausgebreitet; ein leichter Wind brachte Kühle. Sie leerten die Flasche rasch, und Sancho öffnete eine weitere. »Ist das klug?« fragte Padre Quijote.

»Klugheit ist nichts Absolutes«, sagte Sancho, »sondern etwas Relatives. Auch Klugheit hängt von den jeweiligen Umständen ab. Wenn ich in einer Lage wie der unseren noch eine halbe Flasche trinke, dann ist das klug, weil wir nichts zu essen haben. Täten Sie dasselbe, könnte das töricht sein. Deshalb muß ich, wenn es soweit ist, eine kluge Entscheidung treffen, was ich mit Ihrer halben Flasche anfange.«

»Soweit wird es wohl nicht kommen«, erwiderte Padre Quijote. »Mir gebietet die Klugheit, daß ich Sie davon abhalte, mehr als Ihren Anteil zu trinken«, und er goß sich noch ein Glas ein. Dann setzte er hinzu: »Was ich nicht verstehe ist, was der Umstand, daß wir nichts mehr zu essen haben, damit zu tun hat, ob unsere Entscheidung klug ist.«

»Das ist klar«, sagte Sancho. »Wein enthält Zucker, und Zucker ist sehr nahrhaft.«

»Das heißt, wenn wir genug Wein hätten, könnten wir nie verhungern.«

»Stimmt genau, aber in jeder logischen Überlegung steckt ein Trugschluß – selbst in jenen Ihres Freundes, des heiligen Thomas von Aquin. Bleiben wir hier, wo wir sind, und ersetzen die Nahrung durch Wein, dann haben wir schließlich nichts mehr zu trinken.«

»Warum müßten wir dazu hierbleiben?«

»Weil keiner von uns imstande wäre zu fahren.«

»Stimmt genau. Logische Gedanken führen oft zu absurden Situationen. In La Mancha gibt es eine volkstümliche Heilige, die ihre Jungfernschaft verlor, als ein Maure sie in ihrer eigenen Küche vergewaltigte, obwohl er unbewaffnet war und sie ein Küchenmesser in der Hand hielt.«

»Wahrscheinlich wünschte sie sich die Vergewaltigung.«

»Nein, nein, ihre Überlegung war streng logisch. Ihre Jungfernschaft zählte geringer als das Seelenheil des Mauren. Hätte sie ihn in diesem Augenblick getötet, hätte sie ihm alle Hoffnung, sein Seelenheil zu finden, geraubt. Eine absurde und doch, wenn man's bedenkt, wunderschöne Geschichte.«

»Der Wein macht Sie gesprächig, Monsignore. Ich frage mich schon, wie Sie das Schweigen im Kloster ertragen werden?«

»*Wir* müssen dort nicht schweigen, Sancho, und die Mönche haben die Erlaubnis, mit ihren Gästen zu sprechen.«

»Wie schnell diese zweite Flasche leer war. Erinnern Sie sich noch, wie Sie versucht haben, mir die Dreifaltigkeit zu erklären?«

»Ja. Und ich habe damals diesen schrecklichen Fehler gemacht. Ich habe zugelassen, daß eine halbe Flasche den Heiligen Geist darstellt.«

»Diesen Fehler machen wir nicht wieder«, sagte Sancho, während er die dritte Flasche Wein öffnete.

Padre Quijote widersprach nicht, obwohl der Wein ihn in eine gereizte Stimmung versetzte. Schon der geringste Anlaß würde ausreichen, seinen Zorn zu entfachen.

»Ich bin froh«, sagte der Bürgermeister, »daß Sie, anders als Ihr Ahnherr, den Wein genießen. Don Quijote kehrte häufig in Wirtshäusern ein, hatte auch wenigstens vier seiner Abenteuer in einem Wirtshaus zu bestehen, aber nie hört man davon, daß er auch nur ein einziges Glas Wein trinkt. Oft, wenn er im Freien aß, bestand sein Mahl, wie bei uns, nur aus Käse, aber nie hat er ihn mit einem Glas guten Manchaganerwein hinuntergespült. Mir hätte er als Reisegefährte nicht behagt. Gott sei Dank und trotz Ihrer frommen Bücher schmeckt Ihnen ein guter Tropfen, wenn Ihnen gerade danach zumute ist.«

»Was veranlaßt Sie eigentlich, mir immer wieder meinen Ahnherrn vorzuwerfen?«

»Aber ich habe doch nur verglichen ...«

»Bei jeder Gelegenheit reden Sie von ihm. Sie behaupten ganz zu Unrecht, daß meine Bücher über die Heiligen seinen Büchern von Rittertugenden entsprechen, Sie vergleichen unsere kleinen Abenteuer mit den seinen. Die Guardia war die Guardia, und nicht etwa Windmühlen. Ich bin Padre Quijote und nicht Don Quijote. Ich sage Ihnen, ich lebe wirklich. Meine Abenteuer sind meine eigenen Abenteuer und nicht seine. Mein Schicksal bestimme ich – hören Sie, ich – ich selbst –, nicht er. Ich habe einen freien Willen. Mein Leben ist nicht verknüpft mit dem eines Vorfahren, der seit mehr als vierhundert Jahren tot und begraben ist.«

»Das tut mir leid, Padre. Ich dachte immer, Sie wären stolz auf Ihren Ahnherrn. Ich wollte Sie nie kränken.«

»Ach, ich weiß schon, was Sie denken. Sie glauben, daß mein Gott genauso ein Trugbild ist wie die Windmühlen. Aber er existiert, das sage ich Ihnen. Es ist nicht nur, daß ich an ihn glaube. Er ist wirklich, ich kann ihn fühlen.«

»Fühlt er sich weich an oder hart?«

Padre Quijote machte Anstalten, sich aus dem Gras zu erheben, sprühend vor Zorn.

»Nicht, nicht, Padre. Es tut mir leid. Ich wollte keine dummen Späße machen. Ich achte Ihren Glauben, so wie Sie den meinen. Dabei gibt es nur einen Unterschied. Ich *weiß*, daß Marx und Lenin existiert haben. Sie glauben es nur.«

»Ich sage Ihnen noch einmal, es ist keine Frage des Glaubens. Ich kann ihn fühlen.«

»Padre, wir haben es schön miteinander gehabt. Das ist schon die dritte Flasche. Ich trinke auf die Dreifaltigkeit. Sie können mir nicht abschlagen, darauf zu trinken.«

Padre Quijote starrte mürrisch in sein Glas. »Nein, das kann ich nicht abschlagen, aber ...« Er trank, und nun spürte er, wie sein Ärger wich und wie statt dem Ärger eine große Traurigkeit sich in ihm auszubreiten begann. Er fragte. »Was meinen Sie, Sancho, bin ich vielleicht ein bißchen betrunken?« Sancho sah Tränen in seinen Augen.

»Padre, unsere Freundschaft ist doch ...«

»Ja, ja, der kann nichts etwas anhaben, Sancho. Fände ich doch nur die richtigen Worte.«

»Wofür die richtigen Worte?«

»Und hätte dazu auch das Wissen. Ich bin ein sehr unwissender Mensch. Es gab so vieles, was ich meine Gemeinde in Toboso hätte lehren müssen, und was ich selbst nicht verstand. Ich habe nicht genug darüber nachgedacht. Die Dreifaltigkeit. Das Naturgesetz. Die Todsünde. Ich habe ihnen Wörter aus Lehrbüchern beigebracht. Ich habe mich nie gefragt, glaube ich diese Dinge selbst? Ich ging heim und las, was meine Heiligen sagten. Sie schrieben von der Liebe. Das konnte ich verstehen. Alles andere schien nicht wichtig.«

»Ich verstehe nicht, was Sie quält, Padre.«

»Sie quälen mich, Sancho. Die vier Tage mit Ihnen quälen mich. Ich denke daran, wie ich lachen mußte, als ich diesen Ballon aufblies. Und dieser Film ... Warum war ich entsetzt? Warum bin ich nicht einfach weggegangen? Toboso, das ist hundert Jahre her. Wo bin ich selbst, Sancho, ich spüre mich nicht mehr. Mir dreht sich der Kopf ...«

»Sie sind doch ein bißchen betrunken, Padre. Das ist alles.«

»Zeigt sich das so?«

»Viel reden ... Schwindelgefühl ... ja.«

»Und die Traurigkeit?«

»Gehört bei manchen Leuten auch dazu. Andere wieder beginnen zu lärmen und werden fröhlich.«

»Ich glaube, ich muß mich künftig an Tonicwasser halten. Ich fühle mich außerstande, Auto zu fahren.«

»Ich könnte ja fahren.«

»Rosinante mag keine fremde Hand. Ich würde mich jetzt gern ein bißchen hinlegen und schlafen, ehe wir weiterfahren. Wenn ich etwas gesagt habe, was Sie kränkt, verzeihen Sie es mir, Sancho. Es war der Wein, der aus mir gesprochen hat, nicht ich.«

»Sie haben nichts Böses gesagt. Legen Sie sich eine Weile hin, Padre, und ich werde wachen. Mich hat der Wodka widerstandsfähig gemacht.«

Padre Quijote fand zwischen den Felsen ein Fleckchen mit weichem Rasen und legte sich da zur Ruhe, aber der Schlaf kam nicht sogleich. Er sagte: »Pater Heribert Jone hielt Trunkenheit für eine schwerere Sünde als Völlerei. Ich verstehe das nicht. Ein bißchen Trunkenheit hat uns zusammengeführt, Sancho. Sie fördert Freundschaft. Völlerei ist doch gewiß ein einsames Laster. Eine Form von Onanie. Und doch erinnere ich mich, daß Pater Jone schreibt, sie sei nur eine läßliche Sünde, ›selbst wenn sie zu Erbrechen führt‹. Das hat er wörtlich so geschrieben.«

»Ich würde Pater Jone als Autorität für Fragen der Moral genausowenig gelten lassen wie Trotzki als Autorität für Fragen des Kommunismus.«

»Tun Menschen wirklich schreckliche Dinge, wenn sie betrunken sind?«

»Manchmal vielleicht, wenn sie sich nicht in der Gewalt haben. Aber das ist nicht immer etwas Schlechtes. Manchmal ist es gut, die Kontrolle über sich zu verlieren. In der Liebe zum Beispiel.«

»Wie diese Menschen im Film?«

»Na ja, vielleicht.«

»Wenn sie ein bißchen mehr getrunken hätten, dann hätten sie vielleicht Ballons aufgeblasen.«

Ein seltsames Geräusch wehte von den Felsen herüber. Der Bürgermeister brauchte einen Augenblick, um zu erkennen, daß es ein Lachen war. Padre Quijote sagte: »Sie sind ein Moraltheologe nach meinem Herzen, Sancho«, und wenig später trat ein leises Schnarchen an die Stelle des Lachens.

3

Es war ein anstrengender Tag gewesen, sie hatten viel getrunken, und nach einer kleinen Weile schlief auch der Bürgermeister ein. Er hatte einen Traum – einen jener eindringlichen Träume, wie man sie kurz vor dem Erwachen träumt, und deren Einzelheiten, selbst noch die kleinsten, einen auch im Wachzustand nicht loslassen. Im Traum suchte er Padre Quijote, der verschwunden war. Der Bürgermeister hielt die Purpursocken in der Hand, und er machte sich Sorgen, denn der steile Bergpfad, den Padre Quijote eingeschlagen hatte, war für einen Bloßfüßigen qualvoll. Tatsächlich fand er hier und da Blutspuren. Mehrmals versuchte er Padre Quijote zu rufen, aber er brachte keinen Ton hervor. Plötzlich gelangte er zu einem großen Platz mit Marmorpflaster und stand vor der Kirche von Toboso, aus der seltsame Geräusche drangen. Er ging, mit den Purpursocken in der Hand, in die Kirche, und da, auf dem Altar, hockte Padre Quijote wie ein geweihtes Bild, und die Gemeinde lachte, während Padre Quijote weinte. Der Bürgermeister erwachte und hatte das Gefühl, daß sich eine furchtbare Katastrophe ereignet hatte, die nie wiedergutzumachen war. Die Nacht hatte sich herniedergesenkt. Er war allein.

Wie in seinem Traum suchte er Padre Quijote und war erleichtert, als er ihn fand. Padre Quijote lag etwas hügelabwärts, vielleicht um näher bei Rosinante zu liegen, vielleicht auch, weil der Boden dort weicher war. Er hatte seine Socken ausgezogen und aus ihnen und den Schuhen ein Kissen gemacht; er lag in tiefem Schlaf.

Der Bürgermeister hatte nicht das Herz, ihn zu wecken. Es war jetzt ohnehin zu spät, auf der Nebenstraße bis Osera zu fahren, und nach León zurückzukehren hielt der Bürgermeister für viel zu gefährlich. Den Platz, den er für sich als Lagerstätte gewählt hatte und von dem aus Padre Quijote nicht zu sehen war, fand er mit Leichtigkeit wieder, und bald schon schlief er tief, ohne daß ein Traum ihn plagte.

Als er erwachte, stand die Sonne am Himmel, und er lag nicht mehr im Schatten. Zeit zum Aufbruch, dachte er, und im nächsten Dorf Kaffee zu trinken. Er brauchte dringend Kaffee. Wenn er Wodka trank, hatte das nie böse Folgen, aber zuviel Wein machte ihm Magenbeschwerden, wie ein lästiger Reformist in der Partei es getan hätte. Er ging Padre Quijote wecken, doch der Priester war nicht mehr dort, wo er ihn verlassen hatte, obwohl die Socken und die Schuhe, die ihm als Kissen gedient hatten, immer noch dalagen.

Mehrmals rief er Padre Quijotes Namen, aber ohne Erfolg, und der Klang seiner eigenen Stimme erinnerte ihn wieder an den Traum. Er setzte sich und wartete, weil er dachte, daß Padre Quijote sich wahrscheinlich hinter einem Busch vom Wein befreite. Aber das konnte doch nicht zehn Minuten dauern – keine Blase faßte soviel Flüssigkeit. Vielleicht bewegten sie sich im Kreis, und Padre Quijote hatte sich, nachdem er sich erleichtert hatte, aufgemacht, um die Schlafstelle seines Freundes aufzusuchen. Also machte der Bürgermeister mit den Purpursocken in der Hand kehrt, und abermals beunruhigte ihn der Gedanke an seinen Traum. Padre Quijote war nirgendwo zu sehen.

Der Bürgermeister dachte: Vielleicht ist er nachschauen gegangen, ob Rosinante in Sicherheit ist. Am Tag zuvor hatte Padre Quijote auf den Rat des Bürgermeisters Rosinante ein Stückchen von der Straße weg hinter einen Sandhaufen gelenkt, der von längst beendeten Straßenausbesserungen zurückgeblieben war, so daß Rosinante für einen vorüberfahrenden Guardia so gut wie unsichtbar war.

Padre Quijote war auch nicht bei seinem Auto, aber Rosinante hatte Gesellschaft bekommen – ein Renault parkte dahinter, und ein junges Paar in Bluejeans saß auf den Felsen, das Tassen und Teller in Proviantsäcke verpackte; nach den Abfällen zu schließen, mußten sie ein reichliches Frühstück zu sich genommen haben. Der bloße Anblick machte den Bürgermeister hungrig. Es schienen freundliche Leute, sie grüßten ihn mit einem Lächeln, und er fragte ein bißchen linkisch: »Könnten Sie vielleicht ein Brötchen entbehren?«

Sie starrten ihn an, irgendwie nervös, fand er. Ihm fiel ein, wie unrasiert er war und daß er immer noch die Purpursocken in der Hand hielt. Außerdem erkannte er, daß sie Ausländer waren. Der junge Mann sagte mit amerikanischem Akzent: »Leider verstehe ich spanisch nicht gut. *Parlez-vous Français?*«

»*Un petit peu*«, sagte der Bürgermeister, »*trés petit peu.*«

»*Comme moi*«, sagte der Mann, und es entstand eine verlegene Pause.

»*J'ai faim*«, sagte der Bürgermeister. Sein armseliges Französisch machte, daß er sich wie ein Bettler fühlte.

»*J'ai pensé si vous avez finis vôtre* –« er suchte vergeblich nach dem Wort – »*vôtre desayuno* ...«

»*Desayuno?*«

Erstaunlich, dachte der Bürgermeister, wie viele ausländische Touristen in Spanien herumziehen, ohne auch nur die wichtigsten Wörter zu kennen.

»Ronald«, sagte das Mädchen in ihrer unverständlichen Sprache. »Ich hole das Wörterbuch aus dem Auto.«

Als sie aufstand, bemerkte der Bürgermeister, daß sie reizvolle lange Beine hatte, und er fuhr sich mit der Hand an die Wange – eine Geste, in der Trauer um die entschwundene Jugend lag. Er sagte: »*Il faut me pardonner, Señorita ... Je n'ai pas* ...«, aber er merkte, daß er das französische Wort für »rasieren« nicht wußte.

Die beiden Männer standen einander schweigend gegenüber, bis sie zurückkehrte. Selbst dann noch blieb das Gespräch mühsam. Sehr langsam und mit einer Pause nach jedem wichtigen Wort, damit das Mädchen Zeit fände, es in ihrem Taschenwörterbuch nachzuschlagen, sagte der Bürgermeister: »Wenn Sie – fertig sind – mit Ihrem Frühstück ...«

»*Desayuno* heißt Frühstück«, rief das Mädchen seinem Begleiter zu, entzückt über ihre Entdeckung.

»... geben Sie mir ein *bollo*?«

»*Bollo* – *Penny loaf*, Brötchen, steht da«, dolmetschte das Mädchen, »aber die kosten doch viel mehr als einen Penny.«

»Wörterbücher sind immer veraltet«, sagte ihr Begleiter. »Was glaubst du, wie sollen sie mit der Inflation Schritt halten.«

»Ich bin sehr hungrig«, teilte ihnen der Bürgermeister mit und betonte das wichtigste Wort sorgfältig.

Das Mädchen ließ die Seiten durch die Finger laufen. »*Ambriento* – war das nicht das Wort? Ich kann es nicht finden.«

»Versuch es unter ›H‹. Ich glaube, die sprechen das ›H‹ nicht aus.«

»Oh, da ist es, ›Gierig‹, aber auf was gierig?«

»Steht da nicht noch eine Bedeutung?«

»O ja, wie dumm von mir. ›Hungrig‹, das muß es sein. Er hat Hunger auf ein Brötchen.«

»Zwei sind noch da. Gib sie ihm beide. Und warte – gib dem armen Kerl das auch«, und damit überreichte er ihr einen Hundert-Peseten-Schein.

Der Bürgermeister nahm das Gebäck und wies das Geld zurück. Zur Erklärung zeigte er zuerst auf Rosinante und dann auf sich selbst.

»Du meine Güte«, sagte das Mädchen. »Das Auto da gehört ihm, und wir gehen her und wollen ihm 100 Peseten schenken.« Sie faltete die Hände und hob sie mit einer Gebärde, die geradezu ostasiatisch wirkte. Der Bürgermeister lächelte. Er verstand, daß dies eine Entschuldigung war.

Der junge Mann sagte mürrisch: »Woher hätte ich das wissen sollen?«

Der Bürgermeister kaute an einem Brötchen. Das Mädchen blätterte im Wörterbuch. »*Mantequilla?*« fragte sie.

»Mann? Was?« fragte ihr Begleiter übellaunig.

»Ich frage ihn, ob er Butter will.«

Der Bürgermeister schüttelte den Kopf und aß das Brötchen auf. Das andere schob er in die Tasche. »*Para mi amigo*«, erklärte er.

»Was! Das habe ich verstanden«, rief das Mädchen fröhlich. »Die ist für seine Freundin. Erinnerst du dich im Lateinischen – *amo* – ich liebe, *amas* – du liebst. Wie's weitergeht, weiß ich nicht mehr. Die haben es bestimmt hinter einem Busch miteinander getrieben, wie wir auch.«

Der Bürgermeister formte mit den Händen einen Trichter vor dem Mund und rief wieder, aber keine Antwort kam.

»Woher weißt du, daß es ein Mädchen ist?« fragte der Mann. Er war entschlossen, recht zu behalten. »Im Spanischen ist es wahrscheinlich genauso wie im Französischen. Ein *ami* kann männlich oder weiblich sein, wenn du nicht siehst, wie man's schreibt.«

»Ach du meine Güte«, sagte das Mädchen, »glaubst du, es war vielleicht die Leiche, die wir sie forttragen gesehen ...«

»Wir *wissen* nicht, ob es eine Leiche war. Wenn es eine Leiche war, wozu hebt er das Brötchen auf?«

»Frag ihn doch.«

»Wie denn? Du hast doch das Wörterbuch.«

Der Bürgermeister versuchte es noch einmal und rief wieder. Nur ein schwaches Echo antwortete ihm.

»Jedenfalls hat es ganz wie eine Leiche ausgesehen«, sagte das Mädchen.

»Vielleicht haben sie ihn nur ins Spital gebracht.«

»Du hast immer für alles so *fade* Erklärungen. Außerdem, im Spital braucht er keine Brötchen.«

»In unterentwickelten Ländern müssen die Verwandten den Patienten oft etwas zu essen bringen.«

»Spanien ist kein unterentwickeltes Land.«

»Sagst du!«

Sie schienen über irgend etwas zu zanken, und der Bürgermeister ging zu der Stelle zurück, wo Padre Quijote geschlafen hatte. Das Geheimnis seines Verschwindens und die Erinnerung an seinen Traum bedrückten den Bürgermeister, und er kehrte wieder zu Rosinante zurück.

Während seiner Abwesenheit hatten die beiden mit einigem Erfolg das Wörterbuch benutzt.

»Camilla«, sagte das Mädchen und sprach es so sonderbar aus, daß der Bürgermeister zunächst nicht verstand, was sie meinte.

»Bist du sicher, daß du's richtig aussprichst?« fragte der Mann. »Das klingt mir mehr nach einem Mädchennamen als nach einer Bahre. Ich versteh sowieso nicht, warum du unter Bahre nachgesehen hast. Die hatten gar keine Bahre.«

»Aber verstehst du denn nicht, daß es den Sinn wiedergibt?« sagte das Mädchen hartnäckig. »Kannst du mir sagen, was im Wörterbuch beschreibt, daß jemand an Armen und Beinen an uns vorbeigeschleppt wurde?«

»Wie wäre es einfach mit ›geschleppt‹?«

»Das Wörterbuch gibt nur die Nennform von Zeitwörtern an, aber bitte, ich versuche es. *Transportar*«, sagte sie. Der Bürgermeister verstand auf einmal, was sie ihm zu erklären versuchte, aber das war auch alles, was er verstand.

»*Dónde?*« fragte er mit einem Gefühl der Verzweiflung. »*Dónde?*«

»Ich glaube, er meint ›wo‹«, sagte der Mann, und plötzlich verwandelte er sich voll Eifer in einen mitteilsamen Helfer. Er stelzte zum Wagen, öffnete den Schlag und schien etwas Schweres hineinzuschaufeln. Dann winkte er mit dem Arm in Richtung León und sagte: »*Gone with the wind* – Vom Winde verweht.«

Als hätte man ihm die Beine unter dem Leib weggezogen, sank der Bürgermeister auf einen Felsen. Was mochte nur geschehen sein? Hatte die Guardia sie aufgespürt? Aber die Guardia würde doch gewiß gewartet haben, um auch Padre Quijotes Begleiter zu fangen? Und warum sollten sie Padre Quijote auf einer Bahre wegtragen? Hatten sie ihn erschossen und es dann mit der Angst gekriegt, weil sie so etwas getan hatten? Unter der Last seiner Überlegungen sank sein Kopf nach vorn.

»Armer Kerl«, flüsterte das Mädchen, »er trauert um seinen toten Freund. Komm, wir verdrücken uns leise.«

Sie packten ihre Proviantsäcke und schlichen auf Zehenspitzen zu ihrem Auto.

»Aufregend ist es schon«, sagte das Mädchen, während es sich in den Wagen setzte, »aber schrecklich, schrecklich traurig ist es auch. Ich hab fast ein Gefühl wie in der Kirche.«

Zweiter Teil

1. Wie Monsignore Quijote wider den Bischof streitet

I

Als Padre Quijote die Augen aufschlug, sah er zu seiner Überraschung, wie die Landschaft rechts und links rasch an ihm vorüberzog, während er still, in beinahe derselben Lage, in der er eingeschlafen war, dalag. Bäume stürzten an ihm vorbei und dann ein Haus. Er vermutete, daß durch den Wein, den er getrunken hatte, mit seinem Sehvermögen etwas nicht stimmte, und mit einem Seufzer, der seinem Mangel an Weisheit und dem Entschluß galt, in Zukunft zurückhaltender zu leben, schloß er die Augen und schlief sofort wieder ein.

Ein zweites Mal erwachte er durch ein seltsames Rütteln, das gleich wieder aufhörte, und er spürte, wie sein Körper zusammensackte und auf etwas zu liegen kam, was ihm eher ein kaltes Laken zu sein schien als der ziemlich stachelige Boden, auf den er sich schlafen gelegt hatte. Es war alles sehr seltsam. Er legte die Hand hinter den Kopf, um das Kissen zurechtzurücken, das er aus seinen Purpursocken gemacht hatte, und fühlte ein richtiges Kissen. Eine entrüstete Frauenstimme sagte: »Heilige Jungfrau, was haben Sie nur mit dem armen Padre gemacht?«

Eine andere Stimme sagte: »Keine Angst, gute Frau. Er wird gleich aufwachen. Gehen Sie inzwischen und machen Sie ihm eine Tasse guten starken Kaffee.«

»Er trinkt aber immer Tee.«

»Also Tee, und machen Sie ihn stark. Ich bleibe bei ihm,

bis er aufwacht, ebenso wie …« Aber Padre Quijote glitt wieder in den Frieden eines wohltuenden Schlafs hinab. Er träumte von drei Ballons, die er aufgeblasen und freigelassen hatte; zwei waren groß und einer klein. Das beunruhigte ihn. Er wollte den kleinen wieder einfangen, um ihn aufzublasen, bis er den anderen beiden glich. Dann erwachte er wieder, blinzelte zweimal und verstand ganz genau, daß er daheim in Toboso war und auf seinem alten Bett lag. Eine Hand griff nach seinem Puls.

»Doktor Galván!« rief er. »Sie! Was tun Sie hier in Toboso?«

»Nicht aufregen«, sagte der Arzt beruhigend. »Sie kommen schon wieder auf die Beine.«

»Wo ist Sancho?«

»Sancho?«

»Der Bürgermeister.«

»Wir haben den betrunkenen Kerl ausschlafen lassen.«

»Und Rosinante?«

»Ihr Wagen? Den bringt er sicherlich zurück. Außer, natürlich, er entschlüpft über die Grenze.«

»Wie bin ich hierhergekommen?«

»Ich hielt es für das Beste, Ihnen eine kleine Injektion zu geben, damit Sie sich beruhigen.«

»War ich nicht ruhig?«

»Sie haben geschlafen, aber unter den gegebenen Umständen dachte ich, daß Sie unser Kommen – na ja, aufregt, vielleicht.«

»Wer war der andere?«

»Was meinen Sie – der andere?«

»Sie sagten ›unser Kommen‹.«

»Ach so, Ihr alter Freund, Padre Herrera, war natürlich bei mir.«

»Und Sie haben mich hierhergebracht – gegen meinen Willen?«

»Mein lieber alter Freund, das ist Ihr Haus – Toboso. Wo sonst könnten Sie bleiben, um ein wenig auszuruhen?«

»Ich brauche nicht auszuruhen. Sogar die Kleider haben Sie mir ausgezogen?«

»Äußerlichkeiten haben wir Ihnen abgenommen, das ist alles.«

»Meine Hose!«

»So regen Sie sich doch nicht auf. Das tut Ihnen nicht gut. Haben Sie Vertrauen – Sie brauchen ein bißchen Ruhe. Der Bischof persönlich hat an Padre Herrera appelliert, Sie zu suchen und heimzubringen, ehe ein Malheur geschieht. Padre Herrera hat mich in Ciudad Real angerufen. Teresa hat ihm meinen Namen genannt, und weil ein Vetter von mir im Innenministerium sitzt, war die Guardia sehr verständnisvoll und hilfreich. Es war ein richtiger Glücksfall, daß Sie Teresa aus León angerufen haben.«

Teresa trat ein und brachte eine Tasse Tee. »Padre, ach Padre«, sagte sie, »was für ein Segen, daß Sie wieder da sind, lebendig und gesund ...«

»Noch nicht ganz gesund, Teresa«, berichtigte Dr. Galván, »aber nach ein paar Wochen Ruhe ...«

»Wochen der Ruhe – was Sie nicht sagen! Ich stehe sofort auf.« Er versuchte es und sank zurück aufs Bett.

»Wir sind ein bißchen schwindlig, nicht? Machen Sie sich nichts daraus. Das kommt nur von den Injektionen. Ich mußte Ihnen auf dem Transport noch zwei geben.«

Ein weißer Kragen blitzte in den Sonnenstrahlen auf, und Padre Herrera stand in der Tür. »Wie geht's ihm?« fragte er.

»Es geht uns schon besser, schon besser.«

»Sie beide«, sagte Padre Quijote, »haben sich einer verbrecherischen Handlung schuldig gemacht. Entführung, Verabreichung von Medikamenten ohne Zustimmung des Patienten ...«

»Ich hatte die klare Anweisung vom Bischof«, erwiderte Padre Herrera, »Sie heimzubringen.«

»Que le den por el saco al obispo«, sagte Padre Quijote, und ein lähmendes Schweigen folgte seinen Worten. Selbst Padre Quijote war schockiert, was er da gesagt hatte. Wo hatte er nur diese Redewendung gelernt, wie ging es zu, daß sie ihm so mühelos und unerwartet über die Lippen kam? Aus welchem Winkel seines Gedächtnisses? Dann unterbrach ein Kichern die Stille. Es war zum erstenmal, daß Padre Quijote Teresa lachen hörte. Er sagte: »Ich muß aufstehen. Sofort. Wo ist meine Hose?«

»Ich habe sie in meine Obhut genommen«, sagte Padre Herrera. »Was Sie da eben gesagt haben ... niemals brächte ich es über mich, diese Worte zu wiederholen. Solche Worte aus dem Mund eines Priesters, eines Monsignore ...«

Padre Quijote empfand die wilde Versuchung, dieselben unaussprechlichen Worte auch auf seinen Monsignore-Titel anzuwenden, aber er widerstand.

»Bringen Sie mir augenblicklich meine Hose«, sagte er. »Ich wünsche aufzustehen.«

»Obszöne Ausdrücke wie diese beweisen, daß Sie nicht bei klarem Verstand sind.«

»Ich habe schon einmal gesagt; bringen Sie mir meine Hose.«

»Geduld, Geduld«, begütigte Dr. Galván. »In wenigen Tagen schon. Jetzt brauchen Sie Ruhe. Vor allem keine Aufregungen.«

»Meine Hose!«

»Sie bleibt in meiner Obhut, bis es Ihnen besser geht«, sagte Padre Herrera.

»Teresa!« bat Padre Quijote seinen einzigen Freund hier.

»Er hat sie in eine Schublade gesperrt. Gott verzeih es mir, Padre, ich wußte ja nicht, was er beabsichtigt.«

»Was erwarten Sie eigentlich von mir, was soll ich hier im Bett tun?«

»Ein bißchen zu meditieren wäre nicht verfehlt«, sagte Padre Herrera. »Sie haben sich höchst merkwürdig aufgeführt.«

»Wovon reden Sie?«

»Die Guardia in Ávila berichtet, daß Sie mit Ihrem Kumpan Kleider getauscht haben und eine falsche Adresse angaben.«

»Ein komplettes Mißverständnis.«

»Ein Bankräuber, den man in León verhaftete, gab an, daß Sie ihm Ihre Schuhe geschenkt und ihn in Ihrem Wagen versteckt haben.«

»Er war kein Bankräuber. Es war nur ein Selbstbedienungsladen.«

»Seine Exzellenz und ich hatten große Mühe, die Guardia zu überreden, nichts zu unternehmen. Der Bischof mußte sogar seine Exzellenz in Ávila anrufen und bitten, sich für Sie zu verwenden. Auch Doktor Galváns Vetter war sehr hilfreich. Und Doktor Galván natürlich auch. Zuletzt gelang es uns, sie zu überzeugen, daß Sie einen Nervenzusammenbruch erlitten hatten.«

»Das ist Unsinn.«

»Es ist die barmherzigste Erklärung, die für Ihr Betragen gefunden werden kann. Jedenfalls haben wir nur knapp einen großen Skandal in kirchlichen Kreisen vermeiden können.« Er schränkte seine Feststellung ein. »Jedenfalls bisher.«

»Und nun wollen wir ein bißchen schlafen«, sagte Dr. Galván zu Padre Quijote. »Ein paar Löffel Suppe zu Mittag«, unterwies er Teresa, »und abends vielleicht ein Omelette. Keinen Wein, vorläufig. Ich komme heute abend vorbei, um nachzuschauen, wie es unserem Patienten geht, aber wecken Sie ihn nicht, falls er schläft.«

»Und denken Sie daran«, sagte Padre Herrera, »das Wohnzimmer sauberzumachen, während ich morgen früh die Messe lese. Ich weiß nicht, um wieviel Uhr der Bischof ankommt.«

»Der Bischof?« riefen Teresa und Padre Quijote fast gleichzeitig.

Padre Herrera nahm sich nicht die Mühe zu antworten. Er ging hinaus und schloß die Tür zwar nicht mit einem Knall, aber mit etwas, was man vielleicht als Schnappen bezeichnen könnte.

Padre Quijote drehte den Kopf auf dem Kissen zu Dr. Galván hin. »Doktor«, sagte er, »Sie sind ein alter Freund. Erinnern Sie sich, wie ich damals Lungenentzündung hatte?«

»Natürlich erinnere ich mich. Lassen Sie mich nachdenken. Das muß fast dreißig Jahre her sein.«

»Ja, damals hatte ich große Angst vor dem Sterben. Ich hatte so viel auf mein Gewissen geladen. Wahrscheinlich haben Sie vergessen, was Sie mir damals sagten.«

»Vermutlich sagte ich, daß Sie so viel Wasser wie möglich trinken sollen.«

»Nein, das war es nicht.« Er kramte in seinen Erinnerungen, aber die genauen Worte wollten ihm nicht einfallen. »Sie sagten ungefähr dies – denken Sie einmal an die Millionen Menschen, die zwischen zwei Pendelschlägen der Uhr dort an der Wand sterben – Schurken und Diebe, Schwindler, Lehrer, brave Väter und Mütter, Bankdirektoren und Ärzte, Apotheker und Metzger –, glauben Sie wirklich, Ihm bleibt Zeit, sich mit jedem abzugeben oder ihm das Urteil zu sprechen?«

»Habe ich das wirklich gesagt?«

»Mehr oder weniger. Sie wissen gar nicht, was für ein großer Trost mir das damals war. Sie haben ja eben Padre Herreras Worte gehört – nicht Gott kommt zu mir, sondern der Bischof. Ich wünschte, Sie hätten ein Wort des Trostes angesichts dieses Besuchs.«

»Das ist freilich ein anderes und schwierigeres Problem«, sagte Dr. Galván, »aber vielleicht haben Sie es selbst schon gesagt. Scheiß auf den Bischof.«

Padre Quijote befolgte streng die Anweisungen Dr. Galváns. Er schlief so viel wie möglich, löffelte mittags seine
Suppe, aß abends ein halbes Omelette. Dabei dachte er, um
wieviel besser ihm der Käse mit einer Flasche Mancheganerwein unter freiem Himmel geschmeckt hatte.

Morgens erwachte er automatisch um Viertel nach sechs
(denn mehr als dreißig Jahre lang hatte er in der fast men-
schenleeren Kirche um sechs die Messe gelesen). Nun lag er
im Bett und lauschte auf das Geräusch einer Tür, die ins
Schloß fiel, weil es anzeigte, daß Padre Herrera das Haus
verlassen hatte, aber es war beinahe sieben, ehe er das
Schnappen der Tür hörte. Offenbar hatte Padre Herrera den
Beginn der Frühmesse geändert. Der Kummer, den er deshalb verspürte, war ganz unvernünftig, das wußte er. Padre
Herreras Anordnung mochte sogar die Gemeinde um zwei
oder drei Menschen vergrößert haben.

Padre Quijote wartete noch fünf Minuten (denn vielleicht
hatte Padre Herrera etwas vergessen – ein Taschentuch zum
Beispiel), dann stahl er sich auf Zehenspitzen ins Wohnzimmer. Ein Bettlaken lag säuberlich zusammengefaltet unter
dem Kissen auf dem Lehnsessel. Die Tugend der Ordnungsliebe besaß Padre Herrera jedenfalls, falls Ordnungsliebe
eine Tugend ist. Padre Quijote überflog mit einem Blick sein
Bücherregal. Ach! Seine Lieblingslektüre hatte er ja Rosinante anvertraut. Der heilige Franz von Sales, meist sein
Tröster, war irgendwo auf Spaniens Straßen unterwegs. Er
zog die *Bekenntnisse* des heiligen Augustinus und die *Geist-
lichen Briefe* Pater Caussades, eines Jesuiten aus dem
18. Jahrhundert, hervor, die er noch als Seminarist manchmal tröstlich gefunden hatte, und kehrte ins Bett zurück.
Teresa hatte ihn umhergehen gehört und brachte ihm eine
Tasse Tee, ein Brötchen und Butter. Sie war sehr übler
Laune.

»Wofür hält der mich denn?« fragte sie. »Saubermachen, während er die Messe liest. Habe ich nicht zwanzig Jahre oder länger für Sie saubergemacht? Ich brauche weder ihn noch seinen Bischof, um meine Pflicht zu kennen.«

»Glaubst du, daß der Bischof wirklich kommt?«

»Die halten wie Pech und Schwefel zusammen, diese beiden. Immer hängen sie am Telefon, in der Früh, zu Mittag und am Abend, und das, seit Sie fort sind. Das geht Exzellenz hin, Exzellenz her. Man möchte meinen, er spricht mit dem lieben Gott persönlich.«

»Meinem Vorfahr«, sagte Padre Quijote, »ist wenigstens der Bischof erspart geblieben, als ihn der Priester heimbrachte. Und Doktor Galván ist mir lieber als der dumme Barbier, der meinem Ahnen so viele Geschichten über Wahnsinnige erzählte. Wäre er wirklich wahnsinnig gewesen, was ich keinen Augenblick glaube, wie hätten solche Geschichten über Wahnsinnige zu seiner Heilung beitragen sollen? Ach, wir müssen auch das Gute sehen, Teresa. Ich glaube nicht, daß sie versuchen werden, meine Bücher zu verbrennen.«

»Verbrennen vielleicht nicht, aber Padre Herrera hat mir befohlen, ich soll Ihr Arbeitszimmer versperrt halten. ›Ich will nicht‹, sagte er, ›daß er sein Hirn mit den Büchern überanstrengt. Jedenfalls nicht, bis der Bischof dagewesen ist.‹«

»Aber du hast die Tür nicht versperrt, Teresa. Du siehst ja, ich habe zwei Bücher bei mir.«

»Soll ich Sie vielleicht aus Ihrem eigenen Zimmer aussperren, wo es mir schon so weh tut, zu sehen, daß dieser junge Priester dort herumsitzt, als ob ihm das alles gehört? Aber verstecken Sie die Bücher lieber unter der Decke, wenn der Bischof kommt. Die sind aus gleichem Holz, diese zwei.«

Er hörte, wie Padre Herrera aus der Kirche heimkehrte: er hörte das Geklapper der Teller für das Frühstück des Priesters – Teresa machte zweimal soviel Lärm in der Küche wie sonst immer für sein Frühstück. Er wandte sich Pater Caussade zu, der für einen Genesenden tröstlichere Gesellschaft war als Pater Heribert Jone. Er stellte sich vor, daß Pater Caussade an seinem Bett säße, um ihm die Beichte abzunehmen. War es vier Tage her, oder fünf?

›Pater, seit meiner letzten Beichte vor zehn Tagen ...‹ Wieder beunruhigte ihn der Gedanke, daß er das Lachen beinahe nicht hatte verkneifen können, als er in Valladolid im Kino saß, und daß er keinerlei Begehren empfand, was ihn erst als Menschen ausgewiesen und ihm ein Gefühl von Scham eingeflößt hätte. War es möglich, daß er die ordinäre Redewendung auf den Bischof im Film gehört hatte? Aber in dem Film war kein Bischof vorgekommen. Teresa hatte über seine obszönen Worte gelacht, und Dr. Galván hatte sie sogar wiederholt. Er beichtete Pater Caussade: ›Wenn ihr Gelächter Sünde war, und Doktor Galváns Rat auch, dann war es meine Sünde, meine Sünde ganz allein.‹ Es gab noch eine schwerere Sünde. Unter dem Einfluß von Wein hatte er die Bedeutung des Heiligen Geistes herabgesetzt, als er ihn mit einer halben Flasche Mancheganer verglichen hatte. Das Register seiner Verfehlungen, die nun der Mißbilligung des Bischofs ausgesetzt waren, ergab wirklich ein düsteres Bild. Aber eigentlich war es nicht der Bischof, den er fürchtete. Ihm war vor sich selbst bange. Er hatte gespürt, wie ihn die schlimmste aller Sünden mit ihren Flügelspitzen gestreift hatte, die Hoffnungslosigkeit.

Er schlug Pater Caussades *Geistliche Briefe* wahllos auf. Die erste Stelle, auf die sein Blick fiel, hatte überhaupt keine Bedeutung für ihn, so wie er sie verstand.

»Der zu häufige Kontakt mit Deinen vielen Verwandten und anderen in der Welt ist meiner Meinung das Hemmnis für Dein Wachstum.« Wohl schrieb Pater Caussade, das war schon richtig, an eine Nonne, aber immerhin ... Ein Priester und eine Nonne sind enge Verbündete. Ich habe mich doch nie nach Würden gedrängt, verwahrte er sich gegen die leere

Luft, ich wollte doch nie zum Monsignore befördert werden, und Verwandte habe ich überhaupt keine, außer einen Vetter zweiten Grades in Mexiko.

Ohne viel Hoffnung schlug er das Buch ein zweites Mal auf, aber diesmal wurde er belohnt, wenn auch der Absatz, auf den sein Blick fiel, entmutigend begann:

»Habe ich je im Leben ehrlich die Beichte abgelegt? Hat Gott mir vergeben? Bin ich im Zustand der Gnade, oder bin ich es nicht?«

Er fühlte sich versucht, das Buch zuzuklappen, doch er las weiter. »Ich antworte sogleich: Gott wünscht all dies vor mir verborgen zu halten, damit ich mich blindlings Seinem Erbarmen überlasse. Ich will nicht wissen, was Er mir nicht zeigen will, und ich will vorwärtsschreiten durch jede Dunkelheit, in die Er mich stößt. Ihm obliegt es zu wissen, wohin ich gehe, mir, mich Ihm allein und ganz hinzugeben. Für alles übrige wird Er schon sorgen. Ich überlasse mich Ihm.«

»Ich überlasse mich Ihm«, wiederholte Padre Quijote, und in diesem Augenblick ging die Tür zu seinem Zimmer auf und Padre Herreras Stimme verkündete: »Seine Exzellenz ist hier.«

Einen Augenblick lang hatte Padre Quijote den seltsamen Eindruck, daß Padre Herrera urplötzlich alt geworden war – sein Kollar blitzte blendend weiß wie immer, aber auch sein Haar war weiß, und natürlich trug Padre Herrera weder einen Bischofsring noch das große Kreuz um seinen Hals. Aber die Zeit würde kommen, da würde er beides tragen, ganz gewiß würde sie kommen, dachte Padre Quijote.

»Verzeihung, Exzellenz. Wenn Sie mir einige Minuten Geduld schenken, komme ich gleich ins Arbeitszimmer hinüber.«

»Bleiben Sie, wo Sie sind, Monsignore«, sagte der Bischof. (Den Titel Monsignore deklamierte er mit unüberhörbarer Bitterkeit in der Stimme.) Er zog ein weißes, seidenes Taschentuch aus dem Ärmel und klopfte damit unsichtbaren Staub von dem Stuhl neben dem Bett, betrachtete dann eingehend das Taschentuch, um zu sehen, wie beschmutzt es nun sein mochte, ließ sich auf dem Stuhl nieder und legte die Hand flach auf das Laken. Aber da Padre Quijote nicht in einer Lage war, die ihm erlaubt hätte, das Knie zu beugen, hielt er es für statthaft, den Kuß zu übergehen, und nach einer kurzen Pause zog der Bischof die Hand zurück. Dann spitzte der Bischof die Lippen, und nach einem Augenblick des Nachdenkens zischte er eine einzige Silbe: »So!«

Padre Herrera stand auf der Schwelle wie eine Leibwache. Der Bischof bedeutete ihm: »Sie können mich mit dem Monsignore allein lassen –« der Titel schien ihm die Zunge zu versengen, denn er schnitt eine Grimasse – »für unser kleines Gespräch.« Padre Herrera zog sich zurück.

Die Hand des Bischofs krampfte sich um das Kreuz auf seiner purpurnen *pechera,* als suche er höhere als menschliche Einsicht. Padre Quijote schien es ein Antiklimax, als er nun sagte: »Ich glaube, es geht Ihnen jetzt schon besser.«

»Es geht mir ausgezeichnet«, erwiderte Padre Quijote. »Der Urlaub hat mir sehr gutgetan.«

»Nicht, wenn die Berichte stimmen, die ich erhielt.«

»Welche Berichte?«

»Die Kirche versucht stets nach Kräften, über der Politik zu stehen.«

»Stets?«

»Sie wissen sehr genau, was ich von Ihrer unglückseligen Einmischung in die Organisation *In Vinculis* hielt.«

»Das war ein spontaner Akt der Barmherzigkeit, Exzellenz. Ich muß zugeben, ich hatte nicht wirklich bedacht ... Barmherzigkeit sollte man vielleicht nicht im voraus überlegen. Barmherzigkeit, wie die Liebe auch, sollte blind sein.«

»Sie wurden aus Gründen jenseits meiner Einsicht in den Rang eines Monsignore erhoben. Ein Monsignore sollte immer alles bedenken. Er hat die Würde der Kirche zu wahren.«

»Ich habe nicht darum gebeten, Monsignore zu werden. Ich bin nicht gern Monsignore. Die Würde des Gemeindepriesters von Toboso ist schwer genug zu tragen.«

»Ich schenke nicht jedem Gerücht Beachtung, Monsignore. Die bloße Tatsache, daß jemand Mitglied von Opus Dei ist, bedeutet noch nicht, daß seine Zeugenschaft verläßlich ist. Ich will Ihnen Glauben schenken, wenn Sie mir versichern, es entspricht nicht der Wahrheit, daß Sie in Madrid in einem gewissen Laden versucht haben, einen Kardinalshut zu kaufen.«

»Das war nicht ich. Mein Freund machte einen harmlosen kleinen Scherz ...«

»Harmlos? Dieser Freund von Ihnen ist, glaube ich, ein früherer Bürgermeister von Toboso. Ein Kommunist. Sie wählen höchst ungeeignete Freunde und Reisegefährten, Monsignore.«

»Ich brauche Euer Exzellenz gewiß nicht zu erinnern, daß Unser Herr ...«

»Ja, ja. Ich weiß schon, was Sie sagen wollen. Die Worte der Heiligen Schrift über die Zöllner und Sünder sind immer schon sehr unbekümmert herangezogen worden, um eine Menge Unverschämtheiten zu rechtfertigen. Matthäus, von Unserem Herrn erwählt, war ein Steuereintreiber – ein Zöllner, gehörte einem verachteten Stand an. Das stimmt schon, aber es gibt doch wohl einen himmelhohen Unterschied zwischen einem Steuereinnehmer und einem Kommunisten.«

»In manchen östlichen Ländern kann man beides zugleich sein.«

»Aber Sie, Monsignore, möchte ich gern erinnern, daß Unser Herr Gottes Sohn war. Ihm ist alles gestattet, aber zeigt es nicht mehr Besonnenheit, wenn ein armer Priester, wie Sie einer sind und ich, auf den Spuren des Apostels Paulus wandelt? Sie wissen doch, was er an Titus schrieb: ›Es gibt viele widerspenstige Schwätzer und Verführer, vor allem unter den Beschnittenen: die muß man zum Schweigen bringen.‹«

Der Bischof hielt inne, um Padre Quijotes Antwort zu hören, aber es kam keine. Vielleicht nahm er das als gutes Zeichen, denn als er fortsetzte, ließ er den Titel »Monsignore« beiseite und verwendete das freundliche und gesellige »Padre«.

»Ihr Freund, Padre«, sagte er, »hatte offenbar sehr viel getrunken, als man Sie beide fand. Er erwachte nicht einmal, als man ihn ansprach. Padre Herrera stellte auch fest, daß Sie in Ihrem Wagen sehr viel Wein mitführten. Ich verstehe schon, daß in Ihrer nervlichen Verfassung Wein eine ernste Versuchung darstellen muß. Ich persönlich verwende Wein nur bei der Messe. Sonst ziehe ich Wasser vor. Wenn ich ein Glas trinke, rede ich mir gern ein, daß ich reines Jordanwasser trinke.«

»So rein vielleicht auch wieder nicht«, sagte Padre Quijote.

»Was meinen Sie, Padre?«

»Sehen Sie, Exzellenz, ich kann mir nicht helfen, ich muß daran denken, wie Naaman, der Syrer, siebenmal im Jordan badete und seinen Aussatz im Wasser abwusch.«

»Eine jüdische Sage, die uralt ist.«

»Ja, Exzellenz, ich weiß, aber dennoch – es kann immerhin eine wahre Geschichte sein, und Lepra ist eine geheimnisvolle Krankheit. Wie viele leprakranke Juden mögen wohl dem Beispiel Naamans gefolgt sein? Natürlich stimme ich mit Ihnen überein, daß der Apostel Paulus ein verläßlicher Ratgeber ist, und gewiß erinnern Sie sich, daß er auch an Titus geschrieben hat – nein, ich habe mich geirrt, es war an Timotheus: ›Trinke nicht mehr Wasser, sondern brauche ein wenig Wein, um Deines Magens willen.‹«

Eine Schweigepause breitete sich im Schlafzimmer aus. Padre Quijote glaubte, der Bischof dächte vielleicht über ein weiteres Zitat des Apostels Paulus nach, doch er irrte. Die

Pause entsprang viel eher dem Wunsch nach einem Themawechsel und nicht einem Stimmungsumschwung. »Was ich nicht verstehe, Monsignore, ist, daß die Guardia entdeckte, Sie hätten mit diesem Ex-Bürgermeister – diesem Kommunisten – Kleider getauscht.«

»Wir haben nicht Kleider getauscht, Exzellenz, sondern nur ein Kollar.«

Der Bischof senkte die Lider. Ungeduld? Vielleicht auch betete er um Einsicht.

»Aber warum ein Kollar?«

»Er dachte, in dieser Art Kragen müßte ich unter der Hitze leiden, also gab ich ihm den Kragen, um es ihn selbst versuchen zu lassen. Er sollte nicht glauben, daß ich irgendwelche besonderen Verdienste in Anspruch nähme ... Die Uniform eines Soldaten, ja sogar die eines Guardia muß bei Hitze viel schwerer zu ertragen sein als ein Kollar. Wir dürfen uns glücklich preisen, Exzellenz.«

»Dem Gemeindepriester in Valladolid kam eine Geschichte zu Ohren, daß ein Bischof – oder ein Monsignore – dabei gesehen wurde, wie er ein Kino verließ, in dem man einen skandalösen Film zeigte – Sie wissen schon, einen von der Art Filme, wie man sie jetzt, seit der Generalissimo nicht mehr lebt, spielt ...«

»Vielleicht wußte der arme Monsignore nicht, zu welcher Art Film er ging. Titel sind manchmal irreführend.«

»Was an der Geschichte so schockierend war, ist, daß der Bischof oder Monsignore – Sie wissen, wie leicht sich Leute von der *pechera* täuschen lassen, die wir beide, Sie wie ich, tragen – beim Verlassen dieses anrüchigen Kinos lachte.«

»Nicht lachte, Exzellenz. Vielleicht lächelte.«

»Ich verstehe nicht, daß Sie einem solchen Film beiwohnten.«

»Ich ließ mich von dem unschuldigen Titel täuschen.«

»Welcher lautete?«

»*Das Gebet einer Jungfrau.*«

Der Bischof stieß einen Seufzer aus. »Manchmal wünschte ich«, sagte er, »daß die Bezeichnung Jungfrau auf Unsere Liebe Frau beschränkt bliebe – vielleicht noch auf Mitglieder eines religiösen Ordens. Ich begreife es ja, Sie haben in Toboso ein sehr zurückgezogenes Leben geführt, Sie aber begreifen es nicht, daß das Wort ›Jungfrau‹, wie es in unseren Großstädten als Bezeichnung für einen vorübergehenden Zustand verwendet wird, häufig der Anstachelung von Wollust dient.«

»Ich muß zugeben, Exzellenz, daß mir das nicht aufgefallen war.«

»Natürlich sind das in den Augen der Guardia Civil nur geringfügige Dinge, wie skandalös auch immer sie in den Augen der Kirche erscheinen mögen. Aber ich und mein Kollege in Ávila hatten sehr große Mühe, die Guardia zu überreden, etwas zu übersehen, was in ihren Augen ein schweres kriminelles Delikt war. Wir mußten uns an eine sehr hohe Stelle im Innenministerium wenden – glücklicherweise ein Mitglied von Opus Dei ...«

»Und zugleich ein Vetter von Doktor Galván, glaube ich?«

»Das ist kaum von Belang. Er verstand sofort, daß es der Kirche unaussprechlichen Schaden zufügen müßte, wenn ein Monsignore auf der Anklagebank säße, weil er einem Mörder zur Flucht verholfen hat ...«

»Keinem Mörder, Exzellenz. Er hat danebengeschossen.«

»Einem Bankrauber.«

»Nein, nein. Es war ein Selbstbedienungsladen.«

»So unterbrechen Sie mich doch nicht immer mit läppischen Einzelheiten. Die Guardia in León fand den Mann im Besitz Ihrer Schuhe, die an der Innenseite deutlich mit Ihrem Namen gekennzeichnet waren.«

»Eine dumme Gewohnheit von Teresa. Das arme Ding, sie meint es gut, aber sie traut dem Flickschuster nicht und meint, er könnte ein falsches Paar zurückgeben, wenn er sie neu besohlt.«

»Ich weiß nicht, ob Sie das vorsätzlich tun, Monsignore, aber mir scheint, Sie bringen in unserer ernsten Unterredung immer wieder ganz unerhebliche und nebensächliche Einzelheiten zur Sprache.«

»Verzeihung – das war nicht meine Absicht –, ich dachte nur, Sie könnten es seltsam finden – daß meine Schuhe so gekennzeichnet sind.«

»Was mir seltsam erscheint, ist, daß Sie dazu beigeholfen haben, diesen Verbrecher vor dem Gesetz zu schützen.«

»Er hatte immerhin eine Pistole – aber er hätte sie bestimmt nicht benützt. Es hätte ihm kaum geholfen, uns zu erschießen.«

»Zuletzt gab sich die Guardia mit dieser Erklärung zufrieden, obwohl der Mann den Revolver wegwarf und leugnete, je einen besessen zu haben. Aber dennoch scheint ihnen erwiesen, daß Sie diesen Mann zunächst einmal in Ihrem Kofferraum versteckt und die Guardia irregeführt haben. Das zumindest können Sie nicht getan haben, weil Sie sich bedroht fühlten.«

»Ich habe nicht gelogen, Exzellenz. Vielleicht – nun ja, erlaubte ich mir eine kleine Ausflucht. Die Guardia hat nie geradeheraus gefragt, ob er im Kofferraum steckt. Natürlich könnte ich zu meiner Verteidigung vorbringen, es sei ein Fall von ›schwerer geistiger Beeinträchtigung‹. Pater Heribert Jone führt aus, daß ein Verbrecher vor Gericht – streng rechtlich gesprochen war ich ein Verbrecher – sich als nicht schuldig bezeichnen darf, was nur die übliche Art ist zu sagen: ›Ich bin vor dem Gesetz nicht schuldig, bevor meine Schuld erwiesen ist.‹ Er gestattet dem Verbrecher sogar zu behaupten, daß die Anklage eine Verleumdung darstellt, und er darf Beweise für seine behauptete Unschuld anbieten – aber da, glaube ich, geht Pater Heribert Jone doch ein bißchen zu weit.«

»Wer um alles in der Welt ist Pater Heribert Jone?«

»Ein bedeutender deutscher Moraltheologe.«

»Ich danke Gott, daß er kein Spanier ist.«

»Padre Herrera hat große Hochachtung vor ihm.«

»Ich jedenfalls bin nicht gekommen, um mit Ihnen über Moraltheologie zu sprechen.«

»Auch ich habe es immer sehr verwirrend gefunden, Exzellenz. Zum Beispiel beschäftigt mich neuerdings immer wieder die Frage, nach welchem Plan das Naturgesetz ...«

»Noch bin ich gekommen, um über das Naturgesetz zu sprechen. Sie haben ein bemerkenswertes Talent, Monsignore, vom eigentlichen Gegenstand abzuschweifen.«

»Welcher wäre das, Exzellenz?«

»Das Ärgernis, das Sie erregt haben.«

»Aber wenn man mich der Lüge zeiht ... gewiß fällt das doch irgendwie in das Gebiet der Moraltheologie?«

»Ich gebe mir sehr, sehr viel Mühe zu glauben –« und wieder stieß der Bischof einen langen Seufzer aus, so daß Padre Quijote sich voll Mitleid und nicht etwa mit Genugtuung fragte, ob der Bischof nicht vielleicht an Asthma leide –, »ich wiederhole, gebe mir sehr große Mühe, zu glauben, daß Sie zu krank sind, um zu begreifen, wie gefährlich die Lage ist, in der Sie sich befinden.«

»Nun, ich glaube, das gilt für jeden von uns.«

»Für jeden von uns?«

»Wenn wir einmal beginnen, darüber nachzudenken, meine ich.«

Dem Bischof entschlüpfte ein merkwürdiges Geräusch – es erinnerte Padre Quijote an Teresas Hühner, wenn sie gerade ein Ei legten. »Ah«, sagte der Bischof, »davon wollte ich eben sprechen. Gefährliche Gedanken. Zweifellos hat Ihr kommunistischer Kumpan Sie verführt, Dinge zu denken, die in einer Richtung ...«

»Verführt hat er mich nicht, Exzellenz. Er zeigte mir nur einen Weg. Wissen Sie, in Toboso – den Automechaniker mag ich sehr gern (er betreut meine Rosinante so gut), der Metzger ist schon ein bißchen ein Gauner – ich will damit nicht sagen, daß Gauner unbedingt von Grund auf schlecht sind, und dann gibt es natürlich auch die Nonnen, die so ausgezeichnete Kuchen machen, aber in diesem Urlaub habe ich eine Freiheit empfunden ...«

»Eine sehr gefährliche Freiheit scheint das gewesen zu sein.«

»Aber hat Er sie uns nicht geschenkt, Er selbst – die Freiheit? Deshalb haben sie Ihn doch gekreuzigt.«

»Freiheit«, sagte der Bischof. Es klang wie eine Explosion. »Die Freiheit, das Gesetz zu brechen? Sie, ein Monsignore? Die Freiheit, pornographische Filme anzusehen? Mördern zu helfen?«

»Nein, nein, ich habe Ihnen doch gesagt, er hat danebengeschossen.«

»Und Ihr Kumpan – ein Kommunist. Über Politik reden ...«

»Nein, nein. Wir haben über viel ernstere Dinge gestritten als über Politik. Obwohl ich zugebe, daß mir nicht klar war, wie großmütig Marx die Kirche verteidigt hat.«

»Marx?«

»Ein sehr mißverstandener Mann, Exzellenz. Glauben Sie mir.«

»Was für Bücher haben Sie denn gelesen auf dieser – ungewöhnlichen – Forschungsreise?«

»Ich nehme immer meinen heiligen Franz von Sales mit. Um Padre Herrera Freude zu bereiten, hatte ich auch Pater Heribert Jone dabei. Und mein Freund lieh mir das *Kommunistische Manifest* – nein, nein, Exzellenz, das ist gar nicht so, wie Sie denken. Freilich kann ich nicht allen Gedanken darin zustimmen, aber es zollt der Religion einen Tribut, der sehr bewegend ist – er spricht von ›den heiligen Schauern der frommen Schwärmerei‹.«

»Nein, ich kann hier nicht stillsitzen und den Fieberphantasien eines kranken Hirns lauschen«, sagte der Bischof und stand auf.

»Ich habe Sie schon viel zu lange aufgehalten, Exzellenz. Es war sehr barmherzig von Ihnen, mich in Toboso zu besuchen. Doktor Galván wird Ihnen bestätigen, daß es mir ganz ausgezeichnet geht.«

»Körperlich vielleicht. Ich glaube, Sie brauchen eine andere Art Arzt. Ich werde Doktor Galván konsultieren, natürlich, bevor ich an den Erzbischof schreibe. Und ich werde beten.«

»Ich danke Ihnen sehr herzlich für Ihre Gebete«, sagte Padre Quijote. Er bemerkte, daß ihm der Bischof zum Abschied den Ring nicht mehr hinhielt. Padre Quijote schalt sich, weil er zu unverblümt mit dem Bischof gesprochen hatte. Ich habe ihn verwirrt, den Armen, dachte er. Bischöfe sollte man – genau wie die Notleidenden und die Ungebildeten – mit besonderer Umsicht behandeln.

Vor seiner Tür, vom Gang her, konnte man Flüstern hören. Dann drehte sich ein Schlüssel im Schloß. Also bin ich ein Gefangener, dachte er, wie Cervantes.

2. Monsignore Quijotes zweite Reise

I

Es war das Töff-töff-töff einer Hupe, das Padre Quijote weckte. Sogar im Schlaf hatte er die unverwechselbare Stimme seiner Rosinante erkannt – den klagenden Ton, frei von dem Zorn, der Unverschämtheit oder der Ungeduld eines großen Autos –, ein Ton, der einfach sagte: »Hier bin ich, wenn du mich willst.« Er trat sogleich ans Fenster und sah hinaus, aber Rosinante mußte wohl außerhalb seines Blickfelds parken, denn der einzige Wagen weit und breit war leuchtendblau und nicht rostrot. Er ging zur Tür, weil er ganz vergessen hatte, daß sie versperrt war, und rüttelte an der Klinke. Teresas Stimme antwortete: »Pst, Padre. Lassen Sie ihm noch eine Minute Zeit.«

»Wem?«

»Padre Herrera ist fort, um die Beichte zu hören, aber er bleibt nie lang im Beichtstuhl, wenn dort nicht schon jemand auf ihn wartet, deshalb habe ich dem Jungen des Mechanikers gesagt, er soll schnell in die Kirche laufen, ehe Padre Herrera fortgeht, und er muß ihn mit einer langen Beichte aufhalten.«

Padre Quijote wußte nicht, wie ihm geschah. Das war nicht die Art Leben, wie er es in Toboso seit Jahrzehnten kannte. Was hatte die Veränderung bewirkt?

»Kannst du die Tür aufsperren, Teresa? Rosinante ist wieder da.«

»Ja, ich weiß. Ich hätte sie nie erkannt, die Arme, mit diesem neuen hellblauen Lack, und eine neue Nummer hat sie auch.«

»Bitte, Teresa, sperr die Tür auf. Ich muß wissen, was Rosinante zugestoßen ist.«

»Ich kann nicht, Padre, ich habe keinen Schlüssel, aber machen Sie sich keine Sorgen, er wird's schon zuwege bringen, wenn Sie ihm nur eine Minute Zeit lassen.«

»Wer?«

»Der Bürgermeister natürlich.«

»Der Bürgermeister. Wo ist er?«

»In Ihrem Arbeitszimmer, wo sonst? Er bricht den Schrank auf, den Padre Herrera zugesperrt hat – mit meiner Haarnadel und einer Flasche Olivenöl.«

»Wozu Olivenöl?«

»Wie soll ich das wissen, Padre, aber ich traue es ihm schon zu.«

»Was ist denn in dem Schrank?«

»Ihre Hose, Padre, und alle Ihre Oberkleider.«

»Wenn er den Schrank öffnen kann, kann er mir dann nicht auch die Tür öffnen?«

»Das habe ich ihm auch gesagt, aber er hat von was geredet, was er Prioritäten nennt.«

Padre Quijote versuchte Geduld zu üben, was ihm Teresas Berichterstattung nicht eben erleichterte. »Oh, jetzt hab ich schon geglaubt, er hat ihn offen, aber es rührt sich immer noch nichts, und jetzt hat er eine von Padre Herreras Rasierklingen genommen. Das wird uns noch teuer zu stehen kommen, weil Padre Herrera sie regelmäßig zählt ... Jetzt ist ihm die Klinge abgebrochen, und, um Gottes willen, jetzt bearbeitet er ihn mit Padre Herreras Nagelschere ... So warten Sie doch ein bißchen – haben Sie doch Geduld – gelobt sei Jesus Christus – jetzt geht er auf. Ich hoffe doch, daß er mit der Tür schneller fertig ist – sonst kommt noch Padre Herrera zurück – soviel Phantasie hat der Junge aus der Garage nicht.«

»Alles in Ordnung, Padre?« drang die Stimme des Bürgermeisters von der anderen Seite der Tür an sein Ohr.

»Mir geht's gut, aber was haben Sie mit Rosinante angestellt?«

»Ich war bei einem Freund in Valladolid und hab sie so
hingekriegt, daß die Guardia sie nicht erkennt – jedenfalls
nicht auf den ersten Blick. Jetzt werde ich mir einmal Ihre
Tür vorknöpfen.«

»Das brauchen Sie nicht. Ich kann durchs Fenster steigen.«

Ein Glück, dachte er, daß niemand auf der Straße war und
sah, wie sein Gemeindepriester im Pyjama aus dem Fenster
kletterte und an seiner eigenen Haustür klopfte. Teresa zog
sich diskret in die Küche zurück, und Padre Quijote kleidete
sich in seinem Arbeitszimmer hastig an. »Diese Schranktür
haben Sie aber ordentlich ruiniert«, sagte er.

»Sie ging schwerer auf, als ich gedacht hätte. Was suchen
Sie?«

»Mein Kollar.«

»Hier ist eines. Und Ihr Lätzchen hab ich im Auto.«

»Das hat mir schon viel Kummer bereitet. Ich lege es
nicht wieder an, Sancho.«

»Aber wir nehmen es mit. Vielleicht erweist es sich als
nützlich. Man weiß nie.«

»Ich finde keine Socken.«

»Ich habe Ihre Purpursocken. Und Ihre neuen Schuhe
auch.«

»Ich habe die alten gesucht. Entschuldigen Sie. Die sind
natürlich für immer dahin.«

»Sie sind in den Klauen der Guardia.«

»Richtig. Ich hatte es vergessen. Der Bischof hat's mir ja
erzählt. Ich glaube, wir müssen jetzt fort. Hoffentlich trifft
den armen Bischof nicht der Schlag.«

Ein Brief erregte seine Aufmerksamkeit. Eigentlich hätte
er ihn schon früher sehen müssen, denn er stand gegen einen
der alten Bände aus seiner Seminaristenzeit gelehnt, der auf
zwei weiteren thronte. Offenbar hatte der Schreiber ihn

auffällig hinstellen wollen. Er warf einen Blick auf den Umschlag und steckte ihn dann in die Tasche.

»Was ist das?« fragte der Bürgermeister.

»Ein Brief vom Bischof, glaube ich. Ich kenne seine Handschrift nur zu genau.«

»Wollen Sie ihn denn nicht lesen?«

»Schlechte Nachrichten können warten, bis wir eine Flasche Mancheganer geleert haben.«

Er ging in die Küche, um sich von Teresa zu verabschieden.

»Ich weiß wirklich nicht, wie du Padre Herrera alles erklären wirst.«

»Er hat alles zu erklären. Was hatte er denn für einen Grund, Sie in Ihrem eigenen Zimmer, in Ihrem eigenen Haus, einzusperren und Ihnen Ihre Kleider wegzunehmen?«

Er küßte Teresa auf die Stirn, etwas, was er in all den Jahren, in denen sie zusammen waren, nie gewagt hatte. »Gott segne dich, Teresa«, sagte er. »Du warst immer gut zu mir – und geduldig. Über eine lange, lange Zeit.«

»Sagen Sie mir, wohin Sie gehen, Padre?«

»Besser, du weißt es nicht, denn alle werden dich danach fragen. Aber das kann ich dir sagen, ich werde, wenn Gott es zuläßt, mich lange an einem friedlichen Ort ausruhen.«

»Mit diesem Kommunisten?«

»Du redest schon wie der Bischof, Teresa. Der Bürgermeister ist mir ein echter Freund.«

»Ich seh's nicht gern, wenn so einer wie der an einem friedlichen Ort lang ausruht.«

»Man weiß nie, Teresa. Seltsamere Dinge sind schon geschehen auf unseren Wegen.«

Er wandte sich zum Gehen, aber ihre Stimme rief ihn zurück. »Padre, ich habe das Gefühl, wir nehmen für immer voneinander Abschied.«

»Nein, nein, Teresa, für einen Christen gibt es keinen Abschied für immer.«

Wie er es gewohnt war, hob er die Hand, um sie mit dem Kreuzeszeichen zu segnen, aber er vollendete es nicht.

Ich glaube fest an das, was ich ihr gesagt habe, überlegte er, während er den Bürgermeister suchen ging, natürlich glaube ich daran, aber wie kommt das nur, sooft ich vom Glauben spreche, werde ich immer zugleich auch einen Schatten gewahr, den Schatten des Unglaubens, der meinem Glauben folgt?

2

»Wohin soll's jetzt gehen?« fragte der Bürgermeister.

»Müssen wir Pläne machen, Sancho? Das letzte Mal fuhren wir ein Stückchen hierhin und ein Stückchen dahin, aufs Geratewohl. Sie werden natürlich nicht zustimmen, aber irgendwie überließen wir uns Gottes Führung.«

»Dann war er kein sehr verläßlicher Führer. Sie wurden hierher nach Toboso zurückgeschleppt, als Gefangener.«

»Ja. Wer weiß? – Gottes Wege sind unerforschlich – vielleicht wollte Er, daß ich den Bischof treffe.«

»Dem Bischof zuliebe – oder Ihnen zuliebe?«

»Wie soll ich das wissen? Jedenfalls habe ich etwas vom Bischof gelernt, wenn ich auch bezweifle, daß er etwas von mir gelernt hat. Aber können wir sicher sein?«

»Was schlägt Ihr Gott also vor, wohin wir jetzt fahren sollen?«

»Warum nehmen wir nicht einfach wieder die alte Straße?«

»Die Guardia überlegt sich das vielleicht auch. Sobald sie der Bischof warnt, daß wir wieder auf freiem Fuß sind.«

»Nicht genau dieselbe Route. Ich will nicht wieder nach Madrid – auch nicht nach Valladolid. Die Erinnerungen an diese Orte sind nicht sehr glücklich – abgesehen von dem Haus des Geschichtsschreibers.«

»Geschichtsschreibers?«

»Des großen Cervantes.«

»Wir müssen uns schnell entscheiden, Padre. Im Süden ist's zu heiß. Fahren wir also nach Norden, in Richtung Baskenland oder nach Galicia?«

»Einverstanden.«

»Einverstanden womit? Sie haben meine Frage nicht beantwortet.«

»Die Einzelheiten überlassen wir dem lieben Gott.«

»Und wer fährt? Sind Sie sicher, daß Gott einen Führerschein hat?«

»Natürlich muß ich fahren. Rosinante würde das nie verstehen, daß ich als Beifahrer im Wagen sitze.«

»Dann fahren wir wenigstens ein vernünftiges Tempo. Mein Freund in Valladolid sagte, sie kann leicht achtzig oder sogar hundert fahren.«

»Er kann doch Rosinante nach einem einfachen Service gar nicht beurteilen.«

»Ich will jetzt nicht streiten. Machen wir lieber, daß wir fortkommen.«

Doch so leicht sollte es nicht sein, Toboso zu verlassen. Padre Quijote hatte eben erst eingekuppelt, als eine Stimme rief: »Padre, Padre.« Ein Junge lief auf der Straße hinter ihnen her.

»Kümmern Sie sich nicht um ihn«, sagte der Bürgermeister. »Wir müssen hier endlich fort.«

»Ich muß anhalten. Das ist der Junge aus der Werkstatt, der an der Benzinpumpe arbeitet.«

Er war ganz atemlos, als er sie einholte.

»Nun, was ist?« fragte Padre Quijote.

»Padre«, sagte er keuchend, »Padre.«

»Ich habe gefragt, was ist?«

»Er hat mir die Absolution verweigert, Padre. Muß ich jetzt in die Hölle?«

»Das möchte ich doch sehr bezweifeln. Was hast du denn

angestellt? Hast du Padre Herrera umgebracht? Ich will damit nicht sagen, das würde notwendigerweise bedeuten, daß du in die Hölle mußt. Wenn du nämlich ausreichend gute Gründe hättest.«

»Wie kann ich ihn ermordet haben, wenn doch er es war, der mir die Absolution verweigert hat?«

»Logisch gedacht. Warum hat er sie verweigert?«

»Er sagte, ich mach mich über die Beichte lustig.«

»Du meine Güte, das hatte ich vergessen. Du warst das, den Teresa geschickt hat ... Das war sehr unrecht von ihr. Trotzdem, sie hat es gutgemeint, und ich bin ganz sicher, euch beiden wird vergeben werden. Aber sie hat mir ja gesagt, daß du zu wenig Phantasie hast. Warum hat Padre Herrera dir die Absolution verweigert? Was hast du nur erfunden?«

»Ich hab ihm nur gesagt, ich habe mit einer Menge Mädchen geschlafen.«

»So viele gibt es gar nicht in Toboso, außer den Nonnen. Du hast ihm doch nicht gesagt, du hättest mit einer Nonne geschlafen, oder?«

»So etwas würde ich nie sagen, Padre. Ich bin doch Sekretär der Kinder Mariens.«

»Und Padre Herrera wird sicherlich noch bei Opus Dei landen«, sagte der Bürgermeister. »Um Himmels willen, so fahren wir doch endlich.«

»Was genau hast du gesagt und was er?«

»Ich sagte: ›Segnen Sie mich, Hochwürden. Ich bekenne, daß ich gesündigt habe ...‹«

»Nein, nein, laß die ganzen Einleitungen weg.«

»Also, ich hab gesagt, ich bin zur Messe zu spät gekommen, und er fragt mich, wie oft, und ich sage, zwanzigmal, und dann sage ich, das war ein bißchen gelogen, und er fragt, wie oft, und ich sage, fünfundvierzigmal.«

»Da hast du dich aber auf ziemlich hohe Zahlen eingelassen, nicht? Und dann?«

»Und dann ist mir nicht eingefallen, was ich noch sagen könnte, und ich hatte Angst, Teresa wird schimpfen, weil ich ihn nicht länger aufhalte.«

»Du kannst ihr von mir bestellen, wenn du sie siehst, sie soll sich gefälligst morgen bei der Beichte selber hinknien.«

»Und dann hat er mich gefragt, ob ich Unkeuschheit getrieben habe, und das hat mich auf einen Gedanken gebracht, also hab ich gesagt, ja, ich hab mit ein paar Mädchen geschlafen, und er hat mich gefragt, mit wievielen, und ich hab gesagt, ›so an die fünfundsechzig‹, und da ist er wütend geworden und hat mich aus dem Beichtstuhl geschmissen.«

»Das wundert mich nicht.«

»Muß ich nun in die Hölle?«

»Wenn jemand in die Hölle kommt, dann ist das Teresa, und du kannst ihr ausrichten, ich hätte das gesagt.«

»Ich habe schrecklich viele Lügen im Beichtstuhl erzählt. Ich bin nur einmal zur Messe zu spät gekommen, und das hatte einen guten Grund – da waren so viele Touristen bei der Tankstelle, die Benzin wollten.«

»Und die Lügen?«

»Höchstens zwei oder drei.«

»Und die Mädchen?«

»Da traut sich doch keine, in Toboso, wirklich was zu tun, aus Angst vor den Nonnen.«

Der Bürgermeister sagte: »Da kommt schon Padre Herrera aus der Kirche.«

»Hör einmal zu«, sagte Padre Quijote, »sprich ein Schuldbekenntnis und gelobe, daß du nie mehr bei der Beichte lügen wirst, nicht einmal dann, wenn Teresa es anschafft.«

Er schwieg, während der Junge etwas murmelte. »Und dein Versprechen?«

»Ich gelobe, Hochwürden. Warum auch nicht? Ich gehe sowieso nicht öfter als einmal im Jahr zur Beichte.«

»Sage: ›Es ist mir von Herzen leid, daß ich Gott beleidigt habe. Ich will mich ernstlich bessern.‹«

Der Junge wiederholte die Worte, und Padre Quijote erteilte ihm rasch die Absolution.

Der Bürgermeister sagte: »Dieser verdammte Priester ist keine hundert Meter mehr weit, Padre, und er läuft immer schneller.«

Padre Quijote startete den Motor, und Rosinante antwortete mit einem Sprung wie eine Antilope.

»Gerade noch rechtzeitig«, sagte der Bürgermeister. »Aber er rennt fast so schnell wie Rosinante. Ah, Gott sei Dank, der Junge ist ein Schatz. Er hat ihm ein Bein gestellt, und er ist hingeschlagen.«

»Wenn an dieser Beichte etwas nicht gestimmt hat, dann war das meine Schuld«, sagte Padre Quijote. Ob seine Worte ihm selbst galten, Gott oder dem Bürgermeister, wird immer ungewiß bleiben.

»Geben Sie Rosinante mehr Gas und fahren Sie wenigstens fünfzig. Die alte Dame gibt sich ja nicht einmal Mühe. Dieser Padre wird zur Guardia rennen, bevor man noch bis drei zählen kann.«

»Wir haben es nicht so eilig, wie Sie glauben«, sagte Padre Quijote. »Erst wird er dem Jungen lange Reden halten, danach wird er mit dem Bischof sprechen wollen, und der Bischof wird noch eine ganze Weile brauchen, bis er wieder zu Hause ist.«

»Vielleicht redet er zuerst mit der Guardia.«

»Das täte er um keinen Preis. Er hat eine schlaue Sekretärsseele.«

Sie erreichten die Hauptstraße nach Alicante, und der Bürgermeister brach das Schweigen. »Links«, sagte er scharf.

»Doch nicht nach Madrid? Wohin Sie wollen, aber nicht nach Madrid.«

»Keine Städte«, sagte der Bürgermeister. »Wenn wir eine Landstraße sehen, nehmen wir sie. In Sicherheit fühle ich mich erst, wenn wir die Berge erreicht haben. Ich nehme an, Sie haben keinen Paß bei sich?«

»Nein.«

»Dann ist Portugal kein Ausweg.«

»Ausweg wovor? Vor dem Bischof?«

»Ihnen scheint nicht klar zu sein, Padre, was für ein schweres Verbrechen Sie begangen haben. Sie haben einen Galeerensklaven befreit.«

»Der arme Kerl. Alles, was er davon hatte, sind meine Schuhe, und die waren nicht viel besser als seine eigenen. Er mußte scheitern, das stand von Anfang an fest. Ich meine ja immer, daß die, denen alles fehlschlägt – sogar das Benzin ist ihm ausgegangen –, Gott näherstehen als unsereiner. Natürlich werde ich zu meinem Ahnherrn für ihn beten. Wie oft doch dem Ritter etwas fehlschlug. Sogar mit den Windmühlen.«

»Besser wäre es, Sie würden auch gleich für uns beide mitbeten.«

»Aber das tue ich ja, das tue ich ja. Wir hatten noch nicht so viele Fehlschläge, Sancho. Hier sind wir wieder, Sie und ich und Rosinante, auf der Straße und in Freiheit.«

Sie brauchten mehr als zwei Stunden, bis sie auf Umwegen eine kleine Stadt erreichten, die Mora hieß. Dann befanden sie sich plötzlich auf der Hauptstraße nach Toledo, aber nur ein paar Minuten lang. »Wir müssen in die Toledaner Berge«, sagte der Bürgermeister. »Diese Straße ist nichts für uns.« Sie bogen einmal hier ab und dann da, und eine Weile, auf einem sehr holprigen Feldweg, schien es, nach dem Sonnenstand, als bewegten sie sich in einem Halbkreis.

»Wissen Sie eigentlich, wo wir hier sind?« fragte Padre Quijote.

»Mehr oder weniger«, lautete die fadenscheinige Antwort des Bürgermeisters.

»Ich kann mir nicht helfen, aber ich bin ein bißchen hungrig, Sancho.«

»Ihre Teresa hat uns genug Wurst und Käse für eine Woche eingepackt.«

»Für eine Woche?«

»Hotels sind nichts für uns. Und auch Hauptstraßen nicht.«

Hoch in den Bergen von Toledo fanden sie ein Plätzchen, wo sie von der Straße herunterfahren, sich und Rosinante verbergen und bequem eine Mahlzeit einnehmen konnten. Zum Einkühlen ihrer Flaschen gab es da auch ein Flüßchen, das sich weiter unten in einen kleinen See ergoß, den der Bürgermeister mit Mühe auf der Karte als Torre de Abraham erkannte. »Aber warum sie ihn nach diesem alten Schurken benannt haben, ist mir schleierhaft.«

»Warum nennen Sie ihn einen Schurken?«

»War er nicht bereit, seinen Sohn zu töten? Aber freilich, es gibt einen viel ärgeren Schurken – der, den Sie Gott nennen –, der hat tatsächlich diese Untat begangen. Was für ein Beispiel der damit gegeben hat, und Stalin hat es nachgeahmt und seine Söhne im Geist umbringen lassen. Beinahe hätte er zugleich auch den Kommunismus ausgerottet, genau wie die Kurie die katholische Kirche.«

»Nicht so ganz, Sancho. Hier neben Ihnen jedenfalls sitzt noch ein Katholik, trotz der Kurie.«

»Ja, und hier sitzt ein Kommunist, springlebendig immer noch, trotz Politbüro. Wir sind Überlebende, Padre, Sie und ich. Darauf lassen Sie uns trinken«, und er holte eine Flasche aus dem Flüßchen.

»Auf zwei Überlebende«, sagte Padre Quijote und hob das Glas. Er hatte einen mächtigen Durst, und immer wieder fand er den Gedanken überraschend, daß der Biograph seines Ahnherrn so selten vom Wein gesprochen hatte. Das Abenteuer, als der Ritter die Weinschläuche angezapft hatte, die er irrtümlich für Feinde hielt, konnte man kaum zählen. Er füllte noch einmal sein Glas. »Mir scheint«, sagte er zum Bürgermeister, »daß Ihr Glaube an den Kommunismus stärker ist als der an die Partei.«

»Und ich wollte eben fast genau dasselbe sagen, Padre:

Ihr Glaube an den Katholizismus scheint mir unerschütterlicher als der an Rom.«

»Glaube? Ach so, Glaube. Vielleicht haben Sie recht, Sancho. Aber vielleicht ist es gar nicht der Glaube, der wirklich zählt.«

»Was sagen Sie da, Padre? Ich dachte ...«

»Hat der Ritter wirklich an Amadis de Gaula, de Roland und all seine Helden geglaubt – oder glaubte er nur an die Tugenden, für die sie eintraten?«

»Da kommen wir in tiefes Wasser, Padre.«

»Ich weiß, ich weiß. In Ihrer Gesellschaft, Sancho, sind meine Gedanken freier, als wenn ich allein bin. Wenn ich allein bin, lese ich – dann verstecke ich mich vor mir selbst in meinen Büchern. Dort finde ich den Glauben von besseren Menschen, als ich es bin, und wenn ich entdecke, daß mein eigener Glaube altert und müde wird, so wie mein Körper, dann sage ich mir, daß ich in die Irre gehe. Mein Glaube sagt mir, daß ich mich verirrt haben muß – oder ist es nur der Glaube jener, die bessere Menschen sind als ich? Ist es mein eigener Glaube, der mit mir Zwiesprache hält, oder der Glaube des heiligen Franz von Sales? Und was macht es schon aus? Geben Sie mir ein Stück Käse. Wie der Wein mich geschwätzig macht.«

»Wissen Sie, Padre, was mich in Toboso so zu Ihnen hingezogen hat? Nicht, daß Sie der einzige gebildete Mensch in der Stadt waren. So gern mag ich die gebildeten Menschen auch wieder nicht. Kommen Sie mir nur ja nicht mit der Intelligentsia oder mit der Kultur. Ich habe mich zu Ihnen hingezogen gefühlt, weil ich dachte, Sie seien mein Gegenpol. Man bekommt so genug von sich selbst, hat das Gesicht so satt, das einem täglich beim Rasieren aus dem Spiegel entgegensieht, und alle meine Freunde kamen aus der gleichen Gußform wie ich auch. Da ging ich zu Parteiversammlungen in Ciudad Real, als das nach Francos Tod nicht mehr riskant war, und dann nannten wir einander ›Genosse‹, und jeder fürchtete sich ein bißchen vor dem anderen, weil wir einander ebenso gut kannten wie jeder sich selbst. Wir zitierten Marx und Lenin wie Parolen, die beweisen sollten, daß wir einander trauen konnten, und nie sprachen wir ein Wort über die Zweifel, die uns in schlaflosen Nächten überfielen. Ich fühlte mich zu Ihnen hingezogen, weil ich glaubte, Sie seien ein Mann, dem Zweifel unbekannt sind. Ich glaube, was mich zu Ihnen hinzog, war eine Art Neid.«

»Wie sehr Sie irren, Sancho. Ich bin durchlöchert von Zweifel wie ein Sieb. Nichts gibt es, dessen ich sicher wäre, nicht einmal die Existenz Gottes. Aber Zweifel bedeutet nicht Verrat, wie Ihr Kommunisten das zu glauben scheint. Zweifel ist menschlich. Oh, es verlangt mich danach zu glauben, daß alles wahr ist – und dieses Verlangen ist das einzige, dessen ich sicher bin. Ich will auch, daß andere glauben können – vielleicht färbt dann ihr Glaube ein wenig auf mich ab. Der Bäcker, meine ich, der glaubt.«

»Das ist genau der Glaube, von dem ich dachte, Sie besäßen ihn.«

»O nein, Sancho, denn dann hätte ich vielleicht meine Bücher verbrennen und wirklich allein leben können, in dem Wissen nämlich, daß alles wahr ist. ›Wissen‹? Vielleicht wäre Wissen entsetzlich. Doch so oder anders, war das nun Ihr Ahne oder meiner, der immer sagte: ›Geduld und misch die Karten‹?«

»Ein bißchen Wurst, Padre?«

»Danke, heute bleibe ich beim Käse. Wurst ist etwas für Stärkere.«

»Vielleicht bleibe ich heute auch beim Käse.«

»Sollen wir noch eine Flasche öffnen?«

»Warum nicht?«

Der Nachmittag war vorgeschritten, und sie saßen bei der zweiten Flasche, als Sancho sagte: »Ich muß Ihnen etwas beichten, Padre. Ach, nicht wie im Beichtstuhl. Ich flehe nicht um Vergebung bei diesem Phantasiegebilde da oben,

Ihrem oder meinem, sondern nur bei Ihnen.« Er starrte in sein Glas. »Wäre ich nicht gekommen, um Sie zu holen, was wäre wohl geschehen?«

»Ich weiß es nicht. Der Bischof, glaube ich, hält mich für verrückt. Vielleicht hätte man versucht, mich in eine Heilanstalt zu stecken, obwohl ich mir nicht denken kann, daß Doktor Galván bereit gewesen wäre, Beihilfe zu leisten. Wie ist die rechtliche Situation eines Mannes, der keine Verwandten hat? Kann man ihn denn gegen seinen Willen in eine Anstalt sperren? Der Bischof vielleicht, wenn Padre Herrera ihm dabei hilft ... Und dann gibt es da im Hintergrund natürlich immer noch den Erzbischof ... Die werden nie vergessen, daß ich damals *In Vinculis* mit ein bißchen Geld unterstützt habe.«

»Damals begann ich auch Freundschaft für Sie zu empfinden, obwohl wir kaum ein Wort gewechselt hatten.«

»Das ist so, wie man auch erst lernen muß, die Messe zu lesen. Im Seminar lernt man, niemals zu vergessen. Ach du meine Güte, ich habe ja ganz vergessen ...«

»Was denn?«

»Der Bischof hat doch einen Brief für mich hinterlassen.«

Padre Quijote zog ihn aus der Tasche und drehte ihn immer wieder in den Händen hin und her.

»Na los, Mann. Öffnen Sie ihn. Das ist kein Todesurteil.«

»Woher wissen Sie das?«

»Die Zeiten eines Torquemada sind vorüber.«

»Solange es eine Kirche gibt, solange wird es auch immer kleine Torquemadas geben. Gießen Sie mir noch ein Glas Wein ein.« Langsam trank er es Schluck für Schluck leer, um den Augenblick der Wahrheit aufzuschieben.

Sancho nahm ihm den Brief aus der Hand und öffnete ihn. Er sagte: »Jedenfalls ist er kurz. Was heißt *Suspensión a Divinis?*«

»Was ich dachte, es ist ein Todesurteil«, sagte Padre Quijote. »Geben Sie mir den Brief.« Er stellte das halbleere Glas weg. »Nun gibt es nichts mehr zu fürchten. Nach dem Tod gibt es nichts, was sie tun können. Was dann bleibt, ist nur die Gnade Gottes.« Er las den Brief laut.

»›Mein lieber Monsignore, es hat mir großen Kummer bereitet, hören zu müssen, wie Sie die Wahrheit der Anklagen bestätigt haben, von denen ich beinahe sicher war, sie enthielten Mißverständnisse, Übertreibungen oder Bosheit.‹ Was für ein Heuchler! Vielleicht ist es beinahe eine Notwendigkeit für einen Bischof zu heucheln, und Pater Heribert Jone würde das als ganz läßliche Sünde ansehen. ›Dennoch, unter den gegebenen Umständen möchte ich annehmen, daß der Kleiderwechsel mit Ihrem kommunistischen Begleiter nicht eine symbolische Verhöhnung des Heiligen Vaters war, sondern durch eine schwere nervliche Störung verursacht, die Sie auch veranlaßte, einem Schwerverbrecher zur Flucht zu verhelfen und ohne Scham als Monsignore in Ihrer purpurnen *pechera* einen abstoßenden und pornographischen Film mitanzusehen, der klar mit einem *S* gekennzeichnet war, um anzuzeigen, welche Art Film gespielt wurde. Ich habe Ihren Fall mit Doktor Galván besprochen, der meine Ansicht teilt, daß eine lange Zeit der Erholung angezeigt scheint, und ich schreibe in diesem Sinn an den Erzbischof. Inzwischen halte ich es für meine Pflicht, eine *Suspensión a Divinis* auszusprechen.‹«

»Was bedeutet dieses Todesurteil, genau gesagt?«

»Es bedeutet, daß ich nicht mehr die Messe lesen darf – nicht öffentlich. Ja, nicht einmal allein. Aber ich werde sie in den vier Wänden meines Zimmers lesen, denn ich bin unschuldig. Ich darf auch nicht mehr die Beichte hören, außer in extremen Notfällen. Ich bleibe Priester, aber ich bin Priester nur mehr für mich selbst. Ein nutzloser Priester, dem verboten ist, anderen zu dienen. Ich bin froh, daß Sie mich holen kamen. Wie hätte ich diese Art Leben in Toboso ertragen sollen?«

»Sie könnten in Rom Berufung einlegen. Sie sind ein Monsignore.«

»Selbst ein Monsignore kann in den staubbedeckten Akten der Kurie verlorengehen.«

»Ich sagte Ihnen, ich wollte Ihnen etwas beichten, Padre. Beinahe wäre ich nicht gekommen.« Nun war es der Bürgermeister, der trank, um Mut zum Sprechen zu finden. »Als ich entdeckte, daß Sie verschwunden waren – ein amerikanisches Pärchen war in der Nähe, die sahen, was geschah –, sie dachten, Sie wären tot – aber das wußte ich besser –, da dachte ich, ich leihe mir Rosinante und verschwinde nach Portugal. Ich habe dort gute Freunde in der Partei, und ich wollte eine Weile dort bleiben, bis sich der ganze Rummel erledigt hätte.«

»Aber Sie sind nicht gefahren.«

»Ich fuhr nach Ponferrada und von dort weiter, auf der Hauptstraße nach Orense. Auf meiner Karte war eine Nebenstraße eingezeichnet, die mir gepaßt hätte, weil es von dort weniger als 60 Kilometer bis zur Grenze ist.« Er zuckte die Achseln. »Nun ja, ich kam bis zu der Nebenstraße, drehte dort um, fuhr zurück nach Valladolid und bat den Genossen in der Garage, den Wagen zu lackieren und noch einmal die Nummerntafeln auszutauschen.«

»Aber warum sind Sie nicht weitergefahren?«

»Ich habe mir Ihre blöden Purpursocken angesehen, Ihr Lätzchen und Ihre neuen Schuhe, die wir in León gekauft hatten, und dann fiel mir plötzlich ein, wie Sie diesen Ballon aufgeblasen haben. Aber das scheinen nur unzureichende Gründe. Mir haben sie gereicht.«

»Ich bin froh, daß Sie gekommen sind, Sancho. Hier fühle ich mich sicher, bei Ihnen und bei Rosinante. Sicherer als dort bei Padre Herrera. Toboso ist nicht mehr mein Zuhause, und ein anderes habe ich nicht, außer hier auf diesem Stückchen Erde bei Ihnen.«

»Wir müssen ein anderes Zuhause für Sie finden, aber wo?«

»Irgendwo, wo es still ist, wo Rosinante und ich eine Weile ausruhen wollen.«

»Und wo die Guardia und der Bischof Sie nicht finden können.«

»Da gab es doch das Trappistenkloster in Galicia, von dem Sie sprachen ... Aber Sie würden sich dort nicht zu Hause fühlen, Sancho.«

»Sie könnten bei ihnen bleiben, und ich könnte einen Wagen in Orense mieten und von dort über die Grenze fahren.«

»Ich wollte, unsere Reise endete nie. Erst wenn der Tod uns trennt, Sancho. Mein Ahne starb in seinem Bett. Vielleicht hätte er länger gelebt, wenn er seine Fahrten fortgesetzt hätte. Ich bin noch nicht bereit zu sterben, Sancho.«

»Die Guardia mit ihren Computern macht mir Sorgen. Rosinante ist ziemlich gut verkleidet, aber an der Grenze werden sie vielleicht nach uns beiden suchen.«

»Ob es Ihnen nun gefällt oder nicht, Sancho, ich glaube Sie müssen ein, zwei Wochen bei den Trappisten bleiben.«

»Das Essen wird miserabel sein.«

»Und der Wein vielleicht auch.«

»Dann wollen wir lieber unterwegs Galicianerwein aufladen. Der Mancheganer ist beinahe aus.«

3. Wie Monsignore Quijote
sein letztes Abenteuer unter Mexikanern erlebte

I

Sie schliefen drei Nächte im Freien, und bei Tag reisten sie vorsichtshalber über wenig befahrene Straßen, von den Bergen Toledos über die Sierra Guadalupe, wo Rosinante Mühe hatte, eine Steigung von mehr als 800 Metern zu bewältigen, nur um zu entdecken, daß noch ärgere Plagen sie erwarteten, als sie die Sierra de Gredos erreichten, wo die Straße auf mehr als 1500 Meter ansteigt, denn sie mieden Salamanca und hielten auf den Rio Duero zu, der sie von Portugal und der Sicherheit trennte. Sie kamen in den Bergen nur sehr langsam voran, doch der Bürgermeister zog das Gebirge wegen der weiten Fernsicht den Ebenen Kastiliens vor, weil man einen Jeep der Behörde schon von weitem sehen konnte und die Dörfer für einen Posten der Guardia zu klein waren. Eine Fahrt mit vielen Umwegen war das, auf drittklassigen Straßen, denn sie mieden auch die auf der Karte gelb eingezeichneten Straßen zweiter Klasse. Was die rot eingezeichneten großen Fernstraßen anlangte, so schlossen sie sie von vornherein aus.

Immer wenn die Dunkelheit fiel, wurde es kalt, und sie ersetzten gern den Wein zu ihrem Käse und den Würsten durch Whisky, und danach schliefen sie im Auto, wo sie sich mühsam zusammenrollten. Als sie endlich doch gezwungen waren, wieder in die Ebene hinunterzufahren, blickte der Bürgermeister sehnsüchtig auf einen Wegweiser, der die Richtung nach Portugal anzeigte. »Hätten Sie doch nur einen Paß«, sagte er, »dann könnten wir nach Braganza fahren. Die Genossen dort sind mir lieber als die spanischen. Cunhal ist ein besserer Mann als Carrillo.«

»Carrillo ist kein so übler Kerl, meine ich, für einen Kommunisten nämlich.«

»Einem Eurokommunisten kann man nicht trauen.«

»Sie sind doch nicht etwa Stalinist, Sancho?«

»Ich bin kein Stalinist, aber bei denen weiß man wenigstens, woran man ist. Die sind nicht wie die Jesuiten. Sie drehen nicht mit dem Wind. Wenn sie grausam sind, so auch gegen sich selbst. Am Ende unserer Tage sollten wir uns hinlegen dürfen und endlich ausrasten – von Streitereien, von Theorien und von Moden. Sagt man erst: ›Ich glaube nicht, aber ich nehme es hin‹, dann muß man auch schweigen wie ein Trappist. Die Trappisten sind die Stalinisten der Kirche.«

»Sie hätten einen guten Trappisten abgegeben, Sancho.«

»Mag sein, obwohl ich morgens gar nicht gern aufstehe.«

Sie hielten in einem Dorf gleich hinter der Landesgrenze von Galicia, weil sich der Bürgermeister erkundigen wollte, wo es guten Wein beim Winzer zu kaufen gäbe, denn vom Manchaganer war ihnen nur noch eine Flasche geblieben, und der Bürgermeister mißtraute allen Weinen mit Etikett. Er blieb ganze zehn Minuten fort, und als er zurückkehrte, sah er so übelgelaunt aus, daß Padre Quijote ängstlich fragte: »Schlechte Nachrichten?«

»Oh, die Adresse hab ich«, sagte er und beschrieb, welche Straße sie nehmen mußten; während der nächsten halben Stunde schwieg er und deutete nur mit Handbewegungen an, wo sie abbiegen mußten, doch war sein Schweigen so aggressiv, daß Padre Quijote darauf bestand, es zu durchbrechen. »Sie machen sich Sorgen«, sagte er. »Ist es wegen der Guardia?«

»Ach, die Guardia!« rief der Bürgermeister. »Mit der Guardia werden wir schon fertig. Sind wir mit ihnen nicht ganz schön fertig geworden, vor Ávila und auf der Straße nach León? Auf die Guardia pfeife ich.«

»Was bringt Sie dann so aus der Fassung?«

»Ich kann's nicht leiden, wenn ich etwas nicht verstehe.«

»Und was ist das?«

»Diese stumpfsinnigen Dörfler und ihr scheußlicher Dialekt.«

»Sie sind eben Galicier, Sancho.«

»Und sie wissen, daß wir keine Einheimischen sind. Die meinen, sie können uns einen Bären aufbinden.«

»Was haben sie denn gesagt?«

»Die taten, als hätten sie keine anderen Sorgen als den Wein. Sie stritten miteinander wegen drei verschiedener Weingüter – der Weiße sei besser in dem einen, der Rote in dem anderen, und zuletzt warnten sie mich – ich sollte ihre Worte nur ja nicht auf die leichte Schulter nehmen. Wie auf einen Idioten haben sie auf mich eingeredet, nur weil ich kein Einheimischer bin. Die Engstirnigkeit von diesen Galiciern! Nirgends in Spanien könnte ich besseren Wein finden, sagten sie, ganz als ob unser Mancheganer nur Pferdepisse wäre.«

»Aber wovor haben sie warnen wollen?«

»Eines dieser Weingüter liegt in der Nähe eines Ortes, der Leariz heißt. Sie sagten: ›Dem gehen Sie nur ja nicht in die Nähe. Die Mexikaner sind überall.‹ Das war das letzte, was ich zu hören bekam. Sie schrien hinter mir her: ›Gehen Sie den Mexikanern aus dem Weg. Ihre Priester ruinieren sogar den Wein.‹«

»Mexikaner! Sind Sie sicher, daß Sie nicht falsch verstanden haben?«

»Ich bin doch nicht blöde.«

»Was können sie nur gemeint haben?«

»Wahrscheinlich ist Pancho Villa aus dem Grab auferstanden und plündert das Land aus.«

Eine halbe Stunde später befanden sie sich in einer paradiesischen Weingegend. Die Südhänge rechts von ihnen bedeckte ein grüner Teppich aus Reben, links, an einem Felsabbruch, sahen sie ein verfallenes Dorf, wie eine im Stich gelassene Leiche, dazwischen hie und da eine Hausruine, ein Maul mit Zahnstummeln.

Der Bürgermeister sagte: »Wir fahren nicht auf der Straße bis ins Dorf. Noch 50 Meter, dann stellen wir den Wagen ab und gehen zu Fuß hinauf.«

»Wo hinauf?«

»Er heißt Señor Diego. Zuletzt einigten sich diese Idioten, daß man bei ihm den besten Wein bekommt. ›Bis dorthin sind die Mexikaner noch nicht gekommen‹, sagten sie.«

»Schon wieder die Mexikaner. Ich werde allmählich ein bißchen nervös, Sancho.«

»Nur Mut, Padre. Die Windmühlen haben Sie nicht eingeschüchtert, da werden Sie sich doch nicht von einer Handvoll Mexikaner einschüchtern lassen? Das muß der Fußweg sein, also lassen wir den Wagen hier.« Sie stellten Rosinante hinter einem Mercedes ab, der anmaßend den besten Platz einnahm.

Während sie hügelan stiegen, kam ihnen ein untersetzter Mann in einem modisch geschnittenen Anzug und mit auffallend grell gestreifter Krawatte entgegen, der es sehr eilig hatte. Er schimpfte unterdrückt vor sich hin. Als er unvermittelt stehenblieb und ihnen den Weg abschnitt, konnten sie gerade noch einen Zusammenstoß vermeiden. »Wollen Sie vielleicht da oben Wein kaufen?« herrschte er sie an.

»Ja.«

»Das können Sie vergessen«, sagte der Mann. »Er ist verrückt.«

»Wer ist verrückt?« fragte der Bürgermeister.

»Señor Diego, natürlich. Wer sonst? Er hat da oben den Keller voll guten Wein. Nicht einmal kosten will er mich lassen, obwohl ich ihm zwölf Kisten abgenommen hätte. Er sagt, meine Krawatte gefällt ihm nicht.«

»Über Ihre Krawatte kann man verschiedener Meinung sein«, sagte der Bürgermeister vorsichtig.

»Ich bin selbst Geschäftsmann, aber ich sage Ihnen, so macht man keine Geschäfte, so nicht. Und jetzt ist es zu spät, den Wein anderswo zu kaufen.«

»Warum haben Sie es denn so eilig?«

»Weil ich's dem Padre versprochen habe. Ich habe noch jedes Versprechen gehalten. So macht man Geschäfte. Ich habe dem Padre versprochen, den Wein zu besorgen. Das ist ein Versprechen an die Kirche.«

»Was fängt die Kirche mit zwölf Kisten Wein an?«

»Es geht nicht nur um mein Versprechen. Ich verliere noch meinen Platz in der Prozession. Außer, der Padre nimmt Bargeld an Stelle von Wein. Schecks nimmt er nicht. Gehen Sie mir aus dem Weg, bitte. Ich kann mich hier nicht unterhalten, aber ich wollte Ihnen doch abraten ...«

»Ich verstehe nicht, was hier vorgeht«, sagte Padre Quijote.

»Ich auch nicht.«

Oben, wo der Fußweg endete, stand ein baufälliges Haus, und auf einem Tisch unter einem Feigenbaum sahen sie die Überreste einer Mahlzeit. Ein junger Mann in Bluejeans eilte ihnen entgegen. Er sagte: »Señor Diego kann heute niemanden empfangen.«

»Wir wollen nur ein bißchen Wein kaufen«, sagte der Bürgermeister.

»Das geht leider nicht. Nicht heute. Und erzählen Sie mir bitte nichts vom Fest. Señor Diego will mit dem Fest nichts zu tun haben.«

»Ein Fest wollen wir damit nicht feiern. Wir sind auf der Durchreise, und uns ist einfach der Wein ausgegangen.«

»Dann sind Sie keine Mexikaner?«

»Nein, wir sind keine Mexikaner«, sagte Padre Quijote nachdrücklich. »Aus Barmherzigkeit, Padre ... Nur ein paar Flaschen Wein. Wir sind unterwegs nach Osera zu den Trappisten.«

»Den Trappisten ... Woher wissen Sie, daß ich Priester bin?«

»Wenn Sie erst so lange Priester sind wie ich, dann erkennen Sie einen Kollegen. Selbst ohne Kollar.«

»Das ist Monsignore Quijote aus Toboso« sagte der Bürgermeister.

»Monsignore?«

»Vergessen Sie den Titel, Padre. Ein Gemeindepriester, wie Sie wohl auch.«

Der junge Mann rannte zum Haus hin. Er rief: »Señor Diego, Señor Diego. Kommen Sie schnell. Ein Monsignore. Wir haben einen Monsignore hier.«

»Sieht man hier denn so selten einen Monsignore?« fragte der Bürgermeister.

»Selten? Ganz gewiß. Die Priester hier in der Umgebung – die sind alle mit den Mexikanern befreundet.«

»Der Mann, den wir auf dem Weg hierher trafen – war das ein Mexikaner?«

»Und ob. Einer von den üblen Mexikanern. Deshalb wollte ihm ja auch Señor Diego keinen Wein verkaufen.«

»Ich dachte schon, es sei wegen seiner Krawatte.«

Ein alter, sehr würdevoll wirkender Mann trat aus dem Haus auf die Terrasse. Er sah schwermütig und müde aus, wie ein Mensch, der zu lange schon zu viel vom Leben gesehen hat. Einen Augenblick schwankte er, welcher der beiden der Bürgermeister und welcher Padre Quijote war, dann entschied er sich für den falschen und streckte dem Bürgermeister beide Hände entgegen: »Willkommen, Monsignore, willkommen in meinem Haus.«

»Nein, nein«, rief der junge Priester, »der andere dort.«

Señor Diego wandte zunächst seine Hände in die Richtung, wo Padre Quijote stand und folgte dann erst mit den Blicken. »Verzeihen Sie mir«, sagte er, »ich sehe nicht mehr so gut wie früher. Ich sehe schlecht, sehr schlecht. Erst heute morgen ging ich mit meinem Enkelkind hier in den Weingarten, und immer war er es, der zuerst das Unkraut entdeckte – nicht ich. Nehmen Sie doch Platz, bitte, alle beide, ich bringe Ihnen gleich etwas zu essen und Wein.«

»Die Herren wollen nach Osera, zu den Trappisten.«

»Die Trappisten sind gute Menschen, aber ihr Wein, höre ich, ist nicht so gut, und was den Likör anlangt, den sie machen ... Bringen Sie ihnen doch eine Kiste Wein von mir, und natürlich müssen Sie auch selber eine annehmen. Es ist das erste Mal, daß ein Monsignore hier unter meinem Feigenbaum sitzt.«

»Setzen Sie sich zu ihnen, Señor Diego«, sagte der junge Priester, »und ich hole Schinken und Wein.«

»Weißen und Roten – und Schalen für uns alle. Das Fest, das wir feiern wollen, wird schöner als das der Mexikaner.« Als der Priester außer Hörweite war, sagte er: »Wenn die Priester hier nur alle so wären wie mein Enkelkind ... Ihm würde ich sogar meinen Weingarten anvertrauen. Hätte er sich doch nur nicht für den Priesterberuf entschieden! Schuld daran war nur seine Mutter. Mein Sohn hätte das niemals erlaubt. Wenn er nicht gestorben wäre ... Ich habe heute gesehen, wie José Unkraut ausgezupft hat, aber ich selbst konnte es nicht mehr deutlich erkennen, und da dachte ich. ›Die Uhr ist abgelaufen, für mich und für den Weingarten.‹«

»Ist Ihr Enkel in dieser Gemeinde Priester?« fragte Padre Quijote.

»O nein, o nein. Er wohnt 40 Kilometer weit weg. Die hiesigen Priester haben ihn aus seiner alten Gemeinde vertrieben. Er war eine Gefahr für sie. Die armen Leute liebten ihn, weil er sich weigerte, Geld zu nehmen und die Responsorien zu singen, wenn einer starb. Responsorien, was für ein Unsinn! Ein paar Worte zu plappern und 1000 Peseten zu kassieren. Also schrieben die Priester an den Bischof, und obwohl es viele gute Mexikaner gab, die ihn verteidigten, schickte man ihn weg. Sie würden das schon verstehen, wenn Sie hier eine Weile lebten. Dann würden Sie sehen, wie die Priester nach dem Geld gieren, das die Mexikaner in diesen armen Landstrich gebracht haben.«

»Die Mexikaner, immer wieder die Mexikaner. Wer sind denn diese Mexikaner?«

Der junge Priester kam zum Feigenbaum zurück; er trug ein Tablett mit Tellern und Schinken, vier großen irdenen Schalen und Flaschen mit rotem und weißem Wein. Er füllte die Schalen mit Wein. »Beginnen Sie mit dem Weißen«, sagte er, »fühlen Sie sich wie zu Hause. Wir beide, Señor Diego und ich, haben schon gegessen, ehe der Mexikaner kam. Nehmen Sie doch von dem Schinken – es ist ein guter Schinken, hausgeräuchert. Solchen Schinken bekommen Sie bei den Trappisten nicht.«

»Aber diese Mexikaner ... bitte erzählen Sie, Padre.«

»Ach, die kommen hierher, bauen luxuriöse Häuser, und die Priester lassen sich vom Anblick des Geldes verführen. Die Mexikaner glauben schon, sie können auch unsere Heilige Jungfrau kaufen. Reden wir nicht von ihnen. Es gibt erfreulichere Themen.«

»Aber wer sind diese Mexikaner ...?«

»Ach, es gibt auch gute Menschen unter ihnen. Das leugne ich gar nicht. Viele gute Menschen, aber dennoch ... ich verstehe es einfach nicht. Sie haben viel zuviel Geld, und sie sind zu lange fort gewesen.«

»Zu lange fort aus Mexiko?«

»Nein, aus Galicia. Aber Sie haben noch gar nicht von dem Schinken genommen, Monsignore. Bitte ...«

»Ich bin sehr glücklich«, sagte Señor Diego, »unter meinem Feigenbaum, Monsignore ... Monsignore ...«

»Quijote«, sagte der Bürgermeister.

»Quijote? Aber doch gewiß nicht ...«

»Ein unwürdiger Nachfahre«, unterbrach ihn Padre Quijote.

»Und Ihr Freund?«

»Was mich angeht«, sagte der Bürgermeister, »so kann ich nicht beanspruchen, meine wahre Herkunft von Sancho Pansa abzuleiten. Sancho und ich haben denselben Familiennamen, das ist schon alles, aber Sie können mir glauben, daß Monsignore Quijote und ich einige seltsame Abenteuer miteinander erlebt haben. Auch wenn sie sich nicht würdig an die Seite stellen lassen mit ...«

»Das ist sehr guter Wein«, sagte Señor Diego, »José, geh und bring welchen aus dem zweiten Faß links ... du kennst ihn ja ... nur das Beste soll für Monsignore Quijote und seinen Freund Sancho auf den Tisch kommen. Und nur mit dem besten Wein von allen sollten wir darauf trinken, daß die Priester hier in die Hölle fahren.«

Als Padre José außer Hörweite war, fügte Señor Diego hinzu, und tiefe Traurigkeit klang aus seiner Stimme: »Nie hätte ich gedacht, daß mein eigenes Enkelkind Priester wird.« Padre Quijote sah, daß ihm Tränen in die Augen traten. »Ach, ich möchte die Priesterschaft nicht herabsetzen, Monsignore, wie sollte ich denn auch? Wir haben einen guten Papst, aber was muß sogar er jeden Tag bei der Messe leiden, wenn er immer so elenden Wein trinken muß, wie ihn Josés alter Priester kauft.«

»Man nimmt nur ein winziges Schlückchen«, sagte Padre Quijote, »den Geschmack spürt man kaum. Er schmeckt auch nicht schlechter als der Wein, den man in den Restaurants bekommt, aufgeputzt mit Phantasieetiketten.«

»Ja, da haben Sie ganz recht, Monsignore. Jede Woche kommen solche Schurken her, kaufen meinen Wein, den sie mit anderem Wein panschen, nennen das dann Rioja und machen überall entlang den Straßen Spaniens Reklame, um die armen Ausländer zu hintergehen, die einen guten Wein von einem schlechten nicht unterscheiden können.«

»Wie erkennen Sie, wer ein Gauner und wer ein ehrlicher Mann ist?«

»An den Mengen, die sie kaufen wollen; und weil sie oft

nicht einmal bitten, ob sie zuerst ein Glas kosten dürfen.« Er fügte hinzu: »Wenn José nur geheiratet und einen Sohn bekommen hätte. Ich habe José mit sechs Jahren beizubringen begonnen, was ein Weingarten ist, und jetzt weiß er schon fast so viel wie ich, nur sind seine Augen eben soviel besser als meine. Nun würde er schon bald den eigenen Sohn anleiten . . .«

»Können Sie denn keinen guten Manager finden, Señor Diego?« fragte der Bürgermeister.

»Das ist eine dumme Frage, Señor Sancho – so was würde ein Kommunist fragen.«

»Ich bin ein Kommunist.«

»Verzeihen Sie, ich sage nichts gegen Kommunisten am rechten Platz, aber ein Weingarten ist nicht der rechte Platz für sie. Ihr Kommunisten könnt Manager über alle Zementfabriken Spaniens einsetzen, wenn ihr wollt. Ihr könnt Manager Ziegelwerke beaufsichtigen lassen und Waffenfabriken, ihr könnt sie verantwortlich machen für Gas und Strom, aber ihr könnt sie einen Weingarten nicht managen lassen.«

»Warum nicht, Señor Diego?«

»Wein ist etwas Lebendiges, wie eine Blume oder ein Vogel. Wein wird nicht von Menschen gemacht – Menschen können nur mithelfen, ihn zum Leben zu erwecken – oder ihn sterben zu lassen«, fügte er hinzu, und eine tiefe Melancholie verdrängte jede andere Regung aus seinen Zügen. Sein Gesicht war verschlossen wie ein Buch, das ein Mann zuklappt, weil er darin nicht mehr länger lesen will.

»Hier ist unser bester Wein«, sagte Padre José – sie hatten seine Rückkehr gar nicht bemerkt –, und er schenkte ihnen aus einem großen Krug die Schalen voll.

»Bist du sicher, daß du vom richtigen Faß genommen hast?« erkundigte sich Señor Diego.

»Natürlich. Vom zweiten links.«

»Dann können wir jetzt auf die Verdammnis der Priester in dieser Gegend trinken.«

»Vielleicht – ich bin wirklich sehr durstig – darf ich einen Schluck von diesem herrlichen Wein kosten, ehe wir uns zu einem Trinkspruch entschließen?«

»Natürlich, Monsignore. Und lassen Sie uns zuerst noch auf etwas anderes trinken. Auf den Heiligen Vater, vielleicht?«

»Auf den Heiligen Vater und seine guten Absichten«, sagte Padre Quijote mit einer kleinen Berichtigung. »Dieser Wein ist wirklich großartig, Señor Diego. Ich muß zugeben, in unserer Genossenschaft in Toboso bekommt man nichts dergleichen, obwohl wir einen ehrlichen Wein ausschenken. Aber Ihrer ist mehr als ehrlich – er ist herrlich!«

»Ich sehe«, sagte Señor Diego, »daß Ihr Freund sich unserem Trinkspruch nicht angeschlossen hat. Auch ein Kommunist kann doch wohl auf die guten Absichten des Heiligen Vaters trinken?«

»Hätten Sie auf Stalins Absichten getrunken?« fragte der Bürgermeister. »Die Absichten eines Menschen kennt man nicht, und man kann nicht darauf trinken. Glauben Sie denn, daß der Ahnherr unseres Monsignore wirklich ein Symbol der Rittertugenden Spaniens war? Ja, vielleicht war das seine Absicht, aber uns allen gerät doch zur grausamen Parodie, was wir beabsichtigen.« Trauer und Bitterkeit lag in seiner Stimme, was Padre Quijote überraschte. An die Angriffslust des Bürgermeisters hatte er sich gewöhnt, diese Angriffslust war vielleicht nur eine Art Selbstverteidigung, aber Bitterkeit verriet gewiß eine Art Verzweiflung, ja Selbstaufgabe, vielleicht gar einen tiefgreifenden Wandel. Zum erstenmal dachte er: Wohin mag uns diese Reise zuletzt noch führen?

Señor Diego sagte zu seinem Enkel: »Erzähl ihnen, wer die Mexikaner sind. Ich dachte, ganz Spanien wüßte das.«

»Wir in Toboso haben nie von ihnen gehört.«

»Die Mexikaner«, sagte Padre José, »kommen aus Mexiko, aber sie sind alle hier geboren. Sie verließen Galicia, um der Armut zu entfliehen, und entflohen sind sie ihr. Sie wollten Geld, und sie verdienten Geld, und nun sind sie zurückgekehrt, um dieses Geld auszugeben. Sie geben ihr Geld den Priestern hier und glauben, sie geben es der Kirche. Die Priester befiel die Gier nach mehr. Sie beuten die Armen aus, und sie beuten die abergläubischen Reichen aus. Sie sind schlimmer als die Mexikaner. Einige der Mexikaner glauben vielleicht wirklich, daß sie sich den Weg in den Himmel erkaufen können. Aber wer trägt Schuld daran? Ihre Priester wissen es besser, und sie verkaufen unsere Heilige Jungfrau. Sie sollten einmal erleben, wie in einer Stadt hier in der Nähe heute die Fiesta gefeiert wird. Die Priester versteigern die Heilige Jungfrau. Jene vier Mexikaner, die am meisten bieten, dürfen sie bei der Prozession herumtragen.«

»Aber das ist doch unglaublich«, rief Padre Quijote.

»Gehen Sie hin und sehen Sie selbst.«

Padre Quijote setzte die Schale auf den Tisch. Er sagte: »Wir müssen gehen, Sancho.«

»Die Prozession hat noch nicht begonnen. Trinken Sie doch zuerst Ihren Wein aus«, drängte Señor Diego.

»Verzeihen Sie mir, Señor Diego, aber nicht einmal Ihr bester Wein schmeckt mir jetzt. Sie haben mir gezeigt, was meine Pflicht ist – ›Gehen Sie hin und sehen Sie selbst.‹«

»Was können Sie ausrichten, Monsignore? Selbst der Bischof unterstützt sie.«

Padre Quijote erinnerte sich der Worte, die er gegen seinen Bischof gerichtet hatte, und widerstand der Versuchung, sie zu wiederholen, auch wenn es ihn heftig juckte, die Worte seines Ahnherrn zu gebrauchen. Unter meinem Mantel eine Feige für den König. »Ich danke Ihnen sehr für Ihre großzügige Gastfreundschaft, Señor Diego«, sagte er, »aber ich muß fort. Kommen Sie mit mir, Sancho?«

»Ich würde lieber noch Señor Diegos Wein trinken, Padre, aber allein kann ich Sie nicht gehen lassen.«

»In dieser Angelegenheit ist's vielleicht besser, nur wir

beide fahren, ich und meine Rosinante. Ich komme zurück, um Sie zu holen. Es geht um die Ehre der Kirche, also kein Grund für Sie ...«

»Padre, wir sind nicht so lange zusammen auf vielen Straßen gefahren, nur um uns jetzt zu trennen.«

Señor Diego sagte: »José, stell zwei Kisten vom Besten in ihren Wagen. Ich werde nie vergessen, daß es mir vergönnt war, unter diesem Feigenbaum einen Nachfahren des großen Ritters eine kleine Weile zu bewirten.«

2

Sie merkten, daß sie sich der Stadt näherten, als sie immer mehr Landvolk auf dem Weg zur Fiesta überholten. Die Stadt war, wie sich herausstellte, sehr klein, kaum größer als ein Dorf, und schon von fern sahen sie die Kirche, die auf einem Hügel lag. Sie fuhren an einer Bank vorbei, der Banco Hispano-Americana, die ebenso geschlossen war wie alle Läden auch. »Eine große Bank für einen so kleinen Ort«, stellte der Bürgermeister fest, und kurz darauf kamen sie an noch fünf weiteren Bankfilialen vorbei. »Mexikaner-Geld«, sagte der Bürgermeister.

»Es gibt Augenblicke«, erwiderte Padre Quijote, »da verspüre ich den Wunsch, Sie *compañero* zu nennen, aber jetzt noch nicht, noch nicht.«

»Was haben Sie vor, Padre?«

»Ich weiß es nicht. Ich habe Angst, Sancho.«

»Angst vor *denen*?«

»Nein, nein, Angst vor mir selbst.«

»Weshalb halten Sie an?«

»Geben Sie mir meine *pechera*. Sie liegt hinter Ihnen, dort unter dem Fenster. Mein Kollar auch, bitte.«

Er stieg aus dem Auto, und sogleich bildete sich auf der Straße eine kleine Menschenansammlung, um ihm beim Ankleiden zuzusehen. Er kam sich wie ein Schauspieler vor, dem Freunde in der Garderobe beim Maskemachen zuschauen.

»Wir ziehen in den Kampf, Sancho. Ich brauche meine Rüstung. Selbst wenn sie so lächerlich ist wie der Helm des Mambrino.«

Er setzte sich wieder hinters Steuer seiner Rosinante und sagte: »Jetzt fühle ich mich eher gewappnet.«

Es waren wohl an die hundert Menschen, die vor der Kirche warteten. Die meisten von ihnen waren arme Leute, und sie zogen sich schüchtern zurück, um Padre Quijote und Sancho bessere Plätze in der Nähe des Kirchentors zu überlassen, dort, wo eine Gruppe tadellos gekleideter Männer und Frauen stand – Geschäftsleute vielleicht oder Angestellte der Banken. Als sich die Gruppe der Armen teilte, um Padre Quijote hindurchzulassen, fragte er einen von ihnen: »Was geht hier vor?«

»Die Auktion ist vorüber, Monsignore. Jetzt holen sie die Heilige Jungfrau aus der Kirche.«

Ein anderer sagte zu ihm: »Es ist besser gelaufen als letztes Jahr. Sie hätten sehen sollen, was die für Summen gezahlt haben.«

»Das Mindestgebot bei der Auktion war tausend Peseten.«

»Der Zuschlag kostete den Gewinner vierzigtausend.«

»Nein, nein, dreißig.«

»Das war das zweitbeste Gebot. Man möchte es nicht für möglich halten, daß es in ganz Galicia überhaupt soviel Geld gibt.«

»Und der Gewinner«, fragte Padre Quijote, »was gewinnt der?«

Einer aus der Menge lachte und spuckte auf den Boden. »Vergebung seiner Sünden. Das ist noch billig, zu dem Preis.«

»Hören Sie nicht auf ihn, Monsignore. Er spottet immer über heilige Dinge. Der Gewinner – das ist nur gerecht – hat den besten Platz unter denen, die die Heilige Jungfrau tragen dürfen. Der ist sehr umkämpft.«

»Welches ist der beste Platz?«

»Vorne rechts.«

»Im vorigen Jahr«, sagte der Spaßvogel, »gab es nur vier Träger. Heuer hat der Priester das Gestell verlängert, also gibt es sechs.«

»Die beiden hinten haben jeder nur fünfzehntausend gezahlt.«

»Sie hatten auch weniger Sünden abzulösen. Wirst schon sehen, nächstes Jahr gibt es acht Träger.«

Padre Quijote schob sich näher an die Kirchenpforte heran.

Ein Mann zupfte ihn am Ärmel. Er streckte ihm zwei Fünfzig-Peseten-Münzen entgegen. »Monsignore, können Sie mir dafür eine Hundert-Peseten-Note geben?«

»Wozu?«

»Ich möchte sie der Heiligen Jungfrau spenden.«

Jetzt wurde in der Kirche eine Hymne angestimmt, und Padre Quijote spürte die Spannung und Erwartung der Menge. Er fragte: »Und Münzen mag die Heilige Jungfrau nicht?«

Über ihren Schultern konnte er nun ein gekröntes Haupt hin- und herschwanken sehen, und gemeinsam mit den Menschen rings um ihn bekreuzigte er sich. Seinem Nachbarn rutschten die Münzen aus den Fingern, und er kroch auf dem Boden umher, um sie zu finden. Zwischen den Köpfen der Umstehenden erhaschte Padre Quijote einen Blick auf einen der Träger. Es war der Mann mit der gestreiften Krawatte. Dann, als die Menge sich zurückzog, um Platz zu machen, kam einen Augenblick lang die ganze Statue in sein Gesichtsfeld.

Padre Quijote begriff nicht, was er da vor sich sah. Nicht das gewohnte Bildnis mit dem gipsernen Antlitz und den ausdruckslosen blauen Augen war es, was ihn störte, sondern daß die Statue zur Gänze mit Papier umwickelt schien. Ein Mann stieß ihn beiseite, schwenkte eine Hundert-Peseten-Note und drängte sich zu der Statue vor. Die Träger hielten an und ließen ihm Zeit, seine Banknote auf den Gewändern der Statue mit einer Nadel anzustecken. Es war unmöglich, die Gewänder selbst unter dem vielen Papiergeld zu sehen – Hundert-Peseten-Noten, Tausend-Peseten-Noten, eine Fünfhundert-Francs-Note und direkt über dem Herzen ein Hundert-Dollar-Schein. Zwischen ihm und der Statue befanden sich nur der Priester und die Schwaden von Weihrauch aus seinem Weihrauchfaß. Padre Quijote starrte zu dem gekrönten Haupt mit den glasigen Augen empor, die aussahen wie die einer mißachteten Toten – keiner hatte sich auch nur die Mühe gegeben, ihr die Augenlider zu schließen. Er dachte: Und dafür nun hat sie ihren Sohn qualvoll sterben gesehen? Um Geld zu sammeln? Um einen Priester zu bereichern?

Der Bürgermeister – er hatte ganz vergessen, daß der Bürgermeister hinter ihm stand – sagte: »Kommen Sie fort von hier, Padre.«

»Nein, Sancho.«

»Tun Sie nichts Törichtes.«

»Ach, Sie reden ganz wie jener andere Sancho, aber ich sage Ihnen, genau wie mein Ahne, als er die Riesen erblickte, und Sie behaupteten, das seien doch bloß Windmühlen – ›Wenn du dich fürchtest, dann geh fort von hier und sprich deine Gebete‹.«

Er tat zwei Schritte und trat dem Priester in den Weg, der das Weihrauchfaß hin- und herschwang. Er sagte: »Das ist Gotteslästerung.«

Der Priester wiederholte: »Gotteslästerung?« Dann bemerkte er Padre Quijotes Kollar und seine *pechera* und fügte ein »Monsignore« hinzu.

»Jawohl, Gotteslästerung. Wenn Sie noch wissen, was dieses Wort bedeutet.«

»Wovon reden Sie da, Monsignore? Wir feiern heute unsere Fiesta. Den Festtag unserer Kirche. Wir haben den Segen des Bischofs.«

»Welches Bischofs? Kein Bischof würde zulassen …«

Der Träger mit der auffälligen Krawatte unterbrach: »Der Mann ist ein Betrüger, Hochwürden. Ich habe ihn heute schon einmal getroffen. Da hat er aber keine *pechera* getragen und kein Kollar, und er hat Wein eingekauft, bei diesem Atheisten, diesem Señor Diego.«

»Sie haben Ihren Protest angebracht, Padre«, sagte der Bürgermeister, »kommen Sie jetzt fort von hier.«

»Ruft die Guardia!« rief der Mexikaner der Menge zu.

»Sie, Sie …«, begann Padre Quijote, aber in seinem Zorn gelang es ihm nicht, das rechte Wort zu finden. »Stellen Sie augenblicklich die Heilige Jungfrau nieder.« Zu dem Priester sagte er. »Wie können Sie es nur wagen, sie so zu kleiden, so in Banknoten? Da wäre es noch besser, sie nackt durch die Straßen zu tragen …«

»Holt die Guardia!« schrie der Mexikaner wiederum, aber jeder in der Menge fand die Situation viel zu aufregend, um sich von der Stelle zu rühren.

Der Dissident schrie herüber: »Fragen Sie ihn einmal, was mit dem Geld geschieht.«

»Um Gottes willen, so kommen Sie doch endlich fort von hier, Padre.«

»Die Prozession geht weiter«, ordnete der Priester an.

»Nur über meine Leiche«, sagte Padre Quijote.

»Ja, wer sind Sie denn? Welches Recht besitzen Sie, unsere Fiesta zu stören? Wie heißen Sie denn überhaupt?«

Padre Quijote zögerte. Er haßte es, seinen Titel zu gebrauchen, auf den er in Wahrheit keinen Anspruch zu haben glaubte. Aber die Liebe, die er für diese Frauengestalt empfand, deren Bildnis über ihm aufragte, besiegte sein Zögern.

»Ich bin Monsignore Quijote aus Toboso«, verkündete er mit Festigkeit.

»Er lügt!« schrie der Mexikaner.

»Lüge hin, Lüge her, in dieser Diözese haben Sie keinerlei Befugnisse.«

»Ich habe die Befugnis jedes Katholiken, eine Gotteslästerung zu bekämpfen.«

»So fragen Sie ihn doch, was mit dem Geld geschieht«, rief wiederum die Stimme aus der Menge, die für seine Ohren zu hochmütig klang, aber man kann sich schließlich seine Verbündeten nicht immer aussuchen. Padre Quijote trat noch einen Schritt vor.

»So ist's recht. Hauen Sie ihm eins über den Schädel. Wer ist er denn, dieser Priester? Wir sind jetzt eine Republik.«

»Ruft die Guardia! Der Kerl ist ein Kommunist!« Es war der Mexikaner, der das rief.

Der Priester versuchte, zwischen der Statue und Padre Quijote das Weihrauchfaß zu schwingen, als erwarte er, der Weihrauch würde ihn abhalten, und das Faß traf Padre Quijote an der Schläfe. Eine Blutspur zog sich an seinem rechten Auge vorbei über die Wange herunter.

»Padre, wir müssen fort«, beschwor ihn der Bürgermeister.

Padre Quijote stieß den Priester beiseite. Er riß den Hundert-Dollar-Schein vom Gewand der Statue und zerfetzte dabei die Robe und den Schein. Eine Fünfhundert-Francs-Note war an der anderen Seite festgesteckt. Sie ließ sich leicht herunterholen, und er warf sie zu Boden. Mehrere Hundert-Peseten-Noten zerrissen, als er danach langte. Er knüllte sie zu einer Kugel zusammen und warf sie in die Menge. Der Dissident johlte Beifall, und drei oder vier Stimmen fielen ein. Der Mexikaner senkte die Stange des Gerüsts, auf dem die Statue stand, die er trug, und das ganze Ding rutschte seitwärts, so daß die Krone der Heiligen Jungfrau sich über ihr linkes Auge schob wie der Hut eines Betrunkenen. Das Gewicht war zu schwer für einen anderen Mexikaner, der seine Stange fahren ließ. Die Heilige Jungfrau fiel krachend zur Erde. Es war das Ende einer Orgie. Mit dem Dissidenten als Anführer drängten sich einige Leute nach vorn, um ein paar Banknoten für sich zu ergattern, und es kam zu einem wirren Kampfgetümmel mit den Trägern.

Der Bürgermeister packte Padre Quijote bei der Schulter und schob ihn aus der Menge. Nur der Mexikaner mit der Krawatte bemerkte es, und sein Kreischen übertönte den Lärm der Schlägerei: »Dieb! Gotteslästerer! Betrüger!« Er holte tief Luft und rief: »Kommunist!«

»Für heute haben Sie schon genug angestellt«, sagte der Bürgermeister.

»Wohin führen Sie mich? Verzeihen Sie mir. Ich bin verwirrt ...« Padre Quijote hob die Hand an die Stirn, und als er sie betrachtete, war sie blutverschmiert. »Hat mich jemand geschlagen?«

»Eine Revolution geht nicht ohne Blutvergießen ab.«

»Ich wollte doch wirklich keine ...« In seiner Verwirrung ließ er zu, daß der Bürgermeister ihn zu dem Platz führte, wo Rosinante wartete.

»Ich fühle mich ein bißchen schwindlig«, sagte er, »ich weiß nicht, warum.«

Der Bürgermeister schaute über die Schulter. Er sah den Mexikaner, der sich aus dem Kampf gelöst hatte und, mit den Armen fuchtelnd, auf den Priester einsprach.

»Schnell, steigen Sie ein«, sagte der Bürgermeister, »wir müssen hier weg.«

»Doch nicht auf dieser Seite. Ich muß ja fahren.«

»Sie können jetzt nicht fahren. Sie sind verwundet.«

»Aber Rosinante mag keine fremde Hand.«

»Meine Hände sind ihr nicht mehr fremd. Wer ist denn den ganzen Weg nach Hause gefahren, um Sie zu retten?«

»Bitte, muten Sie ihr nicht zuviel zu. Sie ist alt.«

»Sie ist jung genug, um hundert zu schaffen.«

Padre Quijote gab ohne ein weiteres Wort des Protests nach. Er ließ sich auf den Beifahrersitz zurücksinken, soweit Rosinante das gestattete. Zorn führte bei ihm immer schon zu Erschöpfung – und mehr noch die Gedanken, die gewöhnlich darauf folgten. »O du meine Güte«, sagte er, »was wird nur der Bischof sagen, wenn er davon erfährt?«

»Das wird er sicher, aber mehr Kopfzerbrechen bereitet mir, was die Guardia sagen wird – und was sie dann tut.«

Der Geschwindigkeitsmesser zeigte fast auf Hundert.

»Einen Aufruhr verursachen. Das ist das schwerste Verbrechen, das Sie sich bisher zuschulden kommen ließen. Wir müssen irgendwo Asyl finden.« Der Bürgermeister fügte hinzu: »Portugal wäre mir ja lieber gewesen, aber das Kloster von Osera ist besser als gar nichts.«

Mehr als eine halbe Stunde fuhren sie schweigend dahin, bis der Bürgermeister wieder zu sprechen begann.

»Es sieht Ihnen gar nicht ähnlich, so still zu sein.«

»Ich leide unter einem keinen Widerspruch duldenden Aspekt des Naturgesetzes: Ich muß mich erleichtern.«

»Können Sie nicht wenigstens noch eine halbe Stunde durchhalten? Bis dahin sind wir im Kloster.«

»Ich fürchte, es geht nicht.«

Widerwillig brachte der Bürgermeister Rosinante neben einem Feld und einem Gebilde zum Stehen, das wie ein uraltes keltisches Kreuz aussah. Und während Padre Quijote seine Blase entleerte, las der Bürgermeister die Inschrift, die kaum noch zu entziffern war.

»Jetzt ist's besser. Jetzt kann ich auch wieder reden«, teilte Padre Quijote mit, als er zurückkehrte.

»Sehr sonderbar«, sagte der Bürgermeister. »Haben Sie dieses alte Kreuz da im Feld bemerkt? So alt, wie man glaubt, ist es gar nicht. 1928 lautet die Jahreszahl, und man hat es hier auf diesem Feld, weit weg von jeder bewohnten Stätte, zum Andenken an einen Schulinspektor errichtet. Warum gerade hier? Warum für einen Schulinspektor?«

»Vielleicht fand er hier den Tod. Zum Beispiel durch einen Autounfall?«

»Oder auch durch die Guardia«, sagte der Bürgermeister mit einem Blick in den Rückspiegel, doch die Straße hinter ihnen war leer.

4. Wie Monsignore Quijote
mit seinem Ahnherrn wiederum vereint wurde

I

Der langgestreckte graue Bau des Klosters von Osera in einer Mulde der galicischen Hügel ist dort beinahe das einzige Gebäude. Das ganze Dorf Osera besteht fast nur aus einem kleinen Laden und einer Bar dicht vor dem Eingangstor zu den Klostergründen. Die in Stein gemeißelte Fassade aus dem 16. Jahrhundert birgt das Innere aus dem 12. Jahrhundert – eine imponierende Treppe, fast 20 Meter breit, über die ein Infanteriezug Schulter an Schulter marschieren könnte, führt oberhalb des zentralen Klosterhofs und des Kreuzgangs zu den langen Gängen, flankiert von Gästezimmern. Tagsüber hört man hier als beinahe einziges Geräusch den Klang der Hämmer eines halben Dutzends Arbeiter, die sich mühen, die Zerstörungen von sieben Jahrhunderten auszubessern. Manchmal huscht eine Gestalt in weißer Kutte, vielleicht in einem wichtigen Auftrag, vorbei, und in dunklen Winkeln, nur undeutlich zu erkennen, stehen die hölzernen Gestalten der Päpste und Ritter, auf deren Geheiß das Kloster errichtet wurde. Wenn es dunkelt, scheint es, als erwachten sie zum Leben, wie traurige Erinnerungen es tun. Der Besucher gewinnt den Eindruck, als befände er sich auf einer verlassenen Insel, die kürzlich erst eine Handvoll Abenteurer in Besitz genommen haben und die jetzt versuchen, in den Trümmern einer versunkenen Kultur eine neue Heimat aufzubauen.

Außer zu Besuchsstunden und Sonntagsmessen bleiben

die Kirchenpforten geschlossen, die auf den kleinen Platz vor dem Kloster führen, aber die Mönche benützen eine nur ihnen zugängliche Treppe, über die sie von dem Gang, von dem die Gästezimmer abzweigen, in das große Kirchenschiff, mit seinen Ausmaßen so gewaltig wie das mancher Kathedrale, hinuntergelangen. Zwischen dem ehrwürdigen Gemäuer ertönen menschliche Stimmen nur während der Besuchsstunden oder wenn Gäste hier wohnen, so als hätte ein Vergnügungsdampfer eine Gruppe Touristen an den Rand der Insel gespült.

2

Pater Leopoldo wußte nur zu gut, daß ihm das Mittagsmahl für den einzigen Gast ganz mißglückt war. Er gab sich keiner Täuschung über seine Fähigkeiten als Koch hin, aber er selbst und die anderen Trappisten waren noch weit schlechtere Mahlzeiten gewöhnt, auch gab es eigentlich so gut wie keine Gelegenheit, darüber zu klagen – jeder von ihnen mußte abwechselnd sehen, wie er zu Rande kam. Dennoch, die meisten ihrer Gäste waren wohl Besseres gewohnt, und Pater Leopoldo fühlte sich recht elend, wenn er daran dachte, was er heute mittag aufgetragen hatte, um so mehr als er echte Ehrerbietung für den zur Zeit einzigen Gast empfand, den Professor für Hispanologie an der Universität Notre Dame in den Vereinigten Staaten. Professor Pilbeam hatte – nach dem Teller zu schließen – nicht mehr als einen oder zwei Löffel Suppe zu sich genommen, und auch den Fisch hatte er so gut wie gar nicht angerührt. Der Laienbruder, der Pater Leopoldo in der Küche half, hatte demonstrativ die Augenbrauen hochgezogen, als die Teller des Professors zum Waschen zurückgebracht wurden, und er hatte Pater Leopoldo einen bedeutungsvollen Blick zugeworfen. Ein solcher Blick kann an einem Ort, an dem ein

Schweigegelöbnis gilt, soviel sagen wie Worte, und keiner von ihnen hatte einen Eid abgelegt, sich auch anderer Verständigungsmittel zu entschlagen als der Stimme.

Pater Leopoldo war froh, als er endlich die Küche verlassen und in die Bibliothek gehen konnte. Dort hoffte er, den Professor zu finden, denn dann konnte er ihm sagen, wie leid es ihm tat wegen der Mahlzeiten. Mit einem Gast zu reden war nicht verboten, und er war überzeugt, Professor Pilbeam würde schon verstehen, was ihm in seiner Geistesabwesenheit beim Salzen passiert war. Er hatte, wie so oft, gerade an Descartes gedacht. Professor Pilbeams Anwesenheit – es war schon sein zweiter Besuch in Osera – hatte ihn aus seinem friedlich-gleichmäßigen Alltag in eine verworrene Welt entführt, in die Welt intellektueller Spekulationen. Professor Pilbeam wußte wahrscheinlich mehr als jeder über das Leben und die Werke des Ignatius von Loyola, und für Pater Leopoldo war jede intellektuelle Diskussion, selbst über einen ihm so unsympathischen Gegenstand, wie das ein Jesuitenheiliger war, wie Nahrung für einen Verhungernden. Das konnte auch gefährlich sein. Häufig waren die Gäste des Klosters sehr gottesfürchtige junge Leute, die sich einbildeten, sie wären zu einem Leben als Trappist berufen, und unweigerlich verärgerten ihn ihre Unwissenheit und übertriebene Hochachtung, die sie für das empfanden, was sie für sein großes Opfer hielten. Ihren romantischen Vorstellungen folgend wollten auch sie das eigene Leben als Opfer darbringen. Er aber war nur hergekommen, um hier einen fragwürdigen Frieden zu finden.

Der Professor war nicht in der Bibliothek, und Pater Leopoldo setzte sich und dachte wieder über Descartes nach. Es war Descartes, der ihm seine Zweifel genommen und ihn zur Kirche hingeführt hatte, ganz ähnlich wie er das auch mit der Königin von Schweden getan hatte. Descartes hätte die Suppe gewiß nicht versalzen, auch hätte er den Fisch nicht zu stark gebraten. Descartes war ein Mann der

Praxis, der sich damit befaßt hatte, Brillen zu erfinden, mit denen man Blinde heilen, und Rollstühle, mit denen man Krüppeln helfen konnte. Als junger Mensch war Pater Leopoldo nie auf den Gedanken verfallen, Priester zu werden. Er hatte sich dem Studium von Descartes zugewendet, ohne zu überlegen, wohin ihn das noch führen würde. Er hatte, ganz wie Descartes, alles in Frage stellen wollen, hatte nach der absoluten Wahrheit gesucht und zuletzt, wie Descartes auch, angenommen, was der Wahrheit noch am nächsten zu kommen schien. Dann aber geschah es, daß er einen Schritt tat, der ihn viel weiter führte als Descartes – den Schritt in die schweigende Welt von Osera. Er war nicht unglücklich – außer über die Suppe und den Fisch –, aber die Gelegenheit, mit einem klugen Menschen zu sprechen, freute ihn dennoch, selbst wenn er mit ihm eher wohl über Sankt Ignatius als über Descartes würde reden müssen.

Nach einer Weile, als sich Professor Pilbeam immer noch nicht blicken ließ, ging er über den Gästekorridor in die große Kirche hinunter, die um diese Stunde, wenn die Außenpforten geschlossen waren, ganz gewiß leer sein würde. Außer während der Besuchsstunden für Touristen gab es nicht viele, die die Kirche aufsuchten – nicht einmal an einem Sonntag, so daß sich Pater Leopoldo dort geborgen fühlte wie im Schoß einer Familie, wo man vor Fremden beinahe sicher ist. Dort konnte er sein ganz persönliches Gebet verrichten, dort geschah es auch oft, daß er für Descartes betete, ja manchmal sogar auch zu Descartes. Die Kirche war schlecht erleuchtet, und während er durch die den Mönchen vorbehaltene Klostertür eintrat, erkannte er zunächst die Gestalt nicht, die dort stand und eingehend ein ziemlich groteskes Gemälde betrachtete, das einen nackten Mann in einem Dornenbusch zeigte. Dann sprach ihn der Mann mit amerikanischem Akzent an – es war Professor Pilbeam.

»Ich weiß schon, Sie mögen Sankt Ignatius nicht so gern«, sagte er, »aber er war doch wenigstens ein braver Soldat, und ein braver Soldat müßte eigentlich sinnvollere Wege wissen, Schmerzen zu erleiden, als sich in einen Haufen Dornen zu stürzen.«

Pater Leopoldo gab den Gedanken an ein stilles Gebet auf, und auf alle Fälle wollte er von dem kostbaren und seltenen Vorrecht zu reden Gebrauch machen. Er sagte: »Ich bin nicht so überzeugt, daß Sankt Ignatius so viel darüber nachdachte, was sinnvoll ist. Soldaten sind mitunter sehr romantisch. Das, glaube ich, ist auch der Grund, weshalb er ein Nationalheld wurde. Alle Spanier sind romantisch, deshalb verwechseln wir manchmal Windmühlen mit Riesen.«

»Windmühlen?«

»Sie wissen ja, daß einer unserer großen modernen Philosophen Sankt Ignatius mit Don Quijote verglich. Die beiden haben viel Gemeinsames.«

»Ich habe Cervantes nicht mehr gelesen, seit ich ein Junge war. Zu phantastisch für meinen Geschmack. Für Dichtung habe ich nicht viel Zeit. Tatsachen, die Wahrheit, das liegt mir mehr. Gelänge es mir, auch nur ein einziges bisher unentdecktes Dokument über Sankt Ignatius auszugraben, dann könnte ich zufrieden sterben.«

»Dichtung und Wahrheit – die beiden sind nicht immer leicht zu unterscheiden. Da Sie katholisch sind ...«

»Eher nur dem Buchstaben nach, Pater. Ich habe mir bloß nicht die Mühe genommen, das Schildchen zu wechseln, das mir bei der Geburt umgehängt wurde. Und die Tatsache, daß ich katholisch bin, hilft mir natürlich bei meinen Forschungen – es öffnet Türen. Aber Sie, Pater Leopoldo, Sie sind ein Schüler von Descartes. Das hat Ihnen doch wohl kaum viele Türen geöffnet, denke ich mir. Wie sind Sie Klosterbruder geworden?«

»Wahrscheinlich hat mich Descartes bis an jenen Punkt gebracht, an dem er selbst auch angelangt war – zum Glauben. Dichtung oder Wahrheit – am Ende läßt sich's kaum unterscheiden – man muß wählen.«

»Aber Trappist werden?«

»Sie wissen doch wohl, Professor, wenn man schon springen muß, springt man besser in tiefes Wasser, das ist um vieles sicherer.«

»Und Sie bedauern es nicht?«

»Professor, zu bedauern gibt es immer vieles. Bedauern ist ein Teil des Lebens. Man kann sich's nicht ersparen, selbst in einem Kloster aus dem 12. Jahrhundert nicht. Bleibt es Ihnen erspart, an der Universität Notre Dame?«

»Nein, aber ich weiß seit langem, daß mir der Mut zum Springen fehlt.«

Das war eine unglückliche Bemerkung, denn genau in diesem Augenblick sprang er vor Schreck in die Höhe, als draußen eine Explosion, gleich darauf noch zwei und dann das Krachen eines Zusammenstoßes zu hören waren.

»Ein geplatzter Reifen«, rief Professor Pilbeam aus. »Das klingt leider ganz wie ein Autounfall.«

»Ein Reifen war das nicht«, sagte Pater Leopoldo. »Das waren Schüsse.« Er eilte zur Treppe und rief über die Schulter zurück: »Das Kirchentor ist versperrt. Kommen Sie mit.« Er lief den Gang mit den Gästezimmern so schnell hinunter, wie es ihm sein langes Ordensgewand gestattete, und erreichte atemlos das obere Ende der großen Festtreppe. Der Professor folgte dicht hinterdrein. »Suchen Sie Pater Enrique. Sagen Sie ihm, er soll das Kirchentor aufschließen. Wenn es Verletzte gibt, können wir sie doch nicht über die Treppe hinauftragen.«

Pater Francisco, der den kleinen Laden dicht an der Klosterpforte betreute, hatte seine Ansichtspostkarten, Rosenkränze und Likörflaschen im Stich gelassen. Er sah ängstlich aus und winkte gewissenhaft in Richtung des Tors, ohne sein Schweigegelübde zu brechen.

Ein kleiner Seat war gegen die Kirchenmauer gekracht. Zwei Guardia hatten ihren Jeep verlassen und näherten sich vorsichtig mit gezückten Pistolen. Ein Mann mit blutverschmiertem Gesicht versuchte, die Wagentür des Seat zu öffnen. Wütend schrie er den beiden Guardia zu: »So helft doch, ihr Mörderbande. Wir sind nicht bewaffnet.«

Pater Leopoldo fragte: »Sind Sie verletzt?«

»Ja, natürlich. Das hat nichts zu sagen. Aber mein Freund, ich glaube, sie haben ihn umgebracht.«

Die beiden Guardia steckten die Pistolen ein. Einer sagte: »Wir haben nur auf die Reifen geschossen.« Der andere erklärte: »Wir haben unsere Befehle. Diese beiden werden gesucht wegen Aufruhrs.«

Pater Leopoldo blickte durch das zerschmetterte Glas der Windschutzscheibe ins Wageninnere. Er rief: »Aber das ist doch ein Priester!« und einen Augenblick später: »Ein Monsignore!«

»Ja«, sagte sein Gefährte zornig, »ein Monsignore – und hätte der Monsignore nicht angehalten, um zu pissen, dann wären wir jetzt in Ihrem Kloster in Sicherheit.«

Den beiden Guardias war es gelungen, die Tür zum Beifahrersitz aufzureißen. »Er lebt noch«, sagte der eine.

»Ihr Verdienst ist das nicht.«

»Sie sind beide verhaftet. Steigen Sie in den Jeep ein, wir holen inzwischen Ihren Freund heraus.«

Die Flügel des Kirchentors schwangen nach außen, und Professor Pilbeam gesellte sich zu der Gruppe.

Pater Leopoldo sagte: »Diese beiden Männer sind verletzt. Sie können sie nicht ganz einfach wegschleppen.«

»Sie werden polizeilich gesucht, weil sie einen Aufruhr verursacht und Geld gestohlen haben.«

»Unsinn. Der Mann im Wagen ist ein Monsignore. Ein Monsignore stiehlt kein Geld. Wie heißt Ihr Freund?« fragte er den Fremden.

»Monsignore Quijote.«

»Quijote! Unglaublich«, sagte Professor Pilbeam.

»Monsignore Quijote aus Toboso. Ein leiblicher Nachfahre des großen Don Quijote.«

»Don Quijote hatte keine Nachfahren. Wie sollte er auch? Er ist eine Gestalt der Dichtung.«

»Schon wieder Dichtung und Wahrheit, Professor. So schwer zu unterscheiden«, sagte Pater Leopoldo.

Den beiden Guardias war es gelungen, Padre Quijote aus dem Autowrack zu befreien, und sie legten ihn auf die Erde. Er versuchte etwas zu sagen. Der Fremde beugte sich über ihn. »Wenn er stirbt«, drohte er den Guardias, »dann, weiß Gott, sorge ich dafür, daß euch das heimgezahlt wird.«

Einer der Guardias wirkte beklommen, aber der andere fragte barsch: »Wie heißen Sie?«

»Zancas, Enrique. Aber Monsignore –« er donnerte den Titel, als wäre es ein Salut oder ein Trommelwirbel – »nennt mich lieber Sancho.«

»Beruf?«

»Ich bin der frühere Bürgermeister von Toboso.«

»Ihre Papiere.«

»Die können Sie gern haben, wenn Sie sie in diesem Blechhaufen finden.«

»Señor Zancas«, sagte Pater Leopoldo, »verstehen Sie, was Monsignore zu sagen versucht?«

»Er fragt, ob Rosinante nichts geschehen ist.«

»Rosinante!« rief Professor Pilbeam. »Aber Rosinante war doch ein Pferd.«

»Er meint das Auto. Ich fürchte mich, es ihm zu sagen. Der Schock wäre zu groß.«

»Professor, telefonieren Sie bitte nach Orense um einen Arzt? Pater Francisco weiß die Nummer.«

Der grobe Guardia sagte: »Um den Arzt kümmern schon wir uns. Wir bringen die beiden nach Orense.«

»Nicht in diesem Zustand, das verbiete ich.«

»Wir lassen einen Krankenwagen kommen.«

»Sie können Ihren Krankenwagen schicken, dagegen habe ich nichts, aber er kann sich viel Zeit lassen: Diese beiden bleiben hier im Kloster, bis der Arzt ihnen gestattet, es wieder zu verlassen. Ich spreche mit dem Bischof in Orense, und ich bin überzeugt, er wird mit Ihrem Vorgesetzten ein Wörtchen zu reden haben. Und wagen Sie es ja nicht, mir mit Ihrer Pistole vor der Nase herumzufuchteln.«

»Wir werden eine Meldung machen«, sagte der andere Guardia.

Professor Pilbeam kehrte mit einem Mönch zurück. Jeder schleppte ein Ende einer Matratze. Er sagte: »Pater Francisco telefoniert schon. Eine Bahre gibt's nicht. Das muß genügen.«

Mit einiger Mühe wurde Padre Quijote auf die Matratze gehoben, und zu viert trugen sie ihn in die Kirche und durch das Mittelschiff. Er murmelte vor sich hin, es konnten ebensogut Gebete wie Flüche sein. Als sie zu den Stufen vor dem Altar kamen, machte er den schwachen Versuch, sich zu bekreuzigen, brachte aber das Kreuz nicht zustande. Er war wieder ohnmächtig geworden. Die Stufen waren schwer zu bewältigen, und als sie endlich oben ankamen, mußten sie rasten.

Professor Pilbeam sagte: »Quijote, das ist kein spanischer Name. Cervantes selbst schreibt, sein wirklicher Name sei wahrscheinlich Quejana, und er stammte auch nicht aus Toboso.«

Der Bürgermeister sagte: »Genausowenig wie Monsignore Quijote.«

»Wo ist er denn geboren?«

Der Bürgermeister zitierte: »›In einem Dorfe von La Mancha, an dessen Namen ich mich nicht entsinnen kann.‹«

»Aber diese ganze Geschichte ist doch absurd. Rosinante ...«

Pater Leopoldo sagte: »Zuerst lassen Sie uns ihn zu Bett bringen, in das Gästezimmer Nummer drei, und dann lassen Sie uns über die schwierige Unterscheidung zwischen Dichtung und Wahrheit streiten.«

Padre Quijote schlug die Augen auf. »Wo bin ich?«

fragte er. »Ich dachte ... ich dachte ... ich bin in einer Kirche.«

»Das waren Sie auch, Monsignore. In der Kirche von Osera. Wir bringen Sie jetzt in ein Gästezimmer, und dort können Sie bequem schlafen, bis der Arzt kommt.«

»Wieder ein Arzt. Ach Gott, ach Gott, bin ich wirklich so krank ...?«

»Sie brauchen ein bißchen Ruhe, dann sind Sie wieder ganz der alte.«

»Ich dachte ... in der Kirche dort ... und dann waren da Stufen ... ich dachte, wenn ich doch nur eine Messe lesen könnte ...«

»Vielleicht ... morgen schon ... wenn Sie sich ausgeruht haben.«

»Zu lang schon – ich habe so lang keine gelesen. Krank ... die Fahrten ...«

»Sorgen Sie sich nicht, Monsignore. Vielleicht schon morgen.«

Sie brachten ihn im Gästezimmer unter, und gleich darauf erschien der Arzt aus Orense, der ihnen mitteilte, es sei wohl nichts Ernstliches geschehen – ein Schock wahrscheinlich, und eine unbedeutende Rißwunde an der Stirn, wohl von der zerbrochenen Windschutzscheibe. Freilich, in seinem Alter ... Morgen wolle er wiederkommen und ihn gründlich untersuchen. Ein Röntgen sei immerhin zu empfehlen. Inzwischen solle er jedenfalls Ruhe halten. Es war vielmehr der Bürgermeister, um den man sich kümmern mußte, und zwar kümmern in mehr als einer Hinsicht, denn nachdem der Arzt seine Arbeit getan hatte (ungefähr ein halbes Dutzend Nähte), rief der Ranghöchste der Guardia in Orense an. Die Guardia hatte telefonisch Padre Quijotes Personalien in La Mancha überprüft – der Bischof dort hatte angegeben, daß es sich tatsächlich um einen Monsignore handle (durch irgendein Versehen des Heiligen Vaters), aber sein Geisteszustand sei so, daß man ihn für seine Handlungen nicht verantwortlich machen könne. Was seinen Gefährten angehe – das sei freilich eine ganz andere Sache. Zwar sei er tatsächlich Bürgermeister in Toboso gewesen, hätte aber die letzte Wahl verloren und überdies wäre er ein berüchtigter Kommunist.

Glücklicherweise war es Pater Leopoldo, der das Telefongespräch führte. Er sagte: »Hier in Osera kümmert es niemand, welche politische Meinung jemand vertritt. Er bleibt bei uns, bis er reisefähig ist.«

3

Der Arzt hatte Padre Quijote ein Beruhigungsmittel gegeben. Er schlief tief, und es war schon ein Uhr früh, als er erwachte. Er wußte nicht, wo er sich befand. Er rief »Teresa«, aber niemand antwortete. Irgendwo hörte er Stimmen – Männerstimmen, und er bildete sich ein, daß nebenan im Wohnzimmer Padre Herrera und der Bischof über ihn redeten. Er kletterte aus dem Bett, aber die Knie knickten ihm ein; er sank auf das Bett zurück und rief noch dringlicher nach Teresa.

Der Bürgermeister trat ein, dicht gefolgt von Pater Leopoldo. Professor Pilbeam stand in der offenen Tür, ohne die Schwelle zu überschreiten. »Haben Sie Schmerzen, Monsignore?« fragte Pater Leopoldo.

»Bitte, nennen Sie mich nicht Monsignore, Doktor Galván. Ich darf nicht einmal mehr die Messe lesen. Der Bischof verbietet es, außer wenn ich allein bin. Sogar meine Bücher möchte er verbrennen.«

»Welche Bücher?«

»Meine geliebten Bücher. Den heiligen Franz von Sales, den heiligen Augustinus, Señorita Martin von Lisieux. Ich glaube, nicht einmal das Johannes-Evangelium scheint ihm sicher genug für mich.« Er fuhr sich mit der Hand über den

Verband an der Stirn. »Ich bin froh, wieder daheim zu sein in Toboso. Obwohl Padre Herrera vielleicht eben jetzt draußen meine Bücher verbrennt.«

»Machen Sie sich keine Sorgen. Noch ein, zwei Tage, Padre – dann werden Sie wieder ganz der alte sein. Jetzt müssen Sie ausruhen.«

»Es ist schwer auszuruhen, Doktor. So vieles geht mir durch den Kopf, das heraus will. Ihr weißer Mantel – Sie werden doch nicht operieren müssen, oder?«

»Natürlich nicht«, beruhigte ihn Pater Leopoldo. »Nur noch eine Tablette, damit Sie schlafen können.«

»Ja, Sancho, sind Sie das wirklich? Ich bin so froh, Sie zu sehen. Sie sind also doch heimgekehrt. Wie geht es Rosinante?«

»Sie ist sehr müde. Sie rastet in der Garage.«

»Wie gut passen wir zusammen, wir beiden Alten. Ich bin ja auch müde.«

Ohne Widerstand schluckte er die Tablette und schlief beinahe augenblicklich ein.

»Ich bleibe bei ihm«, sagte Sancho.

»Ich leiste Ihnen Gesellschaft. Ich könnte jetzt doch nicht schlafen vor Kummer«, sagte Pater Leopoldo.

»Ich lege mich ein bißchen hin«, teilte Professor Pilbeam ihnen mit. »Sie wissen ja, wo mein Zimmer ist. Wecken Sie mich, wenn ich irgendwie von Nutzen sein kann.«

Es war drei Uhr morgens, als Padre Quijote zu sprechen begann und die beiden aus einem seichten Schlummer weckte. Er sagte: »Exzellenz, ein Lamm kann vielleicht einen Elefanten besänftigen, aber ich bitte Sie herzlich, gedenken Sie der Ziegen in Ihren Gebeten.«

»Traum oder Fieberwahn?« fragte Pater Leopoldo.

Sancho sagte: »Ich glaube, ich kann mich erinnern ...«

»Sie haben kein Recht, meine Bücher zu verbrennen, Exzellenz. Tod durch das Schwert, ich flehe Sie an, nicht durch Nadelstiche.«

Eine kurze Weile herrschte Stille, dann sagte Padre Quijote: »Ein Furz kann wohltönend sein.«

»Ich fürchte«, flüsterte Pater Leopoldo, »daß sein Zustand doch schlimmer ist, als der Arzt uns gesagt hat.«

»Mambrinus«, ertönte die Stimme vom Bett her, »der Helm des Mambrinus. Gib ihn mir.«

»Was bedeutet Mambrinus? Helm?«

Sancho sagte: »Das war das Rasierbecken, das Don Quijote als Helm trug. Sein Vorfahre, wie er meint.«

»Der Professor scheint das alles für Unsinn zu halten.«

»Der Bischof auch, und eben deshalb glaube ich fast, daß es die Wahrheit ist.«

»Ich bereue, und ich bitte um Vergebung wegen der halben Flasche. Es war eine Sünde wider den Heiligen Geist.«

»Was meint er damit?«

»Das jetzt zu erklären, würde zu lange dauern.«

»Der Mensch hat viel Wichtiges von den Tieren gelernt: das Klistier vom Storch, Keuschheit vom Elefanten und Treue vom Pferd.«

»Das klingt wie Franz von Sales«, wisperte Pater Leopoldo.

»Nein, ich glaube, das ist von Cervantes«, berichtigte Professor Pilbeam, der eben eintrat.

Eine Weile herrschte Schweigen. »Er schläft wieder«, flüsterte Pater Leopoldo. »Vielleicht findet er seinen Frieden, wenn er wach ist.«

»Schweigen ist bei ihm nicht immer ein Zeichen von Frieden«, sagte Sancho. »Manchmal bedeutet es auch quälende Gedanken.«

Die Stimme aber, die vom Bett herüberdrang, klang jetzt fest und kräftig. »Was ich Ihnen anbiete, Sancho, ist nicht Statthalterschaft. Was ich Ihnen anbiete, ist ein Königreich.«

»Sprechen Sie mit ihm«, drängte Pater Leopoldo.

»Ein Königreich?« wiederholte Sancho.

»Geh mit mir, und du wirst das Königreich finden.«

»Ich werde Sie nie verlassen, Padre. Zu lange sind wir beide gemeinsam gegangen.«

»An diesem Zucken erkennt man die Liebe.«

Padre Quijote setzte sich kerzengerade im Bett auf und schlug die Laken zurück. »Sie verdammen mich, Exzellenz, die Messe nur für mich allein zu lesen. Das ist eine Schande. Denn ich bin unschuldig. Ich wiederhole öffentlich, was ich zu Doktor Galván sagte – ›Scheiß auf den Bischof‹.« Er setzte die Füße auf den Boden, schwankte einen Augenblick und stand dann aufrecht da. »An diesem Zucken«, wiederholte er, »erkennt man die Liebe.«

Er ging bis zur Zimmertür und tappte ungeschickt nach der Türklinke. Dann wandte er sich um und schaute durch die drei hindurch, als wären sie aus Glas. In einem Ton tiefer Trauer sagte er: »Keine Ballons, keine Ballons.«

»Folgen Sie ihm«, sagte Pater Leopoldo zum Bürgermeister.

»Sollen wir ihn nicht wecken?«

»Nein. Das könnte gefährlich sein. Lassen Sie ihn seinen Traum zu Ende träumen.«

Padre Quijote schritt ganz langsam und vorsichtig auf den Gang hinaus und bewegte sich der Festtreppe zu, aber vielleicht bewirkte ein Rest Erinnerung an den Weg, den sie ihn aus der Kirche heraufgetragen hatten, daß er wieder anhielt. Er wandte sich an eine der bemalten hölzernen Gestalten – war es ein Papst oder ein Ritter? – und fragte ganz nüchtern: »Geht es hier zu Ihrer Kirche?« Er schien eine Antwort zu hören, denn er machte kehrt, ging wortlos an Sancho vorüber und diesmal in der richtigen Richtung zur Geheimtreppe. Behutsam folgten sie ihm, um ihn nicht zu stören.

»Wenn er auf der Treppe fällt?« flüsterte der Bürgermeister.

»Ihn zu wecken wäre noch gefährlicher.«

Padre Quijote führte sie hinunter in die von langen Schatten erfüllte große Kirche, die nur der Schein des Halbmondes durch das Ostfenster beleuchtete. Ohne zu zögern trat er sicheren Schritts an den Altar und begann die Worte der alten lateinischen Messe zu sprechen, aber in einer seltsam verstümmelten Weise. Er begann mit dem Eingangspsalm. *»Et introibo ad altarem Dei, qui laetificat iuventutem meam.«*

»Ist ihm bewußt, was er tut?« flüsterte Pilbeam.

»Gott allein weiß es«, antwortete Pater Leopoldo.

Die Messe lief rasch ab: kein Auszug aus den Episteln, keine Lesung aus den Evangelien: Es war, als rase Padre Quijote der Wandlung entgegen. Fürchtet er, vom Bischof unterbrochen zu werden? fragte sich der Bürgermeister. Oder durch die Guardia? Selbst die lange Folge der Heiligen von Petrus bis Damianus ließ er weg.

»Wenn er keinen Hostienteller und keinen Kelch vorfindet, wird er doch gewiß erwachen«, meinte Pater Leopoldo. Der Bürgermeister rückte ein paar Schritte näher an den Altar heran. Er ängstigte sich, daß Padre Quijote im Augenblick des Erwachens zusammenbrechen könnte, und er wollte ihm nahe genug sein, um ihn in seinen Armen aufzufangen.

»Am Abend vor seinem Leiden nahm er das Brot ...« Padre Quijote schien es nicht bewußt zu sein, daß auf dem Altar weder Hostie noch Patene vorbereitet waren. Er hob die leeren Hände: *»Hoc est enim corpus meum«,* und danach setzte er ohne Zögern zur Wandlung des nicht vorhandenen Weins in dem nicht vorhandenen Kelch an.

Gewohnheitsmäßig waren Pater Leopoldo und der Professor bei den Worten der Wandlung niedergekniet; der Bürgermeister blieb stehen, denn er wollte sich bereithalten, wenn Padre Quijote die Beine versagten.

»Hic est enim calix sanguinis mei.« Die leeren Hände schienen einen Kelch aus Luft zu formen.

»Schläft er? Wahn? Irrsinn?« flüsterte Professor Pilbeam

fragend. Der Bürgermeister schob sich vorsichtig ein paar Schritte näher an den Altar heran. Er fürchtete, Padre Quijote abzulenken. Solange er die lateinischen Worte sprach, solange war er wenigstens im Traum glücklich.

In den langen Jahren seit seiner Jugendzeit in Salamanca hatte der Bürgermeister fast ganz vergessen, wie eine Messe abläuft. Was ihm im Gedächtnis geblieben war, waren gewisse Schlüsselstellen, die ihn damals in jener fernen Zeit gefühlsmäßig berührt hatten. Padre Quijote schien an dem gleichen Gedächtnisschwund zu leiden – vielleicht entsann auch er sich jetzt nur jener Sätze aus all den Jahren, in denen er die Messe beinahe mechanisch und auswendig gelesen hatte, jener Sätze, die, wie das Nachtlicht die Kindheit, das Dunkel der Gewohnheit erhellten.

So entsann er sich des Vaterunsers, und von dort sprang sein Gedächtnis über zum *Agnus Dei.* »*Agnus Dei, qui tollis peccata mundi.*« Er hielt inne und schüttelte den Kopf. Einen Augenblick lang glaubte der Bürgermeister, daß er nun aus seinem Traum erwachen würde. So leise, daß nur der Bürgermeister seine Worte verstehen konnte, flüsterte er: »Lamm Gottes, aber die Ziegen, die Ziegen«, und dann sprach er ohne Pause das Gebet des römischen Soldaten: »Herr, ich bin nicht würdig, daß Du eingehst unter mein Dach; aber sprich nur ein Wort, so wird meine Seele gesund.«

Seine Kommunion kam näher. Der Professor sagte: »Wenn er entdeckt, daß nichts da ist, was er zu sich nimmt, dann wird er gewiß aufwachen.«

»Kaum«, erwiderte Pater Leopoldo und fügte hinzu: »Ich frage mich, ob er je wieder erwachen wird.«

Einige Sekunden lang blieb Padre Quijote stumm. Er schwankte ein wenig vor dem Altar hin und her. Der Bürgermeister machte noch einen Schritt nach vorn, bereit, ihn aufzufangen, doch dann sprach Padre Quijote wieder: »*Corpus Domini nostri*«, und ohne das geringste Zögern nahm er die unsichtbare Hostie von dem unsichtbaren Hostienteller, und seine Finger legten das Nichts auf die Zunge. Danach hob er den unsichtbaren Kelch und schien daraus zu trinken. Der Bürgermeister sah, wie sich sein Adamsapfel bewegte, als er schluckte.

Zum erstenmal schien ihm bewußt zu werden, daß er sich nicht allein in der Kirche befand. Er blickte sich um, Verwirrung auf den Zügen. Vielleicht suchte er die Kommunikanten. Er bemerkte, daß der Bürgermeister dicht bei ihm stand, und nahm die nicht vorhandene Hostie zwischen die Finger; er runzelte die Stirn, als könne er sich etwas nicht erklären, und dann lächelte er. »Compañero«, sagte er, »du mußt niederknien, *compañero.*« Er trat die drei Schritte auf ihn zu, die beiden Finger vorgestreckt, und der Bürgermeister kniete nieder. Alles, dachte er, was ihm Frieden schenkt, alles, was es auch sei. Die Finger kamen näher. Der Bürgermeister öffnete den Mund und fühlte die Finger wie eine Hostie auf seiner Zunge. »Mit diesem Zucken«, sagte Padre Quijote, »mit diesem Zucken«, und dann versagten ihm die Beine. Der Bürgermeister hatte gerade noch Zeit, ihn aufzufangen und auf den Boden gleiten zu lassen. »*Compañero*«, wiederholte der Bürgermeister nun das Wort, »ich bin es, Sancho«, und wieder und immer wieder fühlte er, vergebens, nach dem Schlagen von Padre Quijotes Herzen.

4

Der Gästemeister, Pater Felipe, ein sehr alter Mann, sagte dem Bürgermeister, er könne Pater Leopoldo wahrscheinlich in der Bibliothek antreffen.

Es war Besuchszeit, und Pater Felipe führte gerade eine unruhige Gruppe von Touristen durch die dem Publikum zugänglichen Teile des Klosters. Es gab ältliche Damen unter ihnen, die anscheinend jedem Wort mit Ehrfurcht lauschten,

einige offenbar dazugehörige Ehemänner, die durch ihr über-
legenes Gehabe gern die Tatsache verdeutlichen wollten, daß
sie mit dem Zug nur mitgingen, um ihren Frauen Freude zu
bereiten, und drei Jünglinge, die man zurückhalten mußte, zu
rauchen – sie waren sichtlich niedergeschlagen, weil die einzigen beiden hübschen Mädchen in der Gruppe nicht das
geringste Interesse an ihnen zeigten. Den Mädchen schien
ihre Männlichkeit überhaupt keinen Eindruck zu machen,
aber der Zölibat und das Schweigen in dem alten Gebäude
waren wie ein berauschendes Parfum, und gebannt starrten
sie auf die Aufschrift »*Clausura*«, die an einer Stelle ein
weiteres Vordringen verbot, wie ein Verkehrsschild, ganz so,
als gäbe es jenseits davon aufregendere und perversere Geheimnisse als alles, was die jungen Männer anzubieten hatten.

Einer der jungen Männer versuchte eine Tür zu öffnen
und fand sie versperrt. Um sich bemerkbar zu machen, rief
er: »He, Pater, was ist da drin?«

»Einer unserer Gäste, der lange schläft.«

Einen sehr langen Schlaf, dachte der Bürgermeister. Es
war das Zimmer, in dem der Leichnam Padre Quijotes
aufgebahrt lag. Er blieb stehen und sah zu, wie die Gruppe
den langen Gang mit den Gästezimmern hinunterging, und
machte dann kehrt, um die Bibliothek aufzusuchen. Dort
fand er den Professor und Pater Leopoldo, die im Gespräch
auf und ab gingen. »Wiederum Dichtung und Wahrheit«,
sagte Pater Leopoldo eben, »niemand kann sie mit Gewißheit unterscheiden.«

Der Bürgermeister sagte: »Ich bin gekommen, Pater, um
Abschied zu nehmen.«

»Sie können gern eine Welle hier bei uns bleiben.«

»Ich nehme an, Padre Quijotes Leiche wird heute nach
Toboso überführt. Ich glaube, es ist besser, ich fahre nach
Portugal, wo ich Freunde habe. Wenn Sie es gestatten,
möchte ich gern das Telefon benützen und in Orense fragen,
wo ich ein Taxi mieten kann.«

Der Professor sagte: »Ich fahre Sie gern hin. Ich muß selbst auch nach Orense.«

»Wollen Sie denn nicht an Padre Quijotes Beerdigung teilnehmen?« fragte Pater Leopoldo den Bürgermeister.

»Was mit dem Leib geschieht, ist kaum wichtig, nicht?«

»Ein sehr christlicher Gedanke«, bemerkte Pater Leopoldo.

»Außerdem«, sagte der Bürgermeister, »würde meine Anwesenheit wohl den Bischof irritieren, der ganz sicher dabeisein wird, wenn man ihn in Toboso begräbt.«

»Ach richtig, der Bischof. Er hat schon heute morgen angerufen. Ich solle dem Abt von ihm bestellen, er möge sorgfältig darauf achten, daß Padre Quijote nicht gestattet wird, hier öffentlich die Messe zu lesen. Ich erklärte ihm die traurigen Umstände, die bewirkten, daß seinem Befehl gewiß gehorcht würde – in Zukunft nämlich.«

»Was sagte er dazu?«

»Nichts, aber mir schien, ich hörte einen Seufzer der Erleichterung.«

»Warum sagten Sie ›in Zukunft‹? Das, dessen Zeugen wir gestern nacht wurden, kann man doch wohl kaum Messe nennen«, sagte der Professor.

»Sind Sie dessen sicher?« fragte Pater Leopoldo.

»Natürlich. Es gab keine Wandlung.«

»Ich wiederhole sind Sie dessen sicher?«

»Natürlich bin ich sicher. Es gab doch keine Hostie und keinen Wein.«

»Descartes hätte wohl ein wenig vorsichtiger als Sie formuliert, daß er weder Brot noch Wein *gesehen* hat.«

»Sie wissen doch genau wie ich, daß kein Brot und kein Wein *vorhanden waren.*«

»Ich weiß genauso viel wie Sie – oder genausowenig wie Sie –, ja, da stimme ich Ihnen zu. Monsignore Quijote aber glaubte ganz offensichtlich an das Vorhandensein von Brot und Wein. Wer von uns ist nun im Recht?«

»Wir sind es.«

»Sehr schwer, das logisch zu beweisen, Professor. Wirklich sehr schwer.«

»Wollen Sie damit sagen«, fragte der Bürgermeister, »daß ich vielleicht wirklich die Kommunion empfangen habe?«

»Das haben Sie ganz gewiß – wie er es verstanden hat. Macht es Ihnen etwas aus?«

»Mir, nein. Aber ich fürchte, Ihre Kirche betrachtet mich als ein sehr unwürdiges Gefäß. Ich bin Kommunist. Einer, der 30 Jahre lang nicht zur Beichte gegangen ist, oder länger. Was ich in diesen 30 Jahren alles getan habe – besser, Sie hören darüber keine Einzelheiten.«

»Vielleicht wußte Monsignore Quijote besser, wie es um Ihre Seele steht, als Sie selbst. Sie beide waren Freunde. Sie sind miteinander den gleichen Weg gegangen. Er hat Sie aufgefordert, die Hostie zu empfangen. Er hat nicht gezögert. Ich hörte deutlich seine Worte: ›Knie nieder, *compañero.*‹«

»Es war doch gar keine Hostie da«, beharrte der Professor, und es klang ganz verstört, »was auch immer Descartes davon gehalten hätte. Sie suchen eine Auseinandersetzung um der Auseinandersetzung willen. Sie mißbrauchen Descartes.«

»Glauben Sie wirklich, daß es schwerer ist, leere Luft in Wein zu verwandeln, als Wein in Blut? Können wir mit unseren begrenzten Sinnen darüber entscheiden? Wir sind von einem unendlichen Geheimnis umgeben.«

Der Bürgermeister sagte: »Mir ist es lieber zu glauben, daß keine Hostie da war.«

»Warum?«

»Weil ich einmal, als ich noch jung war, auch irgendwie an Gott geglaubt habe, und etwas von diesem Aberglauben ist immer noch in mir zurückgeblieben. Ich bin zu alt, mich aus einem Saulus in einen Paulus zu verwandeln. Da ist mir mein Marx lieber, Pater, als Mysterien.«

»Sie waren ihm ein guter Freund, und Sie sind ein guter Mensch. Sie wollen meinen Segen nicht, aber Sie werden ihn dennoch annehmen müssen. Seien Sie nicht verlegen. Es ist nur eine Gewohnheit, die wir haben, so wie man Weihnachtskarten verschickt.«

Während der Bürgermeister auf den Professor wartete, kaufte er bei Pater Felipe eine kleine Flasche Likör und zwei Ansichtspostkarten, denn die Mönche hatten sich geweigert, von ihm für das Quartier oder auch nur für den Telefonanruf Geld anzunehmen. Er wollte sich nicht zur Dankbarkeit verpflichtet fühlen – Dankbarkeit, das sind Handschellen, die nur der lösen kann, der sie angelegt hat. Er wollte frei sein, aber er wußte, daß er irgendwo auf der Straße von Toboso hierher seine Freiheit verloren hatte. Es ist nur menschlich zu zweifeln, hatte Padre Quijote ihn gelehrt, aber wer zweifelt, dachte er, der verliert die Freiheit zu handeln. Zweifel bedeutet, daß man schwankt, ob dieser Weg der rechte ist oder jener. Zweifel war es gewiß nicht, was Newton das Gesetz der Schwerkraft erkennen ließ, oder Marx die Zukunft des Kapitalismus.

Er ging hinüber zu dem Blechhaufen, dem Wrack von Rosinante. Er war froh, daß Padre Quijote sie nicht in diesem Zustand gesehen hatte, so schief gegen die Wand gelehnt, die Windschutzscheibe in Splittern, eine Tür aus den Angeln gerissen, die andere eingedrückt, die Reifen platt von den Kugeln der Guardia: Auch für Rosinante gab es keine Zukunft mehr, wie für Padre Quijote. Nur einige Stunden lagen zwischen seinem Ende und dem ihren – ein Haufen blecherne Trümmer, ein Verstand in Trümmern. Geradezu mit Wildheit klammerte er sich an den Vergleich, die Ähnlichkeit, kämpfte er um eine Gewißheit: daß auch der Mensch nur eine Maschine ist. Padre Quijote jedoch hatte für diese Maschine Liebe empfunden.

Eine Hupe ertönte, und er kehrte Rosinante den Rücken, um Professor Pilbeam nicht warten zu lassen. Während er

seinen Platz einnahm, sagte der Professor: »Es ist ein bißchen absurd, wie Pater Leopoldo mit Descartes umgeht.
Dieses Schweigen, das sie hier alle einhalten müssen, läßt
wahrscheinlich so seltsame Vorstellungen sprießen wie die
Pilze in einem finsteren Keller.«

»Ja. Vielleicht.«

Der Bürgermeister sagte kein einziges Wort mehr, bis sie
Orense erreichten; eine ganz seltsame Vorstellung hatte sich
in seinem Hirn festgesetzt. Woran liegt es, daß der Haß
gegen einen Menschen – selbst gegen einen Menschen wie
Franco – mit seinem Tod erlischt und daß doch die Liebe,
die er zu Padre Quijote in sich aufkeimen fühlte, jetzt zu
leben und zu wachsen begann, trotz ihrer endgültigen Tren-
nung und dem endgültigen Schweigen – wie lange, dachte er,
und eine Art Furcht erfüllte ihn, wie lange kann diese meine
Liebe dauern? Und wohin führt sie mich?

Inhalt

Erster Teil

Zweiter Teil

Z

Ein rasantes Plädoyer für Amoral, Neugier und Lebenslust

Böse Überraschung für den braven
Junggesellen Pulling. Was soll das
Haschisch in der Urne der gerade
verschiedenen Mama? Hat Tante
Augusta ihre Hand im Spiel – oder
weiß sie nichts von den Geschäften
ihres Liebhabers Wordsworth?
»Es lebe Tante Augusta, liebend
und geliebt, schwindelnd, fabu-
lierend und von unzerstörbarer
Lebensfreude.« *Neue Zürcher Zeitung*

Aus dem Englischen von Brigitte Hilzensauer

Zsolnay Verlag